SWALLOWS AND AMAZONS

燕子号与亚马逊号

侦探六人组

[英] 亚瑟·兰塞姆 著 刘仲敬 译

山西出版传媒集团 山西人民出版社

图书在版编目（CIP）数据

侦探六人组 / (英) 亚瑟 · 兰塞姆著 ; 刘仲敬译 . -- 太原 : 山西人民出版社 , 2021.2

（燕子号与亚马逊号）

ISBN 978-7-203-11570-0

Ⅰ . ①侦… Ⅱ . ①亚… ②刘… Ⅲ . ①儿童小说－长篇小说－英国－现代 Ⅳ . ① I561.84

中国版本图书馆 CIP 数据核字 (2020) 第 170392 号

侦探六人组

著　　者：［英］亚瑟 · 兰塞姆
译　　者：刘仲敬
责任编辑：孙宇欣
复　　审：贺　权
终　　审：张文颖
装帧设计：仙　境

出 版 者：山西出版传媒集团 · 山西人民出版社
地　　址：太原市建设南路 21 号
邮　　编：030012
发行营销：0351-4922220　4955996　4956039　4922127（传真）
天猫官网：https://sxrmcbs.tmall.com　电话：0351-4922159
E-mail：sxskcb@163.com　发行部
sxskcb@126.com　总编室
网　　址：www.sxskcb.com

经 销 者：山西出版传媒集团 · 山西人民出版社
承 印 厂：三河市明华印务有限公司

开　　本：710mm × 1000mm　1/16
印　　张：16.5
字　　数：270 千字
印　　数：1—5000 册
版　　次：2021 年 2 月　第 1 版
印　　次：2021 年 2 月　第 1 次印刷
书　　号：ISBN 978-7-203-11570-0
定　　价：46.00 元

目录

CONTENTS

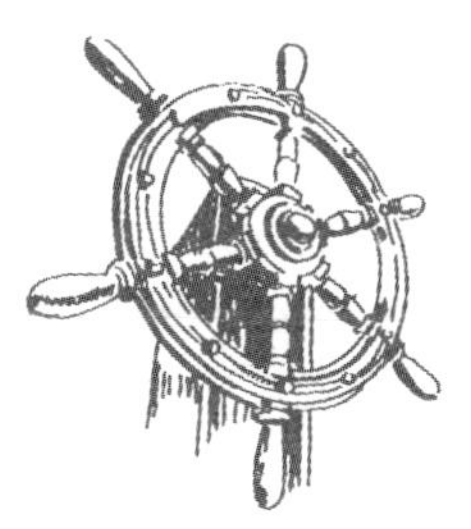

第一章　牙医诊所的窗外

皮特有颗牙齿松了。舌头一动，那颗牙齿就摇摇晃晃。

这一天，阳光明媚，天气暖和。暑假快结束的时候，天气常常就是这样。这个季节最适合租划艇出游，诺福克湖区船满为患，转运码头边只剩下两艘船。你问转运码头在哪儿？谁不知道转运码头，前往霍宁的船就停在那里。谁不知道码头上面河湾处是旅馆，下面是造船工人的棚屋，旁边是绿草坪。抽水机靠在旧砖墙边，商店在远处路边。转运码头就是河边这块小天地的中心。仲夏季节，码头人山人海，船舶进进出出，参观者沿着河岸上上下下，盛况如同海港。不过，在九月的这一天，转运码头只有两艘船了。一艘是摩托游艇，夏天应时接待游客，冬天拖到约奈特的棚屋里存放起来。另一艘是死神与光荣号，属于乔、比尔和皮特。他们都是造船人的儿子，他们也想成为造船人，为此已经努力几个星期了。

死神与光荣号跟河上其他船舶不一样。春天，它还只是一艘老旧的小艇。现在，它换上新桅、新帆和新篷，方便了乔、比尔、皮特和乔的小白鼠在船上扎营过夜。他们还在船上建好顶舱、铺好船板。乔的父亲给他们的桅杆造好桅座，这样他们过桥时就能把桅杆降下来。孩子们在船内设置了三个铺位。他们甚至还找到一个锈迹斑斑的旧炉子，擦洗干净后固定在船舱里，让烟囱通过舱顶。他们绞尽脑汁才把这个炉子安装好，最后在烟囱管道上面加上陶土烟囱帽，才算大功告成。当时，他们就已经发现烟气会倒灌回船舱。因此，乔造了一个三条腿的锡帽，盖住烟囱顶。这一招很管用。河上这么多船舶，是否只有死神与光荣号的烟囱用陶土制成，还顶了一个蘑菇形的盖子，它的几位主人可是满不在乎。冬天，他们可以在温暖舒适的船舱里围炉而坐。像现在这样的天气，他们打算生火驱散夜晚的凉气。以前，桅杆顶上挂着一面黑旗。不过，他们今年夏天不再玩海盗游戏，而是挂起一面白旗。白旗上画着一只黑鸭子，表明他们是黑鸭子俱乐部的会员。这个俱乐部是达钦医生的儿子汤姆创立的。船舱顶的边上钉着一块窄木板，两侧都漆有“水上救援社”的字样。船头的小旗杆挂着一面三角白旗，白旗上面的字母是“B.P.S.”[1]，说明死神与光荣号是“鸟类保护协会”的巡逻艇，保护鸟类是黑鸭子俱乐部最重要的事业。他们大多数节假日都在船上度过，现在这条船几乎已经万事俱备、无所不能。比尔正在从船舱顶上打进一对木楔子，固定烟囱顶帽。他们估计汤姆·达钦会带些油漆来刷烟囱。皮特一直在眺望，期望汤姆露面。他把螺丝钉一个接一个递给比尔，留心不让舌头碰上摇摇欲坠的牙齿。

大多数在码头转悠的人都对死神与光荣号评价很好。警察泰德先生走过来停了一会儿，打量他们的烟囱。皮特他们想要捉虫子作鱼饵时，他们常常到泰德先生的花园里帮忙铲草。

“烟囱还要再刷一层漆。”皮特说。

“你牙齿怎么啦？”泰德先生说。

“就是有点儿松动。”皮特说。

“他真该去拔牙。”比尔说。

达钦医生的太太推着婴儿车走过，停下来告诉他们，汤姆大概要晚一会儿才到，但天黑以前肯定会带着油漆过来。黑鸭子俱乐部是汤姆·达钦跟“左右舷”两姐妹创立的。“左舷”和“右舷”是法兰德先生的孪生女儿，现在没驾着父亲的小艇比赛，而是在巴黎。保护鸟类的工作，也是汤姆率领大家去做。有一次，汤姆不得不解开玛格丽塔号游艇的缆绳，因为这条船上讨厌的船员们的吵闹声惊扰了白羽黑鸭子的七号鸟巢，弄得母鸭和小鸭分离。此后，他的对头就沿着整个河岸追他，他靠着死神与光荣号才没有让他们捉住。

“照我看，”达钦太太说，“这条船看上去棒极了，就差刷漆了。”

“我们很快就要出航啦。”皮特说。

---

[1] B.P.S.：英文 Bird Protection Society 的缩写，即鸟类保护协会。

“哎，皮特，”达钦太太说，“你也不打算治一治牙啊？”

“是有点儿松。”皮特不自在地说。

“你可别一口咽下去了。”达钦太太说，接着，她转过去跟巴拉贝尔太太传话。巴拉贝尔太太在村里租了一间平房，这时她在码头摆好画架，忙着临摹霍宁的风景，圆圆胖胖的哈巴狗威廉靠在她的脚上打瞌睡。她也是死神与光荣号的朋友，在春天的冒险中担任起绒草号舰队司令。

只有两个小伙子对死神与光荣号不友好。大点儿的那个在码头闲逛，在巴拉贝尔太太的画架前逗留了一会儿，弄得她只好停笔等他们过去。他们故意抬高嗓门，弄得在舱顶上忙忙碌碌的比尔和皮特没法听不见。

“狗崽子就会多管闲事。”一个小伙子说。

“跟他们有什么关系？”另一个说。

皮特坐在船舱顶上，回头望过去。

“听说过乔治·奥顿吗？”他低声说。

“听说过。”比尔说。

“另一个呢？”皮特说。

“跟他是一路货。”比尔说，“他在乔治的叔叔家做客。”

“幸好现在不是筑巢季节。”皮特一边用舌尖轻轻摇晃松动的牙齿，一边说。

“你再摇晃牙齿，我就把你扔出船外。”比尔生气地说。

“对不起。”皮特说。

“明年，乔治·奥顿别想有丝毫机会。”[1] 比尔说，“现在弄好了。我们可以在船上睡觉、安家，我们可以一直守望。”

下午天色已晚，太阳改变方向，阴影越拉越长。巴拉贝尔太太收拾起画具，在死神与光荣号旁边停留片刻，说了一声“再见”。

“迪克和多特（多特为多萝西的昵称）见了这条船，都会认不出来的。”她说。

“他们什么时候来？”比尔问。

“从今天算起，四天以后吧。”

“那时候我们早就准备好了。”皮特说，“现在都只剩下橱柜门没有安，烟

[1] 乔治·奥顿经常去掏鸟蛋，是黑鸭子俱乐部的重点防御对象。

囱没有刷漆了。”

“我想，你只要突然一拔，”巴拉贝尔太太说，“牙齿就会落掉，一点儿都不疼。”

“我们一整天都跟他这么说。”比尔说，他跳到船舱顶上，俯下身来，叫道，“起来，乔。舰队司令就要走了。”

捶打的声音停下来。乔弯腰走进驾驶舱。

“再过四天，迪克就来了。”比尔说。

“运气不错。”乔说，“六个‘黑鸭子’胜利会师。我们就差‘左舷’‘右舷’两姐妹啦。”

哈巴狗威廉围着船嗅了一程，然后把前爪搁在船舷上，一副想入伙的样子。

“小白鼠还好吗？”巴拉贝尔太太问。

“它很好。”乔说，“皮特！”

“对不起。”皮特说，急忙闭上嘴。

“好吧，晚安。”巴拉贝尔太太说，“皮特，希望你还没有把牙齿咽下去，它自己就会掉的。”

“牙齿没有那么松。”

“我看不太牢靠哦。”巴拉贝尔太太说，“不过，我想你自己最清楚。晚安。威廉，跟我来。”

孩子们目送她消失在视野里，胖嘟嘟的威廉跟在她身边。

“汤姆说他晚一会儿来，”比尔说，“可他也不想想，晚了就刷不成啦。其实现在就已经晚了，刷好漆也会被露水弄湿。”

“找什么？”乔说，“下面看不见。你就别想一次打三个钉子，用手指夹住另外两个。”

“我去生火。”比尔说，“我们现在没有漆可刷。”

他们收拾甲板上的东西，走进船舱。比尔给炉子生火，乔把水壶搁在炉子上，满意地看到烟囱通风，火苗一点就着，“噗噗”作响。然后，他们重新走出船舱，欣赏烟气从烟囱顶上滚滚冒出的样子。

用炉子烧水很慢，但可以节约石蜡。烧石蜡比使用普里默斯汽化炉效果更好。他们坐在船舱顶上看太阳落山，然后轮流下去看水壶。最后，水壶开始翻滚，气泡“噗噗”上涌。直到壶嘴不断喷出蒸汽流，水面安静下来，他们才回到船舱，倒水沏茶，点起风灯，挂在房顶上，吃了一顿实实在在的晚餐，包括面包、奶酪、黄油、橘子酱（巴拉贝尔太太的礼物）和苹果。乔把他的小白鼠放出盒子。它坐在后腿上，吃蘸了牛奶的面包，前爪捧着干果，一口一口咬，活像一只松鼠。

“这条小船好温馨啊！”乔坐在炉边的铺位上，打量着旧船前半截，那是他收拾的，橱柜就在那里。

“万事大吉，一帆风顺。”比尔说，“皮特！别折腾牙齿了。”

“这活宝真能让人气死，”乔说，“瞧你坐在那里，来来回回打量我们，反反复复折腾牙齿，好像转动轴承一样。比尔，橱柜门还缺一个螺丝，那儿用钉子可不管用。”

皮特把牙齿吮回原位。“我有三便士，”他说，“明天还能弄到更多。妈妈答应给我三便士看牙。”

另外两个人向他转过身来。“你要早点说，我们立马就带你去拔了。”乔说，“现在晚了，诊所都关门了。不过，你要是明天早上还不去拔，我们就拿钳子替你拔了。”

“它一直都这么松。”皮特说。

“好，那你就拔了吧。”

太阳已经下山，外面几乎全黑了。码头上传来奔跑声，有人在敲舱顶。

“来者通名。”乔说。

“‘黑鸭子’们永远在一起。”汤姆·达钦登上甲板。

“永远在一起。”乔回答说。比尔紧跟着说。皮特稍停片刻，也跟着说。

“当心碰头。”乔说。汤姆在驾驶舱弯下腰来，才能穿过船舱门外的过道。他来得太晚了。汤姆的个头比死神与光荣号最高的地方还要高几英寸。

“我就算活到一百岁，上船还是非碰头不可。”汤姆说，躺倒在比尔的铺位上，小心翼翼不让脑袋碰上横梁，“对不起，我来得实在太晚了。刷漆是来不及了，但我还是把油漆带来了，随手塞进甲板底下。哎哟，皮特怎么啦？”

“牙齿松了。”皮特说。

“他来来回回摇晃了一整天，我们真恨不得拔下来，塞进他喉咙里。”比尔说。

“这活宝拿到三便士，给他拔牙用。”乔说。

“拔就拔。”皮特矜持地说。

“好，那你现在就拔。”乔说，“我们不会看你的。”

皮特转过身，背对他们。大家好一阵子没开口。

“拔了？”乔最后说。

“不管用。”皮特说。

“让我们看看，”汤姆说，“哎呀，松得一塌糊涂，一拔就会掉。”

“别碰。”皮特说。

“要拔就拔，别老在这儿晃来晃去。”乔说。

皮特没有吭声。

好一阵子，几个人坐在闪闪烁烁的灯光下聊天，瞅着炉子里红红的火苗。他们讨论：等迪克和多萝西来了，应该做什么。当然，巴拉贝尔太太住在平房里，不在船上，令人遗憾。但汤姆毕竟有他的山雀号可以出航；死神与光荣号再次出海，他们可以大显身手了。

“他又来了。”乔突然说。

三个人都看到：倒霉的皮特急忙收回舌头，让牙齿复位。

汤姆笑了。“上牙总是晃来晃去。要我说呀，你就拔了吧，否则晚上会咽下去。这么说，你有三便士喽？我吞了两颗牙我妈都没有给我一个子儿。去拔了吧。有一次我在书上看到……我是说，我知道怎么拔牙，让你一点儿都不疼。”

“我自己拔。”皮特说。

“皮特，快点啊。”比尔说。

“别磨蹭啦。”乔说。

“一点儿都不疼。”汤姆悄悄对乔说。

“我们有渔线。”乔说。

“那就行了。”汤姆说。

“那可不行。”皮特说。他转过身，背对他们，手指头又开始摸牙齿。

“来吧。”汤姆说，“你拿这条渔线。我们就……我是说，比尔……”

“很容易，”比尔说，“我溜过去拿一条。来吧，皮特。”

他们走进驾驶舱，汤姆出门时又碰了一次头。外面一片漆黑，但是死神与光荣号粗粗短短的桅杆在天空的衬托下十分显眼。

“这不够高呀。”汤姆说。

“这船带不了更多的帆了。”乔说。

“爬到顶上都不够高。”汤姆说。

“我才不爬呢。”皮特说。

“其实我们需要一间房子。”汤姆说，“来吧，你有没有手电筒？”

“有，但一点儿都不亮。”乔说。

“我的手电筒挺好。”汤姆说，“我走前面。有约奈特船棚的阁楼就够用了。比尔在哪里？”

比尔匆匆从阴影中走出来。“我拿到了。”他向汤姆低声说。

“我要回家。”皮特说。

“你这‘黑鸭子’，”乔说，“汤姆又不会害你。”

他们沿着码头前进，小心翼翼地穿过船棚大门，因为船棚靠河一面的栅栏已经垮了。汤姆领头，拿着手电筒照路。他们从梯子爬上阁楼。皮特还在摇晃牙齿，希望它自己脱落。其他人每次跟他说话，他都要停顿一阵子才能答复，于是他们都明白皮特在忙什么了。

汤姆避开成堆的艇具、存放的桅杆和铺开的帆布，来到俯视船台与河岸的窗口。乔递给他一圈渔线，比尔递给他一块砖头。码头和马路之间有一堵砖墙，墙头上的砖块已经松动，比尔的砖头就是从那里拿来的。皮特坐在梯顶旁边的一捆帆篷跟前，在黑暗中摇晃牙齿。

阁楼上伸手不见五指。汤姆拿手电筒照着，乔和比尔把渔线一端系在砖块上，汤姆把另一端绕成一个小小的套索。

“来吧，皮特。”乔说。皮特过来了，不明白自己为什么没有夺门而逃。

“比尔，你拿好手电筒。”汤姆说。比尔照亮皮特的嘴和摇摇晃晃的上牙，同时，汤姆仔细地把套索系在牙上、拉紧，一只手指稳住牙齿，以免它突然受到拉力。

皮特发出哼哼唧唧的声音。

“弄疼你了？”汤姆说，“真对不起。”

“没什么大不了的。”皮特说。

“现在开始，靠着窗口，往下看。”

皮特跪在低矮的窗口，把头伸出去。

“太黑了，”他说，“几乎看不到地面。”

“再看看，”汤姆说，“注意嘴要张着。尽可能张大……再大点……”然后，他擦着皮特的头顶，把砖块扔出窗外。

“噢喔，”皮特一声惊呼，“我的牙好疼啊！”

“哪还有牙？”汤姆说，“拔掉啦。”

“就是拔掉了才疼啊。”皮特说。

“呀！下面怎么回事？”汤姆突然说。

几秒钟内，一阵玻璃破裂的声音传来。突然，一个重物砸在阁楼地板上，一块碎玻璃打中了汤姆的面颊。他伸手一摸，手指沾上了湿漉漉的血。

比尔用电筒四处扫射。

“是砖块。”他说。真是这样，砖块上面仍然系着渔线，渔线另一头是皮特的牙齿。

“糟了！”汤姆说，“一定是下面有人，给砖块打中了。嗨！喂！”

没有回音。

“那儿没有人。”乔说，“他们早就回家了。”

“得啦，砖块可不会自己弹回来。”汤姆说，“一定是有人扔回来的。幸好我们没有砸在他头上，要不然就出人命啦。”

“他刚好打在你脸上。”比尔说，用电筒照在汤姆脸上，“小皮特，别把血弄到约奈特的帆篷上。”

“我们下去看看到底是谁。”汤姆说，“我们应该把砖块放回去。”

“渔线要留下来。”比尔说，“这可是好渔线。”

“牙齿也要留着。”皮特说完，把他的牙齿放进口袋。

他们小心翼翼地爬下梯子，走进船棚，用电筒照射各个角落。没有人藏在存放的船舶中。

“无论是谁，听到玻璃破碎的声音，也一定已经走了。”汤姆说，“好吧。都怪我，我只能自尝苦果了，免不了的。”

“你脸上还在流血。”比尔说。

“真讨厌，”汤姆说，“谢天谢地，我们没有把血弄到那些帆篷上。”

“拔下来了，”皮特快活地说，“这就值妈妈早上给我的三便士。我要早知道这么容易就好了。”

他们沿着码头走到底。游艇停泊在那里，等待存入船棚过冬。四周一个人都没有。他们回到死神与光荣号上面。他们告诉皮特，牙齿之间剩下了一个空隙，但不要把舌头伸进去。他们坐在船上，寻思脑袋差点儿被砖砸到的那人可能是谁。最后，汤姆回家找碘酒，死神与光荣号船员则留下来过夜。

第二章　麻烦刚刚开始

“有人起得好早。”比尔说。他把头浸在一桶水中，水花四溅。“他们开动游艇，一点儿声音都没有。”

乔和皮特一面揉着惺忪睡眼，一面爬出铺位，进了驾驶室。码头上只有死神与光荣号。摩托艇昨天晚上还停留在他们身边，已经准备拆卸入库，在约奈特船棚里过冬，现在已经不见了。

“他们够安静的，”乔说，“入库也一样。哎，老式起锚机应该声音很响的啊！想必他们给船上了油，要不然我们准会听到声音的。得啦，比尔，你干吗折腾水桶？”

“我要不要给炉子生火？”皮特说。

“别。”比尔说。他坐在舱顶上，用毛巾擦干脑袋，“烟囱一热就不能刷漆了。我们用普里默斯汽化炉吧。你到对面去，把壶灌满水……不要去舔拔过牙的地方。”

皮特跑过码头，灌满水壶，又回到船上递给了比尔。比尔点燃普里默斯汽化炉，接着去收拾水桶。这时，乔已经收拾好了，拿着还在滴油的烤好的三明治进了船舱。然后，皮特把毛巾系在缆绳上晾干，又一次向岸上走去。但这时乔叫喊说早饭做好了，于是他又跑回船上。

他们忙忙碌碌好几分钟，没有说话。皮特发现：拔牙留下的空隙正好方便吹凉茶水。他第一个开口。

“他们到底把摩托艇开到哪儿去啦？”他说，“我刚刚看到，船棚里没有。”

“你就没有好好看，”比尔满口都是食物，说道，“他们会把船搁在上面。”

“昨天晚上是三条船，现在还是三条。”皮特说。

“把你的牙齿拿走，要不然你会弄丢的。”乔说。

皮特赶紧把牙齿放回口袋。

“这牙齿值三便士呢。”他说。

“别弄丢了。”比尔说。

汤姆·达钦登上死神与光荣号的时候，杯子和勺子还在叮叮当当作响。

“今天早上多萝西来信了，”他叫道，“我先把玻璃窗的事情告诉约奈特，然后马上就回来。”

汤姆还没有走进船棚，皮特就看到摩托艇慢慢沿河向上行驶。

“你们看，”他说，“我就说它不在船棚里，大概试引擎去了。”

其他人转过身去看船。

“我们睡得太死，都没听见它起航的声音。”比尔说。

摩托艇沿河而上，从死神与光荣号下方转向船棚，停在等待它的支船木架上。约奈特先生的两个船夫上了船，把一艘赛艇向后拖。其中一个人向死神与光荣号挥舞拳头。

“你们这些男孩子，就不能让船自个儿安生待着吗？”

“我们没有动它。”比尔说。

“你们解了别人的系船缆绳，”那人吼道，“我们费了好大劲儿才找到。船一直漂到渡口，弄不好就毁了。都怪你们！它本来停得好好的，缆绳是我亲手系上的。”

“它昨天晚上就在这里。”乔说。

“这我知道，”那人说，“我是想知道，你们干吗把船放漂？”

接着他从前甲板跳上岸，跟搭档一起忙忙碌碌，准备把船拖上船棚。

死神与光荣号船员彼此交换一下眼神，然后打量摩托艇昨晚以前停靠的地方，现在已经空空荡荡。大家都想到同一件事情。

“汤姆绝不会无缘无故地解开缆绳的。”乔说。

“上次是对付停在七号鸟巢旁边的那些坏蛋。”比尔说。

“可是，码头没有鸟巢。”皮特说。

“这个季节不大可能，”比尔说，“鸟儿不会在九月份筑巢。”

他们等待汤姆给约奈特先生打过招呼后回来。汤姆肯定有原因的，他不管做什么，都自有道理。但事关解开系好的缆绳，乔、比尔和皮特都是造船人的儿子，觉得这个理由一定要过硬才行。

他们一分钟一分钟地等待，汤姆仿佛再也不会回来。

汤姆终于来了，但没有奔跑，而是一脸严肃，慢慢地走过来。

“我说，”他站在死神与光荣号船边，说道，“你们到底怎么啦？我为了救小黑鸭子，别无选择，才把玛格丽塔号缆绳解开了。但这条船没有妨碍任何人。”

“得啦，我们从来没有碰过它。”乔说，“我们一直以为这是你干的。”

“当然不是，”汤姆说，“约奈特先生以为是我。我进去说打破窗玻璃的事情，他非常不友善。他说：‘这么说，昨天晚上就是你们。除了窗玻璃，还有别的事情。’我说，我们没干别的。其实，我们也没有打破窗玻璃，只是造成了打破窗玻璃的原因。然后我说，帆篷上说不定有血，但可能性不大。如果地板上有血，我会擦拭干净。他恶狠狠地盯着我，问我是不是没干。我问，没干什么？他说：‘如果不是你，那就一定是你那些年轻朋友。’意思就是你们。然后他说你们解开了系在码头上的摩托艇，他的人搜寻到河下游才找到。他说：‘这种事情该收场了，要不然我就去找他们的爸爸……’”

“可我们从来没有动过它。”比尔说。

“我们从来不想动它。”皮特说。

“我们以为是你干的，”乔说，“我们知道，你一定有原因。”

汤姆瞅瞅他们。“好吧。”他说，“我没有干，你们也没有干。可是自从鸟巢那一次以后，人人都以为是我们。约奈特先生说，再没有别人能干得出来。他说天黑以后，这一带没有其他人。”

“还有人啊，”皮特说，“就是他把我拔牙的那块砖头扔回来的。”

“我说了，”汤姆说，“可他只是哈哈大笑。窗玻璃的事情，他做得很漂亮。他说他手头有多余的玻璃，用不着赔。然后他说犯不着编造神话故事，砖头又不长翅膀。他说这是意外事故，过去了就算了。”

“可这不是神话故事，”皮特说，“就是有人把砖头扔回来。”他又一次从口袋里掏出牙齿，舌头不无骄傲地舔舔牙齿原来的地方。

“我就是这么说的。”汤姆说，“但他只是继续说不能单独把船留下之类的话。”

“皮特，”比尔说，“你会把牙齿弄丢的。”

“我现在就拿回家去。”皮特说。

“不管是谁干的，一定有原因。”乔说，“我们来找找原因。”

汤姆、乔、比尔和皮特沿着码头查看摩托艇曾经停留过的地方，看不出为什么有人要解开它的锚，让它顺水漂向下游。

“现在不像夏天。那时船满为患，可能有人想给自己的船腾地方。”比尔说。

“除了意外事故，谁还会放船漂流？”汤姆说。

“还是在午夜。”比尔说，“我们去上床睡觉时，它还在这里。”

“动手吧。”乔最后说，“我们要给烟囱上漆。皮特上哪儿去了？”

“他拿着拔下的牙齿回家了。”比尔说，“找他的三便士去了。”

他们回到死神与光荣号船上，取下旧烟囱顶帽，涂上第一道汤姆拿来的绿漆。

“看上去好多了。”乔说。

“没有人猜得到它原来是一口锅。”比尔说。

他们坐在驾驶室，看着油漆干燥。船棚的绞盘发出“吱嘎吱嘎”的响声，他们看到摩托艇一英寸一英寸地向上滑动。这时，皮特回来了，双手捧着一个大馅儿饼。

“注意啦，”他说，把馅儿饼递过去，“要稳住哦。妈妈说一个子儿没有……我拿到一便士的螺丝钉。”他补充说，“再加两便士的肉饼。我告诉她，我们怎样把牙齿拔了。她说，值得多给三便士，可惜她没有。”他把包递过去，从口袋里取出一板螺丝钉，“有些人认为是我们解开了摩托艇，还告诉了我妈妈。我告诉她，不是我们干的。她说，听起来蛮像的，要我们再别下河了。”

“不管是谁干的，这都是蠢事。”乔说，“我们不想背这个黑锅。”

但是，随着时间的推移，他们发现消息已经在河边一带广泛流传，甚至黑鸭子俱乐部最好的朋友都准备相信他们有罪。毕竟，人人都知道他们的复活节故事。汤姆确实放漂过一条摩托艇，因此受到那些坏蛋的追击。那些坏蛋后来撞到岸边的大航标杆，差一点儿在布雷登湖沉没，最后依靠死神与光荣号才脱险。幸亏“水上救援社”有一点儿好名誉，当时没有人恶意猜测黑鸭子俱乐部。但现在好像人人都以为黑鸭子俱乐部既然能够放一次船，就很有可能“再接再厉”。

昨天，还有以前很长时间，码头上所有人都亲切地对待他们，友善地打听他们怎样改造旧船。今天，所有人都在说同一个话题。

乔治·奥顿和他的朋友抽着香烟到处转悠。他们不说死神与光荣号，却说它的船员。

“放船是他们的老把戏了。”乔治大声说。

“他们是什么人啊？”乔治的朋友问，他盯着船员们，好像他们是动物园笼子里某种丑陋的动物。

“你听说过雅茅斯鲨鱼吗？”乔治说，“他们破坏船只，然后博取水上救援的美名。其实就是普通的盗贼而已。”

汤姆满脸通红，乔握紧拳头，皮特差一点儿开口说：“不是我们干的。”但比尔及时用眼神制止了他，黑鸭子俱乐部的四位会员一言不发，假装什么都没有听到。但他们眼角的余光瞥见乔治和他的朋友沿着码头闲逛，打量着摩托艇的系锚环，又回头看看死神与光荣号。

“他们在议论我们。”乔从牙缝中吐出话来。

受到敌人的怀疑，已经够糟了。然而，连最好的朋友都怀疑你参加了恶作剧，那就更糟了。

巴拉贝尔太太早上散步，带着小狗威廉，停在死神与光荣号旁边。皮特递给她一块肉饼，她接受了并谢谢他们。他想给威廉一块，但巴拉贝尔太太说威廉其实不怎么喜欢肉饼。如果他们有方糖，倒是可以给它一块。然后，她请求上船。汤姆坐在舱顶上，为她在驾驶室里腾出位置。然后，她在驾驶室里坐好，以最友好的方式问道：“我听说的事情可靠不可靠？”

“全都是谎话。”乔说。

她看看他：“好吧。听你这么说，我很高兴。你们千万别忘了，迪克和多萝西就要来了。我不希望他们卷入任何麻烦，不想让他们失去法律保护，在湖区上人人喊打。汤姆，我不是说当时你的做法有问题。那些嚣张的船员是最讨厌的人。威廉也这么认为。”

“我没有放漂那条船，”汤姆说，“死神与光荣号船员们也没有。”

“那就好。”巴拉贝尔太太说，“我有点担心是你干的。你的船快完工了，是不是？”

“橱柜门还没有完工。”乔说。

“烟囱上的油漆干了以后，还要再刷一层。”比尔说。

“我们要航行一两天。”皮特说。

“汤姆，你在看什么？”巴拉贝尔太太说。

“看渔夫捉鳗鱼，”汤姆说，“我要去看他撒网。”

“他也会让我们来吗？”皮特说。

他们谈了几分钟鳗鱼，忘了人们对他们的看法。

巴拉贝尔太太走了还不到十分钟，警察泰德先生出现了，他站在死神与光荣号船边，严厉地扫视船员们。

“你们又放船了？”他说。

“没有。”汤姆说，“他们也没有放过玛格丽塔号。”

“我知道，”泰德先生说，“你放船的时候，他们在我的花园里除草。但除草是那时候的事情，现在没有这样的证据。”

“不关我们的事情。”比尔说。

“如果是你，你爸爸不会高兴的。”泰德先生注视着汤姆，说道。

“但真的不是我。”汤姆说。

“好吧，不要再放船了。”泰德先生说完就走开了。

“他们都认为是我们干的。”乔恼火地说。

不过，不是所有人都这么想。乔、比尔、皮特的父亲都是造船人，照例跟一群朋友来到码头，在酒馆里喝他们的中午酒。他们也在死神与光荣号船边停下来。

“你放了那条船？”比尔的父亲对儿子说。

“没有，”比尔说，“不是我们。我们谁都没有干。”

“你们听到了。”比尔的父亲对朋友们说，“比尔从来不对我撒谎。”

“年轻人汤姆·达钦呢？”另一个人问。

“我没有。”

“你昨天晚上在这里。”

“给皮特拔完了牙，我就回家了。”汤姆说。

“皮特的牙？”皮特的父亲问。

皮特说起他拔牙的故事：把砖头从阁楼的窗口扔出去，把牙齿拉掉。人们都笑了。

“妈妈说这就值额外的三便士，但她没有钱。”皮特说。

“服了你啦，皮特。”一个人笑道。

“我想喝点儿啤酒，”皮特的父亲从裤子口袋里掏出钱来，“但钱还是给你。皮特是个勇敢的孩子，明白事理，不会把船放漂的。我早就对你们说过了。”

“嗯，如果他们谁都没有干，那又是谁干的？我们把船系得好好的，总不至于自己解开缆绳吧……”

人们向酒馆簇拥而去。

乔治·奥顿和他的朋友逛回来，坐在抽水机上，他们除了围观死神与光荣号以外似乎无事可做。不过，黑鸭子俱乐部的会员们既然知道他们的父亲并不相信他们跟放船事件有关，就不会在乎奥顿和他的朋友怎么想、怎么说。

“一颗牙挣了六便士。”皮特说。

“最好再松一颗。”乔说。

“这个馅儿饼怎么办？”比尔说，“汤姆，快进来。”

“我一点钟必须回家。”汤姆焦急地注视上游，“好，现在他来了。”

黑色小艇涂有焦油，横梁宽阔、两头尖细，绕过酒馆驶来。划桨的老人头发花白，从破旧的黑帽一直下垂到双肩。

老人划向码头，把他的旧船停在死神与光荣号后面。

汤姆飞快跳上岸，迎接老人。

“怎么样？”老人问。

“很好。”汤姆说，“今天晚上怎么样？”

“你可以来得晚一点儿。”老人说，“十二点钟以后，潮水一直在上涨。退潮以前，鳗鱼不会出来。”

“那就好，”汤姆说，“我要走了。我们都可以去吗？”

“我们可以帮帮忙。”乔说。

捕鳗鱼的老人笑道：“你们高兴来，就来吧。不过不要出声。半夜时分，不能误点。可是谁来叫醒你们？老哈利下网时，你们还在睡觉呢。”

“我们不会睡过头的。”汤姆说。

“我们不会。”比尔也说。

“那就半夜吧。”老人说，“给它们守守夜。”

他蹒跚穿过码头，去采购他那点儿东西了。

“谁来叫我出去？”汤姆说。

“我来。”乔说。

“我会把绳子放出来的，”汤姆说，“但你们要非常安静才行，不能吵醒了隔壁的宝宝。”

“鸦雀无声，”乔说，“我们一定会鸦雀无声。”

“我现在该走啦。”汤姆边说边准备离开。

“皮特怎么办？”比尔说，“我们答应过他妈妈……”

“早点睡吧。”乔说。

他们很久以来一直都想在鳗鱼沿河而下时，花一晚上撒网捕鱼。白天，他们经常看望捕鳗鱼的老人。老人住在一只废旧的渔船里，旁边晾着他的渔网，但他们从来没有机会目睹他捕鱼。你半夜起床溜出去，跟你住在一起的人不会高兴的。但现在他们住在死神与光荣号上，乔、比尔和皮特第一次有了自己支配的时间。

他们不再因为被冤枉昨夜放跑了船而烦心。他们坐在甲板上吃肉馅儿饼时，还有别的事情要考虑。他们造好了橱柜门，用家庭五金工具固定起来，然后开始想鳗鱼，而不是船的事情。

当天下午，他们忘记了摩托艇的烦恼。烟囱上第一道油漆干了，皮特正在上第二道漆，乔和比尔在一旁守候。这时，一位陌生人驾着白篷快船从上游驶向码头，恰好停泊在摩托艇昨天停泊的位置。他们三个人都转过去看新来的船。陌生人系好游艇，收帆，询问开往罗克瑟姆的下一班公共汽车什么时候开出。他在码头上游逛，遇见乔治·奥顿和他的朋友。那时，他们正在骑自行车。陌生人转过身，看看游艇，然后又看看死神与光荣号。汤姆他们听不到他说话的内容。

“好吧，可别说我们没有提醒你。”乔治·奥顿的大嗓门穿过码头，传到汤姆他们几个耳中。

陌生人点点头，走开了。

乔治·奥顿和他的朋友走得更近些。

“你们不要动那条船。”乔治说。

“我们本来就没有动过，是不是？”乔说。

“你们最好别碰。”乔治说。

“我们在做全面修理。”比尔说。

乔治和他的朋友骑上自行车走了。

过了一会儿，捕鳗鱼的老人背着包裹，回到了码头。他上了船，离开河岸，在死神与光荣号旁边停下桨。

“谁推过船？”他说。

“不知道，”皮特说，“但我们没有。”

“我早就说过，”老人说，“我早就说过。好吧，只要你们没有睡过头，今天午夜见面。注意不要出声。鳗鱼跟其他鱼儿一样，河水就是自己家，你很容易把它们吓跑。”

他们早早吃过晚餐，上床睡觉。乔给旧闹钟上好发条。闹钟仍然能用，只是闹铃没有声音。“无论谁十一点以后醒过来，都要把全船人叫醒。”他说。

“最好别熄灯。”皮特说。

第三章　夜捕鳗鱼

“差不多十一点了，”乔说，“我得去叫汤姆。”

他打开门，让夜晚的冷空气灌进舱室。出发前最后一小时，死神与光荣号的炉火四周热气蒸腾。乔一面走进驾驶舱，一面拭去额上的汗水。

“哎呀！好冷啊。”他说着，用昏暗的手电筒扫过河岸。“潮水还在上涨，”他说，“只要汤姆没有睡得太死，时间就充分得很。”他关上门，把其他人留在了温暖的船舱里。他关闭手电筒，等到眼睛渐渐习惯了黑暗，就踏上河岸，慢慢地深一脚浅一脚地出发，穿过沉睡的村庄。他在达钦医生的诊所门口放慢脚步，踮起脚，绕过房子。乔终于来到黑鸭子俱乐部小屋跟前，接近汤姆的窗口。

他要寻找一根摇摇晃晃的绳子，却找不到。汤姆忘了？他打开手电筒，在微弱的灯光下，发现细绳就在他头上方。他紧握细绳，用力一拉，毫无反应。他又拉了一次。然后他捡起一把碎石，向窗口扔过去。几块石子弹回来，打在他仰起的脸上。他从嘴里吐出一把石子。该死的汤姆！这时，他头上传来一声低语。

“来者何人？”

“‘黑鸭子’们永远在一起！”

“永远在一起！”

“绳子一定卡住了，”乔说，“我再使点劲就要断了。”

“嘘，”汤姆轻声说，“你拉得够狠了。差点儿把我的腿拉下来，但我不能叫出声。我半分钟内下来，站远点……”

一只水手靴着地，然后是另一只。在宁静的夜晚，靴子着地的声音震耳欲聋。汤姆等待了一下，倾听周围的声响。然后，一件油布外衣飘下来，向一边展开，犹如一只大蝙蝠。然后，双股绳索的两端降下来。

“抓住绳索了吗？”汤姆说，“拉一把，两端同时拉。”

乔拉住绳索。

“握紧，”上面的低声说道，“我来了。”

绳索抽紧了。乔紧握不动，直到汤姆的双脚在他脑袋附近踢来踢去。片刻后，黑鸭子俱乐部主席就站在他身边了。

“靴子呢？”

“我拿到一只。”乔说，“还有油布衣。”

“这儿还有一只。”汤姆说，他把一只穿袜子的脚伸进去，“我得收拾好这绳子。不等我回去，他们就会醒来。”他双手交替，拉扯绳子的一端。另一端不断上升，最后完全脱出，落在他脚边。黑鸭子俱乐部主席不走正门楼梯，之前从这里翻出来的一切痕迹都消失了。汤姆卷起绳子，放进小屋，“我们要带好油布衣。”他边说边把它捆好夹在腋下。

他们迅速绕过房子，上了大路。

“快点儿。”乔说，开始小跑。

“我们不会迟到吧。”汤姆说，跟在他身边小跑。

“潮水还没有退，”乔说，“但我们要在退潮前赶到。”

“不知道今天晚上是不是鳗鱼的好日子。”汤姆说。

“你永远没法了解鳗鱼。”乔说。

他们沿着空荡荡的路面一路小跑。天上没有月亮，但夜色并不是漆黑一片，他们可以看到房子的轮廓矗立在天际。

“你一个人来，怕不怕？”汤姆说。

“你以为我是小皮特啊？”乔说。他突然停下脚步。

“那是什么？”

“那道光？”乔说，“有人在熬夜吧。”

“在哪儿？”

“在那儿。灭了……听……”

他们已经来到第一个舢板棚，位于道路与河岸之间。每年这个季节结束时，船舶相继拖上岸，存放在船棚里过冬。他们知道，这儿的人很晚才下班。但现在已经是半夜了，整个村庄都睡了。只有汤姆、乔和另外两个在码头等待的孩子，以及让他们看撒网的捕鳗鱼的老人还没有睡。

“那里不可能还有别人。”汤姆说。

“那么，这是什么光？”

“窗外闪烁的星光。”

“今天晚上的星光没有这么亮。”乔说，“更像自行车灯或是我们的手电筒。我正好看见它突然一闪。”

“总之，没有人在那里忙活什么事。”汤姆说。

他们踮起脚，穿过马路，从门口窥视船棚里面。里面一片漆黑。

“听。”乔说。

“不过是老鼠而已。”汤姆说，“走吧，乔。要不然我们还没有到，他就把整条河的鳗鱼都捉光了。”

“不会的，潮水还在涨。”乔说。

“走吧。”汤姆说。

“别出声。”乔说。

他们尽量不让靴子出声，跑过黑暗、沉睡的房屋，跑过道路与河岸之间的一个接一个的大船库，跑过泰德先生家，最后绕过约奈特大船棚的角落，看到船舱的窗口在码头边大放光明。

乔拍打舱顶。

门开了。热气扑面而来，比尔和皮特的脑袋露出来。

“你们好慢啊。”比尔说。

“反正来了嘛。”汤姆说。

乔已经解开了死神与光荣号的系船索。

“一切就绪，”他说，“引擎准备。”

比尔和皮特从舱顶上取下船桨。乔推船下水，然后跳上船。

“注意不要碰到游艇上。”他说，“左舷引擎倒船。我会避开它。现在左右舷引擎一起向前。航线保持在河中心。注意，汤姆。我们到船舱去，发动机启动时，驾驶室地方不够，容不下我们四个。”

他跳进船舱。比尔和皮特站在驾驶室，面向前方划桨。汤姆只推了一下桨，就跟着乔爬进船舱，他的脑袋又被撞了一下。

“天啊！你们这儿好暖和。”他在风灯的照耀下眨眨眼睛，瞅着熊熊炉火。

“挺舒服吧。”乔说。

“我们还是放一点儿空气进来吧。”汤姆说。他打开了乔小心翼翼关闭的门，坐到离门口最近的地方。

“跟你说，”乔一边说，一边惋惜跑掉的热气，“我们等会儿就要坐到舱顶上，然后跟老哈利在一起，那时我们就得关舱保暖。我们只能在那里待一分钟。他说，不要靠太近。”

“好吧。”汤姆说。

“嗨！”乔向门外叫道，“引擎半速，别让我们出去时撞破脑袋。”

比尔和皮特从水中抽出船桨，停留片刻，等乔和汤姆弯腰出舱。然后，他们重新开始，死神与光荣号驶向上游，驶过一片灯火昏暗的平房。乔和汤姆坐在舱顶上，凝视夜色。

“我们现在差不多该到河湾了。”汤姆说。

“那是他的灯光，”乔叫道，“右舷停止，左舷全速……”

死神与光荣号慢慢绕过河湾。老渔夫的船屋和渔网附近的水面上隐约现出遥远而微弱的灯火。

“别靠得太近。”汤姆说。

“我知道，”乔揉揉眼睛，“但我们没走错地方……左右舷都停止……”死神与光荣号无声地滑行，“半速……停止……”乔站在前甲板上，紧靠桅杆，凝视着比天色更黑的芦苇墙，“左引擎向前……停止……”

死神与光荣号驶入芦苇丛中，传来擦到芦苇的唰唰声。它停下来，船头轻轻切入柔软的淤泥。乔用圆锚和缆绳固定船身，跳上岸，突然传来“吱嘎”一声巨响。

“搞定了？”汤姆问。

“近在咫尺，”乔的声音从黑暗中传来，“到站了。”他在手电筒的微光照耀下，将圆锚插入柔软的淤泥。

“把我们的风灯拿过来，”乔叫道，“我们首先要查看清楚，然后再靠近。”

“我要添火。”皮特说。

“快点儿。”汤姆说。

四人一个接一个上岸。比尔手里拿着风灯引路，“吱吱嘎嘎”穿过芦苇丛。土地在他们脚下颤抖。时不时传来“扑通”一声，水花四射，说明他们一脚踏进了水坑。突然，面前亮起老渔夫的灯光。

“用风灯扫一下。”乔说。比尔照办了。

“谁呀？”黑暗中传来苍老嘶哑的声音。

“是我们。”汤姆叫道。

“我还以为你们一定是睡过头了。”那声音说，“不过，潮水还没有转向，你们来得及时，我还没有撒网。现在，当心脚下，把手伸给我……”

他们站在滑溜溜的泥泞中，几乎摸到了老渔夫涂柏油的旧船边。它以前是船，但现在除非遇见洪水，否则不可能再航行了。多年来，旧船充当住房，有两扇窗户，炉子和烟囱跟死神与光荣号的一样简单。渔夫在旧船里度日，修网、看河、下饵，根据适当的天气钓鱼。不过，他认真对待的事业是在河流两岸之间拉网，捕捉鳗鱼。船只通过时渔网被放到河底，当鳗鱼游过时就拉网。黑鸭子俱乐部成员想找机会看看他的捕鱼法，已经想了很长时间了。

“边上有梯子，”他说，“现在进来吧。宁可碰了头，千万别跺脚。鳗鱼可不会围着大象跺脚的地方转。”

老渔夫的船舱比死神与光荣号的船舱高。除了低矮的门廊以外，汤姆都能一直站直身体。船舱一侧有铺位，上面罩着拼布床单。桌子放在一侧窗口下，旁边有一条长凳。旧式水手炉设在地板中间，燃起熊熊火焰，一只黑色大水壶在炉子上面欢唱。铺位上面的墙壁有两个钉子，上面挂着一条旧式长筒枪。各式各样的架子支撑渔网，二三十个鱼钩插在软木塞上，软木塞安置在网线之间。宽大的钢边眼镜放在桌子上，金属涂有白漆。墙上贴着从报纸上剪下来的图片，包括：维多利亚女王即位五十周年大庆、南非战士、爱德华七世加冕礼。由于年深日久，图片已经变成灰褐色和烟熏色。老人对历史的兴趣似乎到此为止，因为以后的事件都没有图片纪录。

四个“黑鸭子”尽可能把自己安顿好。汤姆和乔坐在长凳上面，比尔和皮特坐在老渔夫的铺位上。老人把大壶里的水灌进搪瓷茶壶，用小勺搅拌，然后放在大壶边的炉子上。

“您打算什么时候拉网？”汤姆问。

“拉网？”老人问道，“潮水现在刚刚开始转向。首先把网布好，退潮时就会有鳗鱼。我们会看到的。”他从钉在墙上的壁橱里取出三个杯子。每个杯子斟上大半杯茶，颜色犹如黑啤酒，加上牛奶和一勺糖，“你们两个人一杯，我一个人一杯。”他说，“现在喝吧。好，小皮特喝了。喝了茶，保持清醒。我干了这杯就出去拉网。”

茶水又热又苦，在喉咙里滚烫滚烫。不过，茶水一下肚，连皮特也不再打哈欠、揉眼睛了。老人看看外面的黑暗。“现在我该拉网了。”他说，“退潮了。不，你们留在这里。我可不想让你们滑得满地打滚。”

他走了。四个“黑鸭子”走出船舱。一开始，他们什么也看不见，但能够听到旧绞盘“吱嘎”转动的声音。接着，他们隐隐约约看到老渔夫驾船横过河面，听到对岸传来“吱嘎”声。然后，他们看到老渔夫驾船回来，但没有听到桨声。现在，他们又会合了。老渔夫回到舱室，让孩子们关上门，给自己倒了另外一杯茶，吹开蒸汽，喝了下去。

“你们从来没有见过拦网吗？”他说，“明天一到，我就七十岁了。”

“七十岁！”汤姆说。

“我明天过生日。”老人说。

“是今天吧？”汤姆说。

“让你说着了。午夜已过，我今天就七十了。”

“长命百岁！”汤姆说。

“大家长命百岁！”乔、比尔和皮特齐声说。

“大家都活到九十岁，”老人咯咯笑道，“好歹又是二十年。有一年的生日，我坐在大伯跟前，就像你们现在坐在我跟前，这已是几十年前的事了。他把旧网安置在波特黑根上游……喝吧。茶水多得是。”他从大壶里给茶壶添水，“你们知道波特，对不对？不过那时候情况不一样，波特没有房子，省下了风力泵。河上差不多没有游艇，只有芦苇船之类，还有在桥下载货的小船。那儿有好多网，在捕捞梭子鱼，还有许多飞禽……”

“有没有人照顾鸟儿？”汤姆说，他想到了黑鸭子俱乐部。

老人笑了。“有枪手。”

“他们是干什么的？”皮特问。

“他们打鸟，跟我打鱼一样多。”老人说。

“啊……我说，不是麻鸭吧。”汤姆说。

“数也数不清，那时鸟多得是，后来就越来越少，快要消失了。现在，他们说鸟儿又回来了。如果我带着老枪在希克林路上……”

“可您不能打麻鸭啊。”皮特吓坏了。

“为什么不能？”老人说，“以前我们打了许多鸟，还有许多鸟可打。”

“所以鸟儿才会消失。”汤姆说。

“你们别相信那一套，”老人说，“是因为他们把芦苇丛割了，他们就喜欢游艇……”

汤姆跟黑鸭子俱乐部的其他几位会员面面相觑，不知道他们怎么看待这种可怕的异端邪说。

“但鸟儿回来了，”乔说，“现在禁止打鸟。鸟儿越来越多了。去年春天，我们发现了两个鸟巢。”

“鸟蛋卖给谁了？”老人问。

“没有人。”乔说，“我们没有卖鸟蛋。我们没有拿走鸟蛋。但如果没有我们监视，鸟蛋就会被人拿走。”

“有些人真是少见的傻瓜。”老人说，“我要是知道鸟巢在哪里，口袋里就会有钱，老烟斗就会有烟。”

“黑鸭子”们彼此对视。跟老哈利争论没有用处，但老船夫至少说对了一件事：如果乔治·奥顿这样的人拿走鸟蛋，就能弄到一大笔钱。

老人注意到皮特脸上的表情。

“你心里肯定想，老哈利·班格特是个老贼。”他说，“照我说，不是。鸟儿有什么用处？不就是给人打猎用吗？”

“但如果您打鸟，这里就不会有鸟了。”乔说。

“我们打鸟的时候，鸟儿一直多得是。”

显然，老人从来不理解黑鸭子俱乐部成员为什么整个春天不分昼夜地卫巢护鸟。汤姆明智地改变话题。

“给我们讲讲那时候的故事吧。”汤姆说。于是老人讲起那个年代，当时几百条小船来来往往（他自己年轻时候也是船夫），在巴顿湖举行赛舟会，在布雷登湖上比枪法。布雷登湖五十年前发大水，铁链封闭了一些较小的浅滩入口，因此发生争执……

大家都没有注意到时光流逝。最后，老人抬起头，看看挂在钉子上的旧钟，起身打开舱门，放进来一大股清凉的夜晚空气。

“我们该去看看老鳗鱼了。”他说。

他点燃孩子们的风灯，然后从钩子上取下自己的风灯。“你们这里会用得着的。我留两盏灯在这里，带两盏灯走。船上再没有更多的风灯了。”

“谁走前面？”汤姆说。

没有任何争论。老渔夫的船漂浮到他的旧船船尾旁，他在黑暗中拉住最近的两个人，恰好是汤姆和比尔，告诉他们跳过去，不要作声。过了一会儿他也离开了。

汤姆和比尔坐在小船船头，风灯搁在脚边。他们面前没有划艇手的座位，只有一个大贮水箱，有船身那么宽。他们看到老人从船头探出身去。

“小船怎么在动？”汤姆轻声说。

“他在拉绳索吗？”比尔轻声说。

除了他们脚边和废船其他地方的风灯以外，到处伸手不见五指。灯光穿过开放的门口，在皮特和乔看来，仿佛切穿了船板。

小船停了。老人取下一个顶端有挂钩的长杆。

“来吧，”他说，“你们一个人拿着灯，另一个人帮我一把。”

长杆拉起一圈渔网，依靠里面的柳条环保持形状。

比尔和老渔夫在船上抬起渔网一端。汤姆以为渔网里面是空的，但他突然看到渔网狭窄的一侧有膨胀、白色、闪光的东西。他知道，这是鳗鱼的肚子在反射风灯的光芒。

“打开水箱。”老人说。汤姆一手提风灯，一手拉开船中间的贮水箱盖。老人把渔网打着结的末端提到水箱上面，解开网结，放出闪闪发亮的鳗鱼流。然后，他拉紧结带，关上网末端的小口，重新打好结，最后把渔网扔到船的旁边。

“好多鱼。”汤姆说。

“管用了，管用了。”老人说。

小船慢慢回头，横过河水。

“有收获吗？”他们听到皮特的声音从旧船上传来。

“特别多。”他跟汤姆想在风灯的光照下数一数鳗鱼，但这样做并不容易。原因在于水箱里有一半是水，鳗鱼游来游去，上面露着黑脊背，白肚皮不会露出来。

“下次该我了。”他们爬回旧船时，皮特说。

“只要你不打瞌睡，就行啊。”老人说。

这一段时间里，茶壶一直搁在炉火上，因此倒出来的茶水比原先更浓。老人说起鳗鱼。“它们要往哪儿游？”皮特问。汤姆告诉他它们在遥远的大西洋产卵，小鳗鱼怎样寻路返回英格兰跟大鳗鱼会合，而大鳗鱼如何舒适地生活在溪流中。皮特说：“野蛮。”但老人不同意这个故事。对他来说，鳗鱼生于泥浆，沿河而下，为的是领略海水的滋味。“它们闻到海潮的味道，就跟着下来了。”

“您抓到过多大的鳗鱼？”汤姆问。

“我没有抓住，”老人说，“没有留住它。但那家伙够大。我的旧鱼矛飞过去，扎在它尾巴上面。它摇摇尾巴，把我的鱼矛甩进芦苇丛里。它差一点儿弄翻了我的船，然后游进激流，像摩托艇一样把两岸甩到身后。你们有没有听过这个故事？一条老鳗鱼通过布雷登湖，游到黑德姆，跟国王交换了王冠。还有一个故事说，海蛇紧靠雅茅斯到戈尔斯顿的河岸游下来。其实那不是海蛇，是了不起的老鳗鱼。那就是我见过的那家伙。”

一个多小时过去了，老人又看看挂在钉子上的旧钟。他又一次打开舱门，放进夜晚的空气。但这一次，皮特和乔在他身边小船上，汤姆和比尔留在旧船上守望。小船拉着网慢慢移动，灯光在黑暗中闪烁。

“他们现在停下来了。”比尔说。

风灯举起。他们看到拉网中聚集的鳗鱼不断扭动，闪闪发光。

他们听到皮特的叫声：“大家伙！”

他们听到泼溅的水声，那是鳗鱼从拉网游进水箱的声音。“天啊，他这一次可是大丰收啊。”

现在灯光越来越近，他们回程了。

"好几百条哇。"乔把手伸进水里搅动。

"太棒了，伙计！"老人说。

"他要给我们一些鱼。"皮特说。

又到了喝茶时间。舱门被关上了，风灯挂在舱顶上。湿衣服冒出蒸汽，老人的烟斗冒出烟雾，灯光显得越来越昏暗。

"我们怎么吃啊？"比尔说，"清炖？"

"清炖，"老人说，"熬汤、煎、熏都行。但你们不要做熏鱼，这需要靠近火边，把它们悬在烟囱上。"

"我们有炉子。"乔说。

"我们的烟囱怎么样？"比尔说。

"我们熏鱼吧。"皮特说，"我们以前从来没有熏过。用我们的炉子……"

"您具体是怎么做的？"比尔问。

"剥掉皮，洗干净，然后挂起来烟熏。"

听起来很简单。既然死神与光荣号有炉子和烟囱，似乎不利用就太可惜了。

"我们熏鱼吧。"比尔说。

"你带两条给你妈妈。"老人转向汤姆说，"你不要熏鱼，达钦太太喜欢清炖。"

"我想试试熏鱼。"汤姆说。

"你来分我们的嘛。"乔说。大家都同意这种安排。

皮特从夜风中回到热气腾腾的船舱里以后，虽然喝了浓茶，还是一直打瞌睡。老人跟其他人说话，跟自己说话；但问题越来越少，最后全都停下来。他挨个扫视客人，自己咯咯轻笑，重新装满烟斗，又给自己倒了一杯茶。天色渐渐明亮时，他觉得应该最后一次抬起鳗鱼杆。他又看了客人们一眼，但没有叫醒他们，悄悄离开了。

第四章　表面现象靠不住

比尔第一个醒来。老渔夫的风灯发出苍白的光。船舱的窗口在黑墙上呈一个明亮的方块状。皮特熟睡时滑向一边，靠着汤姆。汤姆自己也在睡梦中，让他靠着。乔张着嘴打呼噜，声音不大，但很有节奏，仿佛可以永远持续下去。老渔夫哈利已经走了，没有带走风灯，死神与光荣号的风灯搁在地板的角落里。窗口更亮了，比尔向外望去，东方天际霞光绚丽。下游河面银光闪闪，碧水飞溅。曙光不断明晰起来，最后的星星也渐渐隐没了。

门开了，老渔夫进来。

"你该上床了，"他说，"我也该上床了。鳗鱼不再来了。"

乔不再打呼噜，突然坐起来，两眼闪闪发光。

"天哪！"汤姆说，"我居然一直在睡觉！"

"我没睡着，"皮特说，"您说的最后一件事是……"

"都过了一个多小时啦。"老人笑道，"多好的早晨啊，但我大概看不到多少了。我是晚上捕鱼，白天睡觉。"他给自己倒了最后一杯茶，调好牛奶，然后倒空了最后一些糖。他切了一块圆面包，把一块厚厚的腌肉放在面包上，静心吃起早餐。"上床以前吃点冷腌肉，你就不会空着肚子醒来。现在吃吧，自己动手。"

但"黑鸭子"们谁也不想吃东西，他们只想睡觉。

"得啦，"汤姆说，"现在天都亮了。"

“起来，皮特。”比尔说，“回你铺位去睡。我和乔还要把船开到码头去。”

“没有风。”乔说，“用发动机吧。”

“汤姆掌舵，”比尔说，“嗨，皮特，不要再睡着了。”

老人送他们出去，嘴里嚼着面包与腌肉。“你们怎么拿鳗鱼呢？”他说。

“我去拿水桶。”比尔说。

“我有水桶借给你们，”老人说，“我过会儿来分一些，到时一起带走。”他走下小船，“你们什么时候做饭？”

“我们要先睡一会儿。”比尔说。

“我给你们留着。”老人说。他打开水箱，向里面张望。他苍老粗糙的手在鳗鱼当中飞速捕捉，犹如苍鹭的尖嘴，每一次都能捉住蠕动的鳗鱼。啪！他把鱼打昏，然后从尾巴抓住晕头转向的鳗鱼。接下来，他用刀沿着鳗鱼脊骨刺入脑后，将它扔进桶里。然后，他的手再次伸进水箱。一条接一条，他选出六条好鳗鱼，打昏、宰杀、扔进桶里，从容不迫，一声不出，仿佛正在想其他事情，“黑鸭子”们还记得鳗鱼被捕获时拼命挣扎的情形。当时，他们亲眼看到、亲自动手，纠缠的渔具沾满烂泥。他们心惊胆战地旁观。

“您是怎么做到的？”汤姆说。

老人抬起头，“你是说捉鳗鱼吗？”他问，“实际经验。七十年的经验。”

他把水桶递给孩子们，说他们如果还想捕一晚上，可以改天再来。然后，他爬回自己的旧船。孩子们谢过他，沿着芦苇丛生的河岸，水花飞溅地回到死神与光荣号船上。一走出温暖的船舱，九月早晨的新鲜冷空气就刺痛了他们的面颊。他们登上死神与光荣号甲板，放船驶入平滑的河道，这时连皮特都完全清醒了。

“小皮特，你还是下去把觉睡够吧。”比尔说。

“你自己下去吧。”皮特说。

比尔和乔一人一桨，把船划入河道当中。汤姆虽然无事可做，但仍然留在船尾右缘，握住舵柄。皮特站在舱顶，一手扶住桅杆。一只公鸡在霍宁某地报晓，另一只公鸡在远方应和着。一条鳊鱼“噗啦”一声转身，在前方划出一个大水环。

“天哪，”汤姆说，“太有趣了。等多萝西和迪克来了，我们可以再试一次。”

“不知道司令喜不喜欢鳗鱼。”乔说。

“我们还有好多事情可以做，”比尔说，“我们可以把旧船随便放在什么地方。”

他们已经把前一天的放船事件抛到脑后。有人把船放跑了，人们一度以为是他们干的，但他们没有干。夜捕鳗鱼以后，他们的心思完全不在这里。他们稳稳地划桨，沿河而下，绕过老哈利下游的河湾，眼看就要到达转运码头。这时，皮特突然叫起来。

“那是什么船？”

“怎么会停在这么奇怪的地方？”比尔说。

“一定不是本地人。”汤姆说。

旅馆下面的河湾，树荫遮盖水面。在此之前的短暂航程中，只有一个停靠地点。游艇领队，甚至是陌生人，一般都会避开这里。就在这里，一艘游艇停在树荫跟前。

“右转舵，”乔说，“我们过去看看。”

“游艇有问题，”比尔说，“看看它怎么停的。”

他们靠近，发现情况确实不对劲。游艇既没有在河上抛锚，船头到船尾也没有顺着河道的方向，而是在水流中歪歪斜斜。除了桅杆顶部，看不到别的东西。

“啊，”比尔说，“这就是原先系在我们前面的那艘游艇。”

“水上救援，”乔说，“皮特，准备好绳子。”

“这条船到底在这里干吗？”汤姆说。

“在水中漂荡，让这些树拦住了。要不然，它还会沿河而下。刚才的涨潮期间，它一定在随波逐流。”

“我们出发时还在涨潮，不久就退潮了。”比尔说。

“我们走的时候，它还好好的。”乔说，“我看到过它。想起来没有，我担心我们的船碰上它，特别小心。”

他们现在已经离游艇很近了，抬头可以看到游艇的桅顶。救援队成员发现：一根粗大的树枝横在桅杆和前桅支索之间。

“你打算怎么办？”汤姆问。

“把它带回码头，固定起来。”乔说，“不能就这样把它留在这里。”

“瞧它这副歪歪扭扭的样子。”皮特说。

“这家伙抛锚时一定很不留心。”乔说，“现在轻一点儿，把挡泥板扒出来。喂，皮特，别让它碰到前舷。比尔，把桨放下。”他一面说，一面放下自己的桨，让死神与光荣号跟游艇并列，保持适当距离。在两条船接触之前，他跳过去。皮特跟着他跳过去。

“你们把船头拉正。”比尔说，他拉住船尾放空的缆绳，两股缆绳一起拉动底下的圆锚。

“动了，”比尔说，“但怎么把它开走呢？”

“往侧面拉，跟它来时一样。”乔说着，斜瞥了一眼桅杆和支索之间的枝条，“汤姆，我们用缆绳拖。保持方位，握紧绳头。”

他把另一端绳头系在游艇桅杆上，告诉比尔把死神与光荣号开到河中间。“动作慢一点儿，免得撞船。汤姆，别用舵了，还是划桨吧。”他们三个都是造船人的孩子，现在这种水上救援的工作对他们来说非常得心应手。乔是没有争议的指挥官。汤姆虽然年龄更大，却甘心听从指挥。

死神与光荣号开走，缆绳被拉紧。树叶从桅杆上纷纷落下。乔观望形势，举起手。比尔和汤姆放松拖绳，然后根据乔指示的新方向重新拉紧。头上传来一阵刮擦声，细枝嫩叶落到甲板和水中。游艇摇摇晃晃，挣脱开来。

“干得好。”汤姆说。

“皮特，掌舵。”乔说，“半速拖动前进。保持稳定。”

救护拖船慢慢向码头驶去，游艇跟在后面。皮特在游艇上面掌舵。乔把船头船尾的系船索卷起来，准备靠岸。

“慢速前进。”他叫道。这时，他们正经过旅馆下面的河湾。

旅馆突然打开一扇窗口，女招待探出身来，挥舞抹布。霍宁醒来了。

“我现在解缆，”乔叫道，“准备收回拖绳。一切就绪！”他跑到船尾，“小皮特，向前开，准备靠岸。我带船进港。”

游艇沿着码头慢慢滑行。汤姆和比尔把死神与光荣号开回原来的泊位，它就在不远处的下游。皮特和乔从游艇上跳上岸，一人拿一条系船索和锚。他们刚刚把船固定到系环上，两个大孩子就骑着自行车转过船棚角，沿着码头过来了。他们跳下自行车，站在那里看热闹。

“又来了。”一个说，“好哇。这一次有两个见证人。喂，你们别动这些系船索。幸好我们经过……你们放了船，又不承认。”

“得啦，我们没有。”皮特说，“就是这样。你们看得出来，我们是在系船，不是放船。”

“装得挺像，哼，让我们逮住了，系船索已经松了。快点，乔治，我们赶紧去报告警察。”

“等我们从诺里奇回来，”乔治·奥顿说，“现在别浪费时间。抓他们的现行。年轻的汤姆·达钦也参加了。”

汤姆火冒三丈，跳上岸。

“我们没有放船。我们看到船在随波逐流，缆绳松开，桅杆卡在一棵树上。看看甲板上的树叶。要不是我们把它带回来，真不知道会出什么事。”

“这是水上救援工作。”乔说。

“我想，解开玛格丽塔号也是水上救援工作。”乔治·奥顿说，“你们马上把缆绳系回去，别想等我们走后再解开。我们都看见了。”

“我们本来就是要系船，你们看见的。”乔说。

“我们看见你们解开缆绳放船。”乔治·奥顿说，“我想，你们会说，所有其他事情都跟你们没关系。你们会说，你们没动过托维泽家的划艇，还有绿色的船屋或奔星号。”

“什么？”汤姆叫道，“有人动了奔星号？”

“没有吗？你们应该最清楚。我想，划艇、游艇都是自己松开的，是不是？这一次缆绳还在你们手里。快点，拉尔夫，我们告诉其他人去。”

乔治·奥顿骑着自行车，沿着马路走远了。

“下流坯。”皮特说。

“没关系。”汤姆说，“我们都知道，我们是在哪儿找到船的。”

比尔并不确定。“谁来证明？”他说，“昨天他们都以为是我们解开了摩托艇。但我们知道，我们没有碰过它。”

“其他的船是怎么回事？”乔说。

“哈利·班格特知道，我们一整夜都跟他在一起。我们不可能同时既放船，又捕鳗鱼。”汤姆说。

“我们运气不错。”乔说。

他们回到死神与光荣号上。

“你随意挑些鳗鱼吧。”乔说。

汤姆从水桶里拿了两条鳗鱼。“这些我拿了，”他说，“你们打算接下来怎么办？”

“先睡觉，”乔说，“皮特的哈欠快要把脑袋打下来了。让火继续烧，谁不睡觉就给它添煤。”

“我现在走了，”汤姆也在打哈欠，“我先睡一会儿，过一会儿再回来。油布雨衣在哪儿？”

他一手拿一条鳗鱼，油布雨衣夹在腋下，走了。

“我想一觉睡到下星期。”皮特说。

送牛奶的男孩骑着三轮车，手忙脚乱地经过码头。他看到死神与光荣号，目瞪口呆，飞快地将三轮车骑到船前。

“喂，”他说，“你们怎么不在渡口？”

“为什么？”比尔睡眼蒙眬地说。

“救船。有六条船漂到渡口啦。”

“我们需要睡一会儿。”乔说。

“是你们放的？”送牛奶的男孩问。

“不是。”乔说。

“有些人认为是你们干的。”男孩说。

“让他们爱怎么想就怎么想。”比尔说，“我们跟老哈利·班格特捕了一晚上鳗鱼。”

“抓到没有？”

“抓到好多。”

“你们没有放船？”

“去去去，”比尔说，“让我们安静一会儿，我们要睡觉。”

“问一问都不行吗？”送牛奶的男孩骑着三轮车，走了。

比尔弯腰走进船舱，又拿着一块告示板走出来，上面写着铅笔大字：“睡觉，勿扰。”“我妈妈生病时，爸爸就挂出这块牌子。”他说。

“好。”乔说。

他们把告示板固定在舱顶上。然后，他们迷迷糊糊，几乎无意识地下到船舱里，踢掉靴子，没有脱衣服就倒在铺位上，滚来滚去让毯子裹住身体，接下来就失去了时间概念。

第五章　山雨欲来风满楼

“睡觉，勿扰。”有人在念比尔的告示板。

“真不知羞耻！”另一个人说。

“我就是要扰一扰他们。”第三个声音说。

乔、比尔和皮特躺在死神与光荣号的铺位上，睡了几个小时，感觉好多了，但仍然不急于起床。他们听到人们在近处说话的声音。这时，舱顶上传来一声巨响，惊得他们一下子站了起来。他们冲进驾驶舱，发现码头上挤满了人。他们所救游艇的主人一面察看缆绳，一面跟乔治·奥顿说话。绿色船屋的主人正在对人们说他如何半夜醒来，发现船在河上随波逐流。托维泽家的两个男孩在说他们如何发现划艇困在渡口的铁链上，奔星号的主人在解释他们虽然前一天亲手系好缆绳，但小赛艇没有摔成碎片，不过是运气好而已。警察泰德先生敲了舱顶，正咬着铅笔尖查看笔记本。人人都在开口，但死神与光荣号船员爬出舱室、走进驾驶室时，愤怒的喧嚣突然化为一片死寂。

“这么说，你们又干这件事了。”泰德先生说，“你们做这些事情图什么？昨天晚上很晚的时候，我就看见你们窗口有灯光。今天早上有人看见你们在解游艇……”

“是系上。”乔说。

“你们为什么想要放漂我的船屋？”

“我的划艇是怎么回事？”

“你们给奔星号造成的损害不下五十英镑。”

“我们没有碰过这些船，你们可以问汤姆·达钦。”乔说。

“汤姆·达钦，”有人笑道，“去问汤姆·达钦。事情就是汤姆·达钦开的头。”

“你们昨天晚上十二点以后去哪儿了？”泰德先生说，“你们上哪儿去了？你们解开缆绳，放漂一路上所有的船只。这就是你们干的。”

“我们没有！”乔说。

“不把他们赶出去，这条河就没有太平。”一个声音说。

“这一片乱哄哄的是怎么回事？”

“爸爸！”皮特叫道。他父亲从人群中开道过来。

泰德先生转过身来。“你们家皮特有麻烦了。”他说，“罚款终归会落到你头上。你怎么不管好他？”

“皮特，你干什么啦？”他父亲问。

“什么也没有。”皮特说。

“什么也没有？”好些人立刻喧哗起来。

皮特的父亲听到了他们的声音。

“闭嘴。”他突然说，“皮特，告诉我，你有没有动过他们的船？”

“没有。”皮特说。

“听见了没有？”皮特的父亲说。

泰德先生让所有人安静下来。“我来调查，”他说，“昨天晚上十二点以后，这条船在哪里？”

“在上游。”乔说。

“你是说，在下游。”有人说。

“在上游。”乔说。

“你们在船里干什么？”

“我们不在船里。”

“啊。”泰德先生匆匆忙忙在笔记本上做记录。

“他们上岸放漂了我的船屋。”

泰德先生挥挥铅笔，让老人安静。

“你们在做什么？”

“捉鳗鱼。”

“鳗鱼！听起来挺像的。让我们看看。”

比尔一句话没说，提出水桶。泰德先生严肃地看看桶底的鳗鱼。

“我们跟哈利·班格特一起拉网。”乔说。

“我敢打赌，这是撒谎。”乔治·奥顿说。

“马上就见分晓，”皮特的父亲说，“老哈利正在向下游过来。”

老渔夫稳健地顺流划船。人人都能认出他，还有他披在肩上的灰白头发、头上破旧的黑帽子。他们叫起来。老渔夫四下瞧瞧，想知道他们在朝什么喊叫，然后他默默划桨，直到他的旧船停在死神与光荣号船尾旁。

“水桶有问题吗？”他问。

比尔把鳗鱼、血和黏液从老渔夫的桶里倒进自己桶里，开始在旁边冲洗借来的桶。

“哈利·班格特，”泰德先生说，“这些孩子说，他们昨天晚上跟你一起拉网捉鳗鱼。”

“就是这样。”老渔夫说，“鳗鱼跑得可欢实啦，这些家伙。”

“这些孩子跟你待了多久？”

“潮水转向时，他们就来了。”老人说，“差不多十二点钟。他们跟我一直待到天亮，鳗鱼不再出现的时辰。出什么问题了？”

“我告诉过你们，”皮特的父亲说，“他们从没有动过你们的船。”

码头上的人差不多失望了。比尔把水桶还给老渔夫。老渔夫把桶放在船底，自己上岸，向小酒馆蹒跚走去。泰德先生合上笔记本，依次看看他们。

“怪事。”他说。

“他们耍了花招，”一个船主说，“除了他们，再没有别人了。”

“两个晚上都放漂船只。”泰德先生搔搔头，“昨天是约奈特先生的摩托艇，现在又是这些船。”

“如果不是他们，”绿色船屋的主人说，“找到人就是警察的事情。非制止他不可。找不到这个解缆绳的恶棍，我时刻都睡不好觉。”

“一切都很好。”乔治·奥顿说，“可我亲眼看见他们在放漂这条游艇。”

“我昨天晚上亲手系好的。”游艇主人说。

“我们发现它的桅杆卡在树上，”乔说，“甲板上还有树叶。你如果早点来，就会看到我们把它解救出来。”

“你听。”皮特的父亲说。

“看上去很像是他们在放漂。”乔治说。

一群人七嘴八舌，同时向泰德先生说话。

“有些事情非做不可。”

“你怎么没有看紧呢？”

“警察不能全天候监视。”泰德先生说。

“我们现在必须改成全天候监视。”

“只要你愿意，我们就做得到。”

人群散去，船主们茫然无事。泰德先生慢慢离开港口，乔治·奥顿和他的朋友仍然跟着他说应该做什么。

“汤姆说对了，”乔说，“他们什么都证明不了。”

“让他们见鬼去，”比尔说，“我们怎么熏鳗鱼？”

“早饭怎么办？”皮特问。

“早饭？”乔叫道，“我们睡过头了。午饭怎么办？”

“把水壶搁在汽化炉上。”比尔说，“谁都用不着回家。我们有面包，我们有奶酪，我们有苹果，我们有一罐牛奶，我们有茶。袋子在哪里？我和乔给炉子找些木柴来。我们回来的时候，水就开了。”

二十分钟以后，他们吃上了合在一起的早饭和午饭。驾驶室添了一袋碎木片和刨花。乔和比尔照例拿着空口袋去约奈特先生的船棚，但船夫仍然认为他们是昨天那些麻烦的罪魁祸首，愤怒地要求他们离开。幸好他们在下游的船棚得到一大批非常好烧的油松木、更好烧的雪松木，还有他们认为容易冒烟的桃花芯木刨花。

“烟囱又好又宽。”乔说，“我们把顶盖取下来。很容易。把一根棍子横过去，把鱼挂上去就很漂亮了。”

“我弄弯了一些金属丝钩子。”比尔说，“我保存了许多电话线，知道用得着。”

下一步是给鳗鱼剥皮。乔和比尔一起动手。乔在鳗鱼颈部皮肤上划开一圈。

比尔隔着一块布，握住鱼头，免得它在手指间滑动。乔转动刀具，把鱼皮剥离约半英寸长，然后，他隔着另一块布抓住鱼皮一拉。手滑了几次后，乔和比尔剥呀拉呀好几回，鱼皮终于像手套一样脱下来。接着，他俩把剥好皮的鳗鱼交给皮特，皮特清理掉内脏和脊椎骨附近的黑色血液。同时，乔和比尔又开始剥下一条鳗鱼的皮。

“鱼胆。”皮特用刀剜掉。

“全都去掉，”比尔说，“留下来会毒死人的。”

接下来就是把鳗鱼挂在烟囱里。他们把防止烟气倒灌的锡烟帽取下来。比尔把四条电话线做成 S 形钩子。然后，他不断降低鱼的位置，直到晾鱼竿接触烟囱盖边缘。在此期间，皮特已经点上火，到舱顶上察看他们的进展。

“没有多少烟上来，”乔说，“你下去把火拨旺一点儿。”

皮特下去了又急急忙忙赶上来。

“倒灌得很厉害，满屋都是烟。”他说。

“控制一下。”乔说。

“控制不住的。”比尔说。

“那就把烟帽放回去？”乔说。

“可能管用。”皮特说，“那样就不会倒灌了。”

“火不能烧得太好，”比尔说，“现在上面的烟很多。”

“船舱里的烟更多。”皮特说。

三个人一起下去。

皮特喘不过气；乔咳嗽起来；比尔揉着疼痛的眼睛。“我们就要给熏出去了。”皮特说。

“熏鳗鱼可不能没有烟。”比尔说。

“还没有煨好一半呢。”皮特说。

“我们已经开始了，就要把它熏好。”乔说。

“把门关上试试。”比尔说。

“快把烟帽盖上，”乔说，“如果一直倒灌下去，火就灭了。”

比尔把锡帽固定在烟囱上。有一点儿作用，但作用不大。倒灌到船舱里的烟至少跟经过鳗鱼的烟一样多。但是，如果火太大，那就成了烤鳗鱼，而不是熏鳗鱼。

皮特越呛越厉害，停不下来。

“小皮特，你最好还是出去。”

皮特跌跌撞撞出门，进了驾驶舱。

“关门。”乔说。比尔在皮特身后关上门。几分钟内，皮特就不再喘不过气，并重新打开门。船舱的烟雾中露出一张红脸，要他关上门，再不要打开。他听到两个人在火上加了更多的木头。烟云从烟囱里冒出来。不久，门突然打开。乔伸出头，大口喘气：“现在油都滴到火上了。”他气喘吁吁地说完，又一次消失在烟雾里了。

然后，比尔伸出头，眼泪顺着脸颊流下，但他还是开心地露齿而笑。

“我想去钓鱼。”皮特说。

“去钓吧。”比尔说，“我们要用些竿子，好好熏一把。”

“关门！”乔在烟雾缭绕的船舱里叫道。比尔深吸一口气，关上门。

一小时过去了。接着又是一小时。皮特坐在舱顶上钓鱼。熏鱼人在下面又呛又咳，一次又一次伸出头来喘气。他们长时间没有说话。门一开，烟雾喷出来，一个脑袋露出来，接下来是另一个。他们只要能忍得住，就把自己关在烟雾中。

码头总有机会钓到鲈鱼。皮特用小红蠕虫做诱饵，这是他在苔藓中挖了一个星期才弄到的精品。蠕虫又肥、又红、又亮，扭来扭去。但不知为何，鲈鱼在木堆和营帐附近游来游去，就是不肯上钩。皮特一只接一只地捉到小鳊鱼。如果钓不到更好的东西，大鳊鱼也凑合；但小鳊鱼不适合烹饪，皮特一捉到就放回水里。他时刻希望看到两个浮子沾湿、浮标不断下沉，这说明鲈鱼吃了他的蠕虫。但没有鱼咬钩。现在，浮标向旁边滑动、在水中下沉了四分之一英寸；现在，浮标本身在激流中无法保持稳定了。每一次有动静，皮特都激灵一下。如果他足够快，就会看到，每一次都是鳊鱼脱钩，沉回河里。虽然令人失望，但无论如何总好过像鳗鱼一样受烟熏。

“七点四十，”他心想，“也许是七点五十？老鲈鱼快来呀！”但没有鲈鱼吃他的蠕虫。他开始钓鱼时还聚精会神，但现在就有点心不在焉了，因为他没有看浮标，而是在看上游驶来的摩托艇。

他立刻认出，这不是本地船。它像所有的摩托艇一样，有官方的船舶编号。

前面的字母不是 B，B 代表布尔河，而是 W，代表韦弗尼河。它一定是南方来的船，途经雅茅斯。

摩托艇开得很慢。方向盘前面的人看到皮特在钓鱼，进一步减速。他甚至关闭引擎，小游艇几乎无声地滑行。皮特仔细打量它，发现它不是普通的摩托艇，而是专门设计的钓鱼船。他看到舱顶座位上放着钓鱼竿，驾驶室栏板还有其他钓鱼的座位。

“不知道他的运气如何。”皮特心想。

他看到船头上的名字“抹香鲸号”，联想到某种鲸类。他察看浮标，立刻逮住一条鳊鱼。他取下鳊鱼，扔回水里，差不多立刻抓住了第二条。

“嗨！”摩托艇上的人打招呼说。

皮特环顾左右，没有看到任何人，才意识到这个人是在跟自己打招呼。他像桨手一样举手致意，表示他已经听到了。游艇慢慢转过去。

“你愿不愿意明天给我捉些鱼饵？”那人问。

“可以。”皮特说。

“你有没有网兜，可以存放在里面？”

“没有，但我们有水桶。”

“最好放进网兜内。我会顺便过来，把我的网兜给你。我想要十二个这么好的钓梭子鱼的诱饵，跟刚才扔回去的诱饵一样大。”

皮特拿起钓鱼竿，放回舱顶，抹香鲸号转过弯，驶向下游，甚至比以前更慢，滑过死神与光荣号跟前。钓鱼人伸出摇摇晃晃的手，把网兜递给皮特。

“一个鱼饵一便士，真正的好鱼饵两便士。不要小鱼。明天下午，你在这里等我。我去罗克瑟姆过夜，一路上打电话联系。”

“是韦弗尼河的船吧？”皮特一边问，一边饶有兴趣地打量小游艇。

“贝克尔斯生产，”船主人说，“本季度刚刚下水。”

“很适合钓鱼。”皮特说。

“它的用途就是钓鱼。”船主人说。

他发动引擎，经过死神与光荣号，推进器掀起一阵细小的浪花。船舱门打开了，露出比尔的面孔。他满脸通红，眼睛流泪，烟雾从他身后的船舱喷出来。

“上面怎么啦？”他说。

“天上掉馅儿饼啦。”皮特说，指着抹香鲸号转弯离开的方向，“他想要钓鱼的诱饵，让我给他捉鱼饵。普通的一便士一条，大的两便士一条。这儿的诱饵多得是。我都是捉一条放一条。鳗鱼怎么样啦？”

“还在熏呢。”比尔说，“我和乔都快熏成腊肉了。”他爬上驾驶室，以便更好地观察快要消失的抹香鲸号。

乔也爬出船舱换口气，站在驾驶室门口，擦干脸上的汗水。“我们以后换一个更大的烟囱，”他说，“再也不要受烟熏了。”

“皮特马上就要赚大钱了，”比尔说，“那个人是不是今天晚上就来拿他的诱饵？”

“明天下午。”皮特说。

“那就是说，我们不能早点走。”

“走？”皮特说。

“离开这里。”乔说，“我和比尔一直在讨论。我们打算只停留一晚上，明天就沿河而下。”

“路没有多远，”比尔说，“不过船已经准备就绪。离开这里，来一次实验性的旅行。出发以前，我们要首先准备一点儿钱，免得随时跑回家要吃的。小皮特，你有把握捉到多少鱼饵？”

“多得很。”皮特说。

“你可以给他捉十几条，”比尔说，“我们有两个浮子，可以用来贮存鱼饵。”

这个主意让人士气大振。皮特着手钓鳊鱼。另外两个人继续熏鳗鱼，同时自己也得挨熏。

既然鳊鱼用得着，它们也就不那么好捉了。咬钩的鱼儿越来越少，到晚上就完全停止了。网兜挂在死神与光荣号侧壁上，里面只有四条鳊鱼游来游去。皮特想起被他放回水里的那么多鳊鱼，后悔死了。那时，他还不知道鳊鱼也有用。

最后，汤姆·达钦睡够了，划着小艇山雀号，从码头过来。路上，托维泽家的男孩子拦住他，问他黑鸭子俱乐部在玩什么把戏，为什么要放漂他们的船。比尔和乔断定鳗鱼已经熏好了，不再需要炉火，他们就打开船舱把烟放出去，接着爬上舱顶，跟汤姆和皮特会合。他们告诉汤姆，泰德先生和其他人怎样盘问他们夜里发生的事情。

“你们有没有告诉他们拉网捉鳗鱼的事情？”汤姆问。

“我们说了。哈利·班格特自己也过来说了。”

“他们还说是我们。”比尔说。

“他们正在监视码头和这一段所有的河道。”乔说。

“我们明天就往下游走一段，”比尔说，“出发以前先带一点儿钱。如果这一带再出什么事情，也不会赖到我们头上了。”

正在这时，老渔夫回到码头，解开他的船，准备划走。他看到四个人坐在死神与光荣号舱顶上，一脸严肃。

“你们该不是先把他们的船搅乱了，再上我的船吧？”他狡猾地问。

“当然没有。”汤姆说。

“好多人都认为是你们干的，”老人说，“现在你们可不应该干这种事。”

“可我们没有啊。”汤姆说。

老人没有说话，他把船桨浸入水里，稳稳地划走了。

“听见了吧，”比尔说，“如果人人都这么想，我们最好换个地方。”

“可是迪克和多萝西后天就要来这里了。”汤姆说。

“我们不会走多远的。”比尔说。

“那些鳗鱼呢？”汤姆问。

“现在应该可以了。”乔说。

“烟气已经散尽，”比尔说，“我们可以准备晚饭了。”

“真香。”汤姆说。

乔冒着烫疼手指的危险，取下烟帽。比尔拿出晾鱼竿。四条鳗鱼被烟熏成黑色，油光锃亮。

“我有手帕。”皮特说。

“我们最好先洗一下，再给你妈妈带回去。”几分钟后，比尔说。

“现在看起来棒极了。”汤姆说。

“一人一条，”乔说，“皮特，你来切面包。”他展示自己脏兮兮的手解释着，“比尔，看你把壶弄得……”

“那些以后再说吧。”比尔说。

他们在炉边坐下，吃鳗鱼晚餐。

“好辛苦呀。”乔说。

“辛苦也值。”比尔咬了一大口，吧唧着嘴说。

大家沉默了几分钟。

“不错。”比尔满怀希望地说。

“有点烟味。”乔说。

“多加点盐试试。”汤姆说。

“皮特，接着吃呀。”比尔说，“你不饿吗？”

“待一会儿嘛。”皮特说。

“现在正好不冷不热。”汤姆说。

“鳗鱼有好有坏，”比尔说，“毕竟，这也不是极品。”

不久，他们就吃饱喝足，把盘子里的残羹剩饭倒进河里。

“这样可以引来鱼。”皮特说。

他们用面包和奶酪补充晚餐。

“真想再来一次。”乔说。

“我们说要做熏鱼，现在说到做到了！”比尔说。

晚饭后，乔和比尔拿起钓鱼竿，跟皮特一起钓了一会儿鱼。汤姆在旁边看。三个人都没有鱼儿咬钩。

“多着呢。”皮特说。

“皮特是渔夫。”比尔说。

“我明天早点起来，”皮特说，“趁它们吃早饭时抓住它们。”

他们穿过码头，看到泰德先生、乔治·奥顿和他的朋友、托维泽家的两个孩子在认真讨论。

“他们该不会真的整夜盯着吧？”汤姆说。

“他们就是这么说的。”乔说。

“我们上床吧。”比尔说，“我们早点叫小皮特起来。”

汤姆离开了。

“我说，汤姆。”汤姆划船离开时，比尔说，“告诉你妈妈，不要自己熏鳗鱼。”

“清炖，”乔说，“更省力，更好吃。”

第六章　摆脱困境

晚上，他们两次被惊醒。

第一次是桨声，在天黑以后很久。

乔听到声音，溜出温暖的舱室，走进夜晚的寒气中，想弄清楚谁这么晚了还在河上活动。小船已经向上游驶去，但船桨有规则的“哗啦”声和桨架的“嘎吱”声仍然依稀可闻。他想，桨架大概需要上油了。不久，声音又一次越来越大。这条船掉头驶回。夜色昏暗，他觉得好像看到水里有东西移动。

“谁呀？”他叫道。

“巡河队。”

“什么？”

“查看有没有更多船只被放漂。所以你们别以为不会被逮住。”

“我们没有……”乔开始说。

“那你们在等什么？”这个声音说。

船漂过来了。有人划火柴点烟，乔看见了那张脸。

“我知道你是谁，吉姆·托维泽。”乔说，“我能看见你。”

“看不见你也知道你是谁，”黑暗中的声音说，“当你又想起来放漂我们的船的时候，看看能得到什么。杰克，现在几点钟？”

另一个声音回答他。

“午夜后半小时。他们起来了，想寻找机会。我们会报告的。快点儿，吉姆。”

船桨又一次拨动水面，船只在夜色中远去。

乔爬回铺位。

“怎么回事？”比尔说。

“托维泽家在巡河。”乔说。

“祝他们好运。”比尔懒洋洋地说，“希望他们逮住那家伙，然后我们就清静了。”

“他们认为是我们。”乔说。

“晚安，”比尔说，“幸好你没有弄醒皮特。”

两小时后，他们又被吵醒了。这一次，死神与光荣号突然轻轻颠簸起来。

“烟囱是冷的。”这个声音乔非常清楚。

“他们好像在睡觉。”

“泰德先生，一定要弄清楚。”一个声音说，“这时他们可能上了岸，正在放漂其他的船只。”

这时，舱顶上猛地一响。

“怎么啦？”皮特跳起来，脑袋撞了一下。

“是泰德和乔治·奥顿。”乔轻声说。

“好吧，乔。”比尔说，“我去见他们，你上次去过了。”但乔已经出了铺位，摸索到驾驶室。手电筒照在他脸上。

“只有一个。”乔治·奥顿说。

“皮特和比尔也在？”泰德先生问。

“出什么事了？”比尔问，“你们逮住谁啦？”

“三个人都在，那就不大可能。”乔治·奥顿说，“除非是汤姆·达钦。”

“汤姆从来不会……”

“闭嘴吧，人人都知道汤姆会的。皮特在不在？”

“我在这儿。”皮特说着走出来，在电筒光照下眨着眼睛。

“你们最好还是回去睡觉，”泰德先生说，“我们只想确定一下你们在哪里。一定要制止这种放漂船只的行径。”

“你看，”乔说，“我们都睡觉了，都睡着了。”

“回去睡吧。”乔治说。

“一切平安无事，”泰德先生说，“但我得告诉你们和你们的爸爸，睡觉最好在家里的床上。”

“好吧，随便。”乔说，恼怒地钻进铺位，“明天不会有人吵醒我们了。西风起，我们即将沿河而下。”

“现在风平浪静。”比尔说。

“早上就会起风。”

“等船主人取走他们的鱼饵，我们才能走。”皮特说。

“如果你打算明天早起，现在就得睡觉。”比尔说，“晚安。”

“晚安。”乔嘟囔着说，“早安。”

钓鱼经常是这样的，早早起床，浪费了本来可以赖在床上的大好光阴。皮特刚过七点钟就开始钓鱼。这一天风平浪静，没有一丝风。太阳越来越热，河面上仍然没有一条鱼。比尔和乔吃完早饭，回家拿东西——牛奶、奶酪、面包和腌肉。他们还去皮特家里告诉他妈妈，说他们要驾驶死神与光荣号顺流而下。他们在回到船上的路上，经过泰德先生的花园，拔了一些野草，挖了一批蠕虫，以防皮特的虫子不够用。泰德先生出来见他们。

“是你们？”他说，“对不起，昨天晚上把你们吵醒了。我太太说，我不该叫你们。但警察工作不能靠运气。听我说，如果再有船放漂，我就不让你们到警察总部挖虫子了。”

“我能不能带回去？”乔问。

“你们可以留着。”泰德先生看看锡罐，匆匆说道，“不过别再折腾船只了。船主们气坏了，这也很自然。一切压力都落到警察头上。”

“我们从来没有动过船。”比尔说。

“再也别动船了。”泰德先生说。

他们回码头的路上，比尔说：“要是汤姆从来没有放漂过玛格丽塔号就好了。”

“他当时别无选择。”乔说。

“大家都记得。”比尔说，“看来谁也忘不了这种事情。”

“该死的！”乔说，“无论如何，我们今天晚上就没事了。”

“来点儿风吧。”比尔说。

皮特钓了一上午鱼，越来越气馁。在此期间，其他人修补船舱（他们没有用锤子，因为害怕吓跑了鱼儿），或是从码头眺望抹香鲸号是否已经接近，担心皮特还没有捉够一打鱼饵就看到这条船了。

皮特只注意他的浮子。“普通鱼饵一便士，好的两便士。”但愿它们像昨天一样不断咬钩，皮特不断放回水里。九点钟时候，他捉了一条好的。十点半时，他捉了一条不太好的。然后，来了一连串不值一提的。多挣一便士，死神与光荣号就能多一批储备。这样他们才能去远处，用不着每天回家取补给品。他一句话不说，悲哀地将小猎物扔进水里，向罕见的两便士猎物露齿而笑。他甚至从来没有左顾右盼，哪怕是在一两次大受刺激的时候。那时，码头上的人们就站在皮特背后，看着他，并议论放漂船只的事件，就像照例围观钓鱼人有没有收获一样。

午餐时间到了，网兜里有了五条可能的两便士。另外还有三条，他认为也有可能。幸好到现在还没发现抹香鲸号的影踪。水面平如镜，天空中没有一点儿云彩。烟柱从霍宁居民的烟囱里笔直升向凝滞的空气中。

“风帆用不上，只有靠引擎了。”乔说。他举起手来感受风向。

“皮特，过来吃点东西吧。”比尔在船舱里说。

“给我拿到这里来。”皮特说，“浮标刚刚动了。”

他一下午都在继续钓鱼，收获更好一些。不过，乔和比尔不再希望抹香鲸号别出现，而是希望它快点儿来。天都快黑了，仍然没有风。即使引擎开到最大，死神与光荣号仍然是一条步履蹒跚的旧船。

“如果他不快点来，我们哪儿都去不了。”乔说。

五点钟快到了。乔提议不要再等，自己出发。

“也许他根本就不来了。”比尔说。

“他说过在这里见面的。”皮特说。

“我们可以让人转告他，说我们往下游去了。”

“如果我们拖着他们网兜里的鱼饵一起走，就会死掉许多。”皮特说。

“你弄到多少？”

“你上次数的，我都放在一起了。”皮特说，“当时是十六条。现在是十八条，其中有十二条好的，价值两便士。”

“他想要多少？”

“他说十二条左右。但他可能不想要小的。”

谁也不愿意失去这些在网兜里游动的钱。

“我说了，”乔说，“我们已经做好移动的准备。只要他一来，我们就可以出发。”

“要是他根本不来呢？”比尔说。

“他会来的。”乔叫道，“比尔，用缆绳系上。皮特，把鱼竿举起来。改变网兜的位置，免得一路上有破损，我用挡泥板遮住。”

就在这时，小渔艇绕过码头上面的河湾。

“我们捉到鱼饵啦！”皮特朝小渔艇喊去。

抹香鲸号的主人挥手致意。他把小渔艇停在死神与光荣号下面，掉头慢慢靠过来，引擎“嘀嘀”作响。比尔拿起船头缆绳。乔拉着船主人从船尾扔过来的缆绳。同时，皮特从水里拿起网兜，只见银色的鳊鱼在水中不停扑腾着。

“干得好。”抹香鲸号的主人说，“你捉到多少？”

“十八条，”皮特说，“但只有十二条大的。”

“看上去正是我想要的。拿网来，我要把他们全部倒进鱼饵罐。”

刹那间，一串鱼都倒进了鱼饵罐。

“你说十八条？”

“只有十二条大的。”

“大的两便士一条，那就是两先令。六条一便士的……我全都要。总共半克朗，对不对？”[1]

“正是。”皮特说。

抹香鲸号的船主人把两先令六便士递给死神与光荣号的船主人。

“一切就绪了？”乔问，“我们马上就要出发了。”

“喂，”抹香鲸号的主人说，“你们也去下游吧？”

“我们只是在等你。”乔说，“运气太背了，没有风，所以我们就要走了。”

---

[1] 当时英国钱币换算关系是：12 便士 =1 先令，5 先令 =1 克朗，4 克朗 =1 镑。

“你们去哪儿？”

“下游。”

“我去波特黑根。如果你们愿意，我可以拉你们一程。”

“太巧了！”乔说。

“我们去不去？”比尔问。

“一路去波特？”皮特问。

“干吗不？”船主人说，“今天太晚，没法捕鱼了，所以不用着急。你有缆绳吧？不，最好用我的，给你。开始拖船以前，先别拉紧……”

“我们知道怎么拖。”乔说。

“皮特，”比尔说，他握住抹香鲸号船头的缆绳，“你回去告诉你妈妈我们去哪儿。让她转告我们家里人。就说，我们只是往下游走一点点……”

皮特跳上岸，从码头奔向大街。有人从约奈特的船棚拐角转过来，皮特一头撞进他怀里。

“对不起。”他一面说，一面穿过马路。

“你好像有地方要去。”乔治·奥顿说。

皮特没有理他，对妈妈喊道：“妈妈，我们要去波特。告诉乔和比尔的妈妈！”

“波特？”皮特的妈妈说，“你今天肯定到不了。”

“有拖船。”皮特说。

“你要按时上床睡觉。”他妈妈说，“乔和比尔向我保证过。吃的东西够不够？”

“只够一晚上。”皮特本来想说。可他转念一想，妈妈很可能会让自己去拿足够的储备，而死神与光荣号等不到他就会开走了，立刻改口说：“太够了。我们明天早上就回来，黑鸭子俱乐部开会，多特和迪克要来。”

“别做傻事。”妈妈说。

“嗨！皮特！”

叫声从死神与光荣号传来。皮特跑回去，跳上甲板，正好赶上抹香鲸号驶入激流。比尔放松死神与光荣号前甲板系船柱上的缆绳。乔掌舵，死神与光荣号拨动水面。然后，比尔拉紧拖绳，抹香鲸号围着旅馆拖船，绕了一个大圈，死神与光荣号船头劈开水面，激起阵阵涟漪，拖绳拉紧了，抹香鲸号的引擎“轧轧”作响。家乡熟悉的河道两岸开始向后飞驰而过。

"今天晚上不会有人吵醒我们了。"比尔说。

似乎离开霍宁，他们就把麻烦抛在脑后了。

"还记得那次跟进号把我们从布雷登湖拖到阿克尔吗？"皮特说，他突然停下来。他很清楚那次光荣的长途，就是发生在玛格丽塔号救护事件后。就因为这次事件，大家才相信：如果有船被放漂，黑鸭子俱乐部肯定参与其中了。

现在犯不着回忆这些事情。

他们长途航行，经过达钦医生的住所——那栋房顶有金鳊鱼风向标的屋子。汤姆驾驶割草机，正在忙忙碌碌。

"嗨，汤姆。"乔叫道，"我们要去波特。"

"波特？"汤姆叫道，"我说，乔，迪克和多特明天就要来了。"

"我们会回来的。"乔叫道。没有时间多说了，抹香鲸号船尾紧拉死神与光荣号，越过了法兰德先生的住宅。然后，他们一路经过荒野、旧磨坊、渡口和旅馆。他们注意到堤岸上的布告：通过霍宁的船只时速不得超过五英里。船主人扭头察看，发现他们并没超速，于是挥挥手，抹香鲸号引擎的声音变成一连串快速的"噗噗"声。

"全速前进！"乔欢快地叫道。比尔笑着前后挥动双臂，说他只有这一次自己不再是一台引擎了——以前的船能够前行，全靠比尔一个人。

他们一路前进，越过教区牧师的住宅。水鸡和黑羊在河边草地上徘徊。他们越过通向兰华斯的水道，越过霍宁旧市政厅，越过昂特口岸，越过圣本内特修道院的遗址。沿途各地风景尽收眼底，一个又一个风车水泵，笔直和弯曲的河道彼此交替，地标一个接一个。

"明天一定要有东风。"比尔说着，想到他们越走越远，明天该怎么回家的问题。

"不见得，"乔说，"风平浪静，天气晴朗。"

"不要啊，那我们就得划一整天船了。"比尔说。

"别说了，"乔说，"明天会有东风的。我们会轻轻松松回来。快点儿，皮特，你向前驶一点儿。不过注意，不要碰上前面的船，要不你就向其他方向偏航。"

皮特掌舵，把两腿劈开大大的，开始工作。他必须让抹香鲸号船尾的铅锤和死神与光荣号船头小旗杆之间保持一定的距离。B.P.S. 三角旗在小旗杆上飘扬。皮特不比乔和比尔差劲，他也会开船。嗯，也许没有乔开得好。哎呀！船偏了一点儿。右转舵一英寸……现在左转舵……现在稳住了。有点像探路，摸着石头过河。

他们碰上并且越过了几艘风帆游艇，数目不多，因为租赁游艇的季节已经快要结束了，来度假的城里人差不多都回家了。风帆游艇无风可用，只能依靠篙杆慢慢滑行。

“如果东风不来，明天的活儿可就不轻了。”比尔说。这时，他们遇见一艘倒霉的船，用篙杆拨动，勉强逆水而行。

“东风跑不了，我拿得准。”乔说。

“空口说白话，明天你才不会认账呢。”比尔说。

乔拍拍胸脯：“只管放心就是，我有把握。只要我们需要就会有。你们等着瞧吧。”

他们顺流而下，到达特恩河口。这时，太阳就要落山了，从他们身后照耀过来。路标指示从布尔河通向阿克尔下行的路线，从特恩河到波特黑根上行的路线。他们向左转，驶向特恩河，影子落在芦苇丛中。比尔接着掌舵。影子仿佛穷追不舍，在岸上旺盛的草丛之间跳来跳去。

黄昏时节，他们接近了波特黑根平房区，抹香鲸号放慢速度。船主人连引擎也一起关闭了一两分钟，向后面的孩子喊话，问他们想在哪儿停船。

“桥这一边。”乔叫道。

他们慢慢前进，每次当他们经过坐在岸边平房前的渔夫身边时，抹香鲸号船主人总会把引擎关掉。渔夫们就看着他们，还有在静静的水面上静静漂浮的船只。他们转过最后一处河湾，看到低拱桥和大船棚就在面前。河两岸停泊了一长串游艇，一两条船扯起了遮阳棚，但大多数只有光秃秃的桅杆，没有升起风帆。乔向拥挤的码头看了一眼就明白了。

“我们在那边根本找不到位置。”他说，“我们最好穿过去。嗨！”他叫道。

引擎声音很大，不知道抹香鲸号的主人有没有听到他的话。总之，他回过头来，指着一排停泊的船只。

“穿过这些桥，”乔叫道，指着上游，“我们先降低桅杆。你看着皮特，我和比尔马上把桅杆降下来。”

船主人挥挥手，表示他明白了，让抹香鲸号差不多稳定不动。这时，乔和比尔跑到前面舱顶上，轻轻放下桅杆。

船主人一直在观察。乔打了一个“准备就绪”的手势，抹香鲸号就驶向低矮狭窄的石拱桥。

“乔，你来掌舵吧。”皮特说。

但他们已经没有时间换舵手了，抹香鲸号已经驶入桥下，死神与光荣号跟在后面。

“对准，”乔说，“它会穿过去的。”

“当心烟囱！”皮特叫道。

乔蜷伏在前甲板上，比尔在驾驶室后面，准备闪避。他们穿过桥下时，伸出双手触摸旧拱桥下的石头。

“吁！”他们再次穿出拱桥，乔松了一口气。他回顾身后说：“看上去几乎没有一点儿余地。”

过了一会儿，他们通过了铁路桥。他们寻找停泊地点，抹香鲸号开始靠岸。他们在各个可能地点之间穿行。船主人瞄准前方。乔站在前甲板上，手里拿着准备好的圆锚，指向右面。两条船快要接触的时候，乔和船主人跳上岸。

“就是这里？”船主人问。

“太谢谢你啦。”死神与光荣号的船员们说。

“你在这儿钓鱼？”皮特问。

“再往上游一点儿。”船主人说，“疯驴旅馆下面一点儿。我上星期在那儿，一条大鱼都没有捉住。我们早晨一起去吧，看看你的鱼饵管不管用。”

“我们会去的。”乔说。

“好吧，晚安。”船主人说。他把抹香鲸号船头从岸边推开，跳上甲板，慢慢向上游驶去。

孩子们目送他消失在视野外。

“我们抓紧时间去波特。”皮特说。

“为什么？”比尔说。

“现在我们有半克朗可用，可以去看望鲍勃·科滕。”

“商店已经关门了。”比尔说，“不，我们还是点起灯，弄点东西吃，好好放松一下吧。小鲍勃一定在家陪妈妈。”

他们将圆锚扎在河岸上，得意扬扬地欣赏死神与光荣号第一次作为盖舱快艇的长途航行结束。他们重新升起桅杆，然后在新地方安顿下来，安静地过夜。

“不知道他有没有收获。”皮特说。

“我们要是想看看，就得早点起来。”乔说。

他们点起炉子，把船舱的温度提高到他们能够忍受的最高限度。乔把小白鼠放出来，吹起口琴。这时，其他人在烧水，切面包和奶酪。他们吃完晚餐，上床前最后一件事就是走出驾驶室，呼吸夜晚的凉爽空气。

“还没有风。”比尔说。

“明天会有的，包在我身上。”乔说。

“今天晚上，泰德要去骚扰别人了。”皮特说。

第七章　庞然大物

浓雾弥漫在河面和两岸湿润的田野上。田野比河面低，要靠围堤限制才不致河水泛滥，死神与光荣号船员沿着围堤前进，俯视在田野上吃草的牛和马，它们厚重的毛皮苍白而湿润。

乔沿着狭窄的小路，引路前行。他惊吓了一匹拖货车的马，马儿突然嘶叫着逃走了，马蹄在湿地上溅起一片泥浆。

“它起航了。”乔说，仿佛那匹马是一条船。

一只苍鹭正在捕食早上的鱼儿，被他们惊扰之后，突然发出嘶哑的“法法法法法兰克”的叫声，拍击双翅，消失在浓雾中。

拂晓时分，他们匆匆吃过早餐，把波特黑根沉睡的平房抛在身后，向肯达尔堤靠拢。他们每时每刻都盼望看到抹香鲸号和昨天分手的朋友。

“在那儿。”乔叫道，“他找了个好地方停泊。”

抹香鲸号粗矮起伏的船身出现在前方的浓雾中。他们开足马力前进。

“喂！你们！别那么急。”

他们看到船主人站在岸边前面一点儿的地方。他在迷雾中转过身来，一手拿着牛奶罐，另一手拿着空麻袋。他向孩子们点点头，走回来跟他们会合。孩子们继续向前走，尽可能像猫一样轻巧，而不是像大象一样沉重。

“我已经用了你抓的一个鱼饵了。”他说，“水面上的雾还没有散去，无事可做，我这就要去一趟疯驴旅馆。昨天晚上，他们答应今天早晨给我留一些牛奶。

你们替我看着船。如果上船，注意不要弄出声音，不要动鱼竿。我一两分钟就回来。”

“好的。”乔说。

船主人向他们挥挥空口袋，沿着芦苇丛生的堤岸，向迷雾中走去。

抹香鲸号把锚扎在坚固的堤岸上，因此从那里上岸或上船都很容易。他们站着欣赏这条船。一阵稀薄的蓝雾萦绕在舱顶那个短烟囱闪闪发光的通风帽上面。

“瞧那儿，”比尔说，“他把炉子生起来了。”

“他告诉我，”皮特说，“那是为钓鱼而准备的。这条船跟我们一样，冬天都在外面。”

缆绳被拴在船头，绷得很紧，他们又察看了一下圆锚。

“恰到好处，”乔说，“抛锚的地方正合适。”

“瞧他的鱼竿，”皮特说，“不是那一根（乔在抹香鲸号船头，正打量着舱顶的一个鳊鱼鱼竿），是他钓鱼用的这一根。”

他们看到驾驶室栏板上的大梭子鱼竿。他们看到它的大瓷环、黑漆、超级大的绕线轮。鱼竿长六英尺，伸向河面上空，尾端有一根浅绿色渔线直接伸进水流。

“浮标在哪里？”

“跑了，”乔说，“不，在这里，漂到芦苇丛下面去了。这里的芦苇像森林一样茂盛。”

“他说，我们可以上船。”皮特说。

乔爬上船，站在驾驶室里。比尔跟在后面。

“哎，你，”乔说，“脚步放轻点。你把河里所有的鱼儿都吓跑了。”比尔进了驾驶室以后，他指着河上的一道涟漪：“该你了，皮特。”

“真想知道鱼饵有没有用。”皮特说。

下游二十码（一码约为0.9米）外，两个小浮标和一个白顶大浮标在流水上轻轻漂荡，浅绿色的渔线系在鱼竿顶端。它们一动不动，令人怀疑下面的鱼饵是不是已经死了。皮特聚精会神地观察，仿佛钓鱼人就是他自己。

乔用手指拨弄绕线轮。他轻轻拖拽上面的渔线，听到绕线轮转动的“嘀嗒”声，他察看绕线轮背面，触动铜扣。

“这样它就可以自由运转了。”他说。

“跟我们的绕线轮不一样。”比尔说。

乔拨动铜扣，先轻后重。突然，铜扣滑落，渔线旋转释放，越来越快。

“他说过不要碰鱼竿的。”皮特说。

“他会挖出你的五脏六腑。”比尔说。

过了一会儿，乔还是没法把铜扣拨回去。他摸索着拨动，突然鱼竿顶端下降了，被拉得直直的。在下游远处，随波逐流的浮标突然静止不动了。

“我的天！”乔说，“我还以为它会跑光嘞。”

“下次别动了。”比尔说。

“鱼饵动了！”皮特突然说。

白顶大浮标两次向侧面翻滚，然后又漂回原处沉入水中，只剩两个小浮标漂在水上。

“是不是老梭子鱼咬钩啦？”皮特说。

“可能，”乔说，“看看还动不动。”

几分钟内，他们站在驾驶室里沉默不语，注视下游一两码外芦苇丛中两个小浮标和一个大浮标的起伏。乔和比尔很快就厌烦了。

“我们想去围堤上看看。”比尔说。

“去吧。”乔说，“他说过不要让任何人接近这里。”

“浮标又动了。”皮特说。

另外两人正要上岸，可又改变了主意。从浮标的活动来看，肯定有事情发生。

“如果梭子鱼在底下咬钩，我们该怎么办？”比尔说。

“尽力而为吧，”乔说，“我们也没有别的高招了。”他停顿片刻，又说道，“这条船是摩托艇，应该有喇叭。就在这里！只要摁动开关，就算是死人也能吵醒。”

“那是启动器。”比尔说。

“可能吧。”乔说，“嗯，他一定有一个雾角。皮特，你盯住浮标。”

他犹豫不决地打开舱门。船主人原本关闭舱门，以免雾气侵入船舱。他看到火焰在整洁的搪瓷炉中熊熊燃烧。他看到舒适的铺位，过夜后被子还没有叠起来。桌子上备好了早餐。然后，他看到了他想要的东西——小小的铜雾角挂在门背后，舵手一伸手就可以拿到。乔从钩子上取下雾角，放在嘴边。

“别这么做，”比尔着急了，“他会以为出事了。”

乔轻轻向雾角吹气——毫无反应。他稍加气力，雾角突然发出一声巨响，他们都吃了一惊。

“浮标动了！”皮特说。

“别一惊一乍地乱跳，”乔说，“瞧你弄出的波浪。”他仔细地将雾角挂回钩子上，关上舱门。

几分钟时间，他都站定不动，注视浮标沿着芦苇丛生的河岸逆流而上，多多少少期待着船主人赶紧回来。但浮标没有再次扰动，仿佛全都睡着了。船主人还没有回来。乔断定一切正常。毕竟，号声在舱内似乎很响亮，时间却很短。

“谁去侦察一下周围的情况？”

“我去。”比尔说。

他们尽可能安静地上岸。

皮特仍然盯住远方的浮标，说道：“我也去。”

“那就去吧。”乔说。

皮特又看了一眼。浮标还在翻动吗？没有。其他人已经在沿着围堤前进了。皮特最后看了一眼浮标，加入他们的行列。

“把刀咬在嘴里。”乔说。

“我们不需要打开刀子。”比尔说。

童子军小刀已经在口袋里焐暖了，但在寒冷的雾气中，咬在嘴里仍然是颇为尴尬的事情。三个人弯下腰，咬着刀，沿着河岸前进。芦苇丛遮住了船只。这时，领路的乔突然停下来，取下嘴里的小刀。

“口令是‘死神与光荣’，”他轻声说，然后大吃一惊，“那是什么？”

他们身后传来刺耳的“咔咔咔咔咔”的声音，好像长脚秧鸡的叫声。皮特的小刀从口中掉了下来，他在地上摸索着。比尔把刀拿到手中，目瞪口呆地倾听着。

“咔咔咔……咔咔咔……咔咔咔……”

“皮特，让开。”乔喊道，“比尔，注意。这是绕线轮的声音……梭子鱼来啦……”他匆匆回船，其他人跟在后面。

“咔咔咔……咔咔咔……咔咔咔……”

鱼竿在振动。绕线轮转动，停止，又重新转动。

“咔咔咔……咔咔咔……”

鱼竿被拉得紧紧的，绕线轮停止转动了。这时，乔登上船。

“别出声。”他对身边的其他人说。他们蹑手蹑脚地下到驾驶室。

“浮标不见了。”皮特说。

“三个都不见了。”比尔说。

“它把所有浮标都带下去了，看来这条鱼真够分量。”乔说。

“看看渔线在哪里。”皮特说。

渔线不再直接向河下流伸展，而是插入抹香鲸号前面一点儿的水中，半路横穿过去。无疑，梭子鱼咬饵了，先在下游拖动鱼竿，然后掉头向上游游去。

“它挣脱了，”乔说，“脱钩跑了。”

“不，它没有，”皮特说，“渔线在动。”

渔线还没有拉紧，正在一点点向上游移动。

“还在线上。”比尔说。

“浮标出来了。”皮特喊道。

一个小浮标出现在抹香鲸号上方，慢慢移过水面。另一个浮标在它前面。白顶大浮标浮上水面。

“它出来了。”乔嘟囔着。

“我们已经逮住它了。”皮特说。

“我估计，最好现在收线。”乔说。

突然，浮标再次没入水中。渔线被拉紧，绕线轮尖啸起来。然后鱼竿跳起来，乔连忙竭尽全力抓住鱼竿与渔线。

鱼竿几乎快折成两段了。这时它的顶端猛插入水中。渔线被带出去，切过乔的手指。

“它来了！”乔叫道，指着跳起的鱼竿，“它来了……嗨！……喂！……谁去吹雾角……继续，快……坚持住……喂！”

比尔立刻打开舱门，抓起雾角，接二连三地吹号。

“不简单，好大的声音。”乔把住弯曲的鱼竿，手指摁住旋转的绕线轮的手柄。

“快收回来！”比尔说，“你要是停不下来，所有的渔线都会被放光。”

“继续吹号，”乔气喘吁吁地说，“不。停下来，没有用的，他走远了。”

“收回来吧！”比尔说。

这时，渔线突然松弛下来。乔感到难以既把握住沉重的鱼竿，同时又收回渔线，于是他把鱼竿放在驾驶室栏板上，然后一圈一圈缠绕着把渔线往回收。但渔线依然松垂着，好像另一端什么东西都没钓到。

“放下吧，”乔说，“再吹也没有用。我们没钓到……好大一条梭子鱼。”

“浮标在这里！”皮特叫道，“在水下……它在动，向下游走。收线……收线……鱼还在，只要渔线不断就跑不了。”

乔继续一圈一圈收回渔线，弯曲的渔线慢慢拉直了。它切过抹香鲸号对面的河水。突然，鱼竿没入水中，绕线轮尖叫起来，旋柄差一点儿砸破乔的手指。他拿起鱼竿，听任渔线旋转。

“比尔，再给他吹一次号。他还在外面。皮特，到舱顶上看看他有没有回来。喂！喂！……喂！”

下游约二十码水下似乎发生了爆炸。不过片刻间，一条大鱼就破浪而出，又扎入水底。他们看到硕大的鱼头、宽阔的黑脊和健壮的鱼尾。

比尔使劲地吹着号。乔紧握鱼竿，感到大鱼沉甸甸的拉力。他扯起最洪亮的嗓音呼叫，但抹香鲸号的船主人仍然踪影全无。大鱼转过身，再次向上流游来。乔拼命收线，看到渔线在船边几码外切入水面，梭子鱼再次向上游冲去。绕线轮依然不停尖叫着。乔想用拇指摁住开关，差一点儿擦掉皮。

“抓住它！”皮特说。

“我抓得住吗？”乔气喘吁吁地说，“那家伙怎么不回来？喂！喂！喂！”

绕线轮不再转动了，乔重新开始收回渔线。收回几码后，他指头放开手柄。这时，梭子鱼再次向上冲，然后重新游向下流。这一次，它潜入深水，因此他们看不到水面上有浮标。渔线再次拉紧。梭子鱼突然又冲了很长一段距离，仿佛要向雅茅斯方向前进。不一会儿它停下来了，水面上的浮标出现在下游的大片芦苇丛上，梭子鱼咬饵以前，它们就在那里了。浮标停留片刻，便翻滚着，重新向芦苇丛漂过去。

“它想逃回自己的林地，”皮特叫道，“拦住它！拦住它！它要跑啦……”浮标突然侧移，漂到芦苇丛上。

乔拉动渔线，好像拖动一堆干草。他转动绕线轮，直到鱼竿顶端露出水面。

他试图提起渔线，渔线抖动着上升，不断滴落着水珠。乔放开绕线轮，放松渔线。不起作用，梭子鱼仍然在芦苇丛深处一动不动。片刻间，战斗停止了。

“让我来试试。”比尔说。

“你拉不动，”乔说，“要是把渔线弄断就糟了，那样鱼就跑了。天啊，那家伙怎么不快点来。”

比尔企图收线，乔疯狂吹号。突然他停了下来。“我们不能让它一直咬下去，这样会脱钩的。我们得把它弄出来。皮特在哪儿？”

皮特的声音从下游远处、芦苇丛后面传来：“它在哪儿？在这儿吗？”

芦苇丛顶剧烈摇动。

“再往下走，”乔叫道，“我这就拿篙杆过去，你要坚持住。比尔，这里。等它出来了你再收线。你先一直吹号。我们一把它弄出来，我就马上回来。”

乔从抹香鲸号取出长篙杆，跑到芦苇丛后面，跟皮特在一起。芦苇非常浓密，看不到后面的水。乔用篙杆拨开草丛，寻路前进。抹香鲸号的雾角响个不停。突然，雾角掉落在驾驶室地板上，发出“哐当”一声响。

“它在动。”比尔叫道，“它刚才猛地一拖……不，现在又停下了。”

雾角又一次响起，拼命地呼唤着援助。

“可能就在堤岸下面。”乔说，“皮特，快点儿。我们要把它赶出去，使劲搅。”

他用篙杆开路，皮特紧靠岸边，搅动苇丛，水花四射。

“我摸到了！”乔叫道，“天啊！真是庞然大物。”河水汹涌澎湃，波涛卷过芦苇茎秆。

“它过来了，”乔叫道，“皮特，继续！搅水！搅水！”

皮特穿着水手靴，向前跨进水中。他没有稳住，滑了一跤，头朝前跌倒。他这一跤比刚才靴子搅出的水花更大。芦苇摆动着，他挣扎着从软泥中站起来，抓住黏滑的草根。

“你没事儿吧？”乔说，“抓住篙杆。”

“没事。”皮特急忙把嘴里的水吐掉，说道。“哎哟！”他突然叫起来，只见他又一跤跌倒了，手脚着地，“乔，”他说，“我踩到它了。”

“它出来了。乔！乔！”比尔在船里大叫。乔跑回来，皮特跟在身后。

“你们在折腾什么呀？”

船主人一点儿都不着急，一手拿着满满的牛奶罐，一手拿着满满的口袋，顺着小路归来。他看到皮特站在抹香鲸号甲板旁边，浑身泥浆，不停滴着水。

“喂，”船主人说，“摔跤啦？”

雾角又响起来。“嗨！嗨！”乔叫道。

“梭子鱼咬钩了。”皮特大声叫道，“我们刚刚把它赶出芦苇丛。”

船主人赶紧上前。

乔进了驾驶室，从比尔发抖的手中夺过鱼竿。远方河道中冒出一大簇芦苇，漂浮在水面上，慢慢穿过小溪。乔收回渔线，芦苇漂来，时时起伏不定，仿佛底下有东西在愤怒地挣扎。比尔不断吹响雾角。

船主人在他们身后的岸上开口说话了。

“以前有没有捕过梭子鱼？”

“没有。”比尔说。

“已经逮住了。”乔回过身说。

“捉了多久？”船主人问。

“一两年喽。”乔唐突地说。

“那就再来一个月。”船主人说，“你干得不错。”

“真是大家伙。”乔说。

“上上下下折腾，”比尔说，“到肯德尔堤折腾了一个来回，然后又钻进了一个芦苇丛。”

“你们怎么把它弄出来的？它好像带了一大堆草出来。”

“赶出来的。”乔说，“皮特踩着它了。”

船主人转向皮特。皮特正在岸上，浑身滴水，但他一心只想着鱼。“你听我说，”他说，“我们不想让你死。脱掉衣服，踢掉鞋子，快进船舱去……别让渔线放松！收紧，伙计，收紧！”

梭子鱼掉头游回抹香鲸号。乔竭尽全力收回渔线。“成啦，”他说，“成啦！”

船主人平静地上船，伸手要接鱼竿，但随即改变了主意。“不该由我来，”他说，“钓鱼、捉鱼、出力都是你们。我现在不接鱼竿。嗨，多漂亮的鱼……来吧，皮特，进舱吧。别担心水，它会自己从船底流走的。”

“我要看捉鱼。”皮特说。

“现在它来了。”船主人说着，伸手从舱顶取下长鱼叉，“你拿好鱼竿，再收一点儿。现在举起来……轻轻地……”

他们第一次看到这条梭子鱼有多大。大鱼色彩斑驳，浅绿色与橄榄色相杂，慢慢浮出水面。芦苇从鱼身上散开，漂走。它张开白色的大嘴，像人一样摇摇头。然后，它又一头扎进水底，留下一串漩涡。

“总共不下二十磅。”船主人平静地说，“一点儿都不夸张。现在它跑不了啦。等它下一次回来，照这个样子……”

“浮标动了。”皮特说，“它来了，在那儿。”

“别动。”

船主人斜靠在驾驶室上，把长鱼叉深入水中，大鱼再一次浮上水面。船主人突然扬起鱼叉。

“快看！”他叫道。刹那间，大鱼飞进驾驶室，大尾巴在他们脚下扑腾。

“你打算怎么杀鱼？”比尔说。

船主人拿起驾驶室里的座椅，从下面的柜子里取下一根沉重的短棍，猛击梭子鱼的头，一次又一次。最后，大鱼不动了。

“它咽气了。”船主人说，“说真的，这家伙一定是河上的霸王。二十磅？我看不下二十五磅。”

乔站在那里，手里依然握着鱼竿，感到双膝发抖。

“要不要称一称？”比尔问。

船主人从柜子里取出弹簧秤。“不知道管不管用，”他说，“这个秤最多称二十四磅，再多就不行了。要想知道准确的重量，只有去疯驴旅馆了。”他重新把鱼放回驾驶室的地上，“我第一次见到这么好的鱼。”然后，他想到皮特，“皮特，快到船舱里来，你们全都进来吧。我们帮他脱掉衣服，在衣服烘干之前给他披上毯子。别让他妈妈说我们谋杀了他。”

“来吧，皮特。”乔说，“你踩到它的时候，感觉怎么样？”

皮特露齿而笑，牙齿“咯咯”发抖。

五分钟以后，皮特披上红毯子，跟船主人坐在抹香鲸号船舱铺位的一侧。另外两个人坐在对面的靠椅上。船主人给炉子添火，烟囱里“呼呼”作响。皮特的衣服挂在烟囱周围。船主人从自旅馆带来的口袋里取出四瓶姜汁啤酒。桌上放着四个茶杯，只装满一半。一只炖锅里装满了豌豆汤，在炉子上面热着。他们从头说起梭子鱼的故事。

“我们只能试一试。”乔说。

“我差一点儿把雾角吹爆了。”比尔说。

“然后它躲进芦苇丛。如果不是小皮特一脚踩到它，它可能现在还藏在那儿。”乔说。

皮特全身在红毯子里面裹得严严实实的，只露出脑袋，咧嘴笑道：“说不定是鳄鱼呢。”

船主人两次打开船舱门，察看驾驶室里的大鱼还在不在。最后，他让门一直开着，也许为了把皮特烤干衣服的蒸汽放出去，也许为了继续盯住鱼。

“你要去疯驴旅馆称鱼？”比尔问。

“除此之外，我还有一个理由。”船主人说，“如果你们也去，就知道是怎么回事了。我跟老板打了一个赌，上星期我一直在捉这条鱼。他见了这条鱼，一定会大吃一惊。”

第八章　疯驴旅馆

皮特的衣服过了好久才烤干。船主人把它里里外外地烘烤，就差没烤熟了。他把湿衣服悬在舱顶，围绕滚烫的烟囱。死神与光荣号船员在抹香鲸号船上安顿下来，听船主人讲故事。他说到怎样建造抹香鲸号。他计划在整整一冬天——梭子鱼最好的季节捕鱼。他们听船主人讲，他怎样一次又一次寻找大鱼，驶遍了诺里奇各地，因为北方水域的鱼儿更好。他端上海量的浓豌豆汤、冷烤牛肉、土豆片和果酱馅儿饼。午后不久，他让皮特重新穿上衣服。不过，灯笼裤沾上的泥浆仍然太潮湿，没法刷掉。饭后，他们把餐具洗刷干净、整理好，船主人就坐下来抽烟，打量着大鱼。

“现在该去疯驴旅馆了。”他最后说。

东风轻轻吹过，浓雾已经升起又散去。柳树叶瑟瑟发抖，长芦苇“沙沙”作响。比尔松了口气，他之前一直担心，如果东风不起，他们就得一直划船回家。“我早就打过包票嘛。”乔说。

“你们想不想多钓些鱼？”皮特问。

“这么大的鱼，不会有第二条了。”船主人说，“不，我们去疯驴旅馆称鱼。然后，如果我们动作够快，就能穿过雅茅斯。鱼太大，不好放，我要带到诺里奇去填料。我把你们的船拉到特恩河口，然后你们正好顺风回家。”

他走进抹香鲸号船舱，拿回一块长船板：“拿这个做担架怎么样？”

比尔和乔把木板放在抹香鲸号旁边的路上。船主人带着大鱼上了岸，把它放在木板上。

“最好把它包起来。”他说，“我想先跟老板说说，再让疯驴旅馆的人看到。”他回到抹香鲸号，带来两个空口袋，虔诚地套在死鱼上面。

乔抬起木板一端，比尔和皮特抬起另一端。

“准备好啦？”船主人问。

“准备好啦。”乔回答。

“葬礼开始。”船主人说。他们沿着河边前进，然后向右转，踏上通向疯驴旅馆的狭窄堤岸。

小旅馆的生意似乎并不红火，从河道通向疯驴旅馆的支流只容划艇通过。因此，大多数游艇和摩托艇过而不入。甚至在夏天旅游旺季，至多不过一两个古怪的游客坐在旅馆格窗外的座位上。今天一个人都没有。屋顶破旧得一塌糊涂，似乎很需要补充一批新茅草。门口旗杆上面的绿旗破破烂烂，“欢迎光临”的字样很需要重新上漆，标志牌上的图案也已经起泡脱落。图案是一头白驴站在绿色草地中间，撕心裂肺地吼叫。

“等他壁炉架上面有了这样一条鱼，”船主人说，“少不了顾客盈门的。”

“达钦医生就有这样一条鱼，”皮特说，“放在他给我看舌头的房间里。但他那一条远远没有这一条大。”

“人们会从四面八方赶来看这条鱼。这么大的鱼，就在几码外的地方被逮住的。”

“似乎不止几码。”乔说。他发现抬着木板末端前进颇为费力，路途也变漫长了。

“等他把这条鱼摆在客厅里，一年四季都会有人赶来，希望再捉一条这样的鱼的。”

“天鹅旅馆也有一条。”乔说。

“这条鱼更大。”船主人说，“现在，你们三个看到了。这里就是特许经营的旅馆。你们不能进，在院子周围转转，在这里等我。别让任何人看到你们捉住了什么。”他欢快地向大门挥挥手，便走进旅馆后面的院子。他在低矮的门廊里弯下腰，免得碰了头。

抬鱼的孩子们在院子里四处转悠。

“我们最好到凉棚底下去，”乔说，“免得有人出来打听。”

他们走进院子一侧的敞篷中，把抬鱼的担架放在敞篷里的木柴和木块当中。皮特拿起一个口袋，又看了一眼大鱼。

“我的手差一点儿就放进它嘴里了。”比尔说，“它的牙齿跟耙子一样大。”

“有人来了。”乔说。皮特把口袋放回去。一个女孩从旅馆后门出来，拿着水桶穿过院子，在水泵上灌满水又走了，没有注意到这三个人。他们三个正在寻思：万一她问他们来干什么，他们该怎么回答呢?

敞篷后面的箱子里有东西在动。细长、苍白、屈曲的身体粘着稻草，伸出爪子抓挠箱子前面的金属网。

“雪貂。”乔说。

他们走近去观看。

“喂，皮特，别用手指头碰铁丝。”比尔说，“记得老饲养员那次给我们看的。他有老母貂和四只小貂。‘不用怕，’他说，‘你只要把手背露出来，它们就不会碰你。’他把手挤进去，捏成拳头。接下来，他大呼救命。所有的雪貂都扑上来咬他的指头，鲜血淋淋的。”

旅馆后门又开了。他们听到船主人的声音。

“你是说，超过二十磅的部分，一磅一先令？”

“没错，吉米。我们都听你这么说过。”其他人哄笑道。

“没错，如果鱼真有这么大，那也值了。不过听我说，先生，今天不是愚人节。”老板说。他是个红脸矮胖子，穿着灯芯绒裤子，好像以为有人在愚弄他。两三个工人从他身后走出来，瞧瞧是不是船主人真捉到了鱼王而老板输了赌注。

“死鱼就在这外面。”船主人说，“我让他们抬进院子来。嗨！你们进来吧。”

皮特、比尔和乔抬着鱼架，走出敞篷。

“你觉得怎么样？”船主人说着，把袋子扯下来，露出大梭子鱼，它的鱼嘴仍然咬住袋子。

人们盯住大鱼。

“我二十年来见过的鱼，就数这一条最大！”一个人说。

“付钱吧，吉米。”另一个人说。

“真是大家伙。”老板一边说，一边用手指摁住致密、闪光的鱼身，“捕鱼人奈何不了它。”

“水鸟也不行。”有人说，孩子们认出他是芦苇割草工，“这样的鱼根本不把小鸭子放在眼里。”

老板走进棚子，从墙上的横梁取下杆秤。

“从二十四磅开始。”船主人说，“我们知道它有多重。”他从鱼架上拿起梭子鱼，拿进棚子。

他在一个人的帮助下，把鱼挂在秤钩上提起来，不让鱼尾碰到地上的尘埃和糠壳。同时，老板加上一英石、半英石和四磅的砝码[1]。鱼尾几乎落到地上。

“二十五磅。”老板说完，又加了一磅砝码，但似乎没有什么变化。

“二十六磅。”有人用敬畏的语气说。

老板又加了一磅砝码。然后，他取下之前几个零碎的砝码，换上一个一英石的砝码。

“二十八。”他喃喃道，接着又加了个一磅砝码。

“二十九。”

他又加了个一磅砝码，鱼儿慢慢升起，然后又下沉。

“三十磅都不止。”船主人说。

杆秤另一端又加了一磅砝码，天平终于倾向了放砝码的一端。老板把刚加的这一磅砝码取下来，沿着秤杆加上一系列小砝码。鱼在一头，砝码在另一头，稍微上下波动了一阵子，最后不动了。

“三十磅半。”老板说，虔诚的口气仿佛进了教堂，“三十磅半……”然后，他拍拍膝盖，“付钱！”他差不多是在吼叫了，“我心甘情愿付钱。我哪怕花掉五英镑，也要把它剥制好。玛丽！出来。要不是这条鱼正巧在疯驴旅馆附近显身，我都要放弃旅馆，去开家禽养殖场啦。出来吧，玛丽，瞧瞧这个。”

老板娘跑出来。

“这条鱼会给我们带来好运的，”老板说，“把它放在玻璃橱里，所有的捕鱼人都会蜂拥而来。消息一传出去，他们就会从伦敦和曼彻斯特赶来，还有其他不知道什么地方。六月到三月，我们还需要加床。”

---

[1] 英石，也是常见英制质量单位之一。1英石=14磅，这里三个砝码加起来共二十五磅。

“你可能需要一个更大的旅馆。”他妻子笑着说。

“世事难料啊。”老板说。

“我不在乎你怎么做，”船主人说，“只要你别管它叫宾馆就行了。”

老板咯咯笑道，“这个名字蛮不错，”他说，“现在我们只需要习惯它，还有当我们把这样一条鱼展示出来的那一刻……来吧，伙计们。进屋喝一杯……听我说，玛丽……给孩子们拿汽水来。”

他们刚刚在船上吃得饱饱的，但老板娘一拿出三杯姜汁啤酒和三块水果蛋糕，他们就觉得还有一点儿吃下去的余力。直到船主人和老板重新走进院子里，这几个孩子也还没有吃完。

“把这个一镑换成二十先令的零钱，”船主人正说着，“对你都是一回事吧？”

老板掏出钱包，收回一镑钞票，换成二十先令，交给船主人。

“你们这些抬鱼的人，”船主人说，“我们要赶快些。把鱼抬上来，我们好走人。我想尽快顺流而下，赶到雅茅斯。”他转向老板，“好了，我会竭尽全力弄好这条鱼的。一旦弄好了，就给你送回来摆上。”

他们再次把鱼放在木板上，沿着堤岸抬回抹香鲸号。船主人告诉他们诺里奇人会给鱼制模，剥掉鱼皮，让鱼皮在模具里干燥，然后给它上油，上漆，填满砂子，树立在玻璃橱底蓝色的背景上。玻璃橱各处都设置芦苇丛，仿佛大梭子鱼在水中休息，随时可能扑向过路的鳊鱼。

“你们有没有准备好出发？”他一面问道，一面登上抹香鲸号，从孩子们手中接过鱼。

“我们必须把桅杆降下来，”乔说，“用不了一分钟。”

“那就尽快动手吧，我马上就下来。你们一准备好，我就把缆绳递给你……现在……先等半分钟……”他从口袋里掏出三张十先令钞票，“你们的鱼重三十磅半，老板像诚实人一样付了钱。三十先令六便士，你们每人十先令两便士。你们的外快用不着告诉大家，要不然要钱的信就会堆积成山。别往银行里存，要能挣会花。就是这样。”

孩子们目瞪口呆。

“给我们？”乔说。

“十个大子儿。”乔说，“十个大吉大利的大子儿！”

“还有两便士。”船主人说。

“霍宁的男孩子谁也没有过这么多钱。”乔说。

“霍宁的男孩子谁也没有捉到过这么大的鱼。”船主人说，“这样的鱼再也不会有第二条了。一点儿没有错。鱼是你们捉的，钱也是你们挣的……”

“可钓鱼竿是你的，”乔说，“鱼饵也是你的。你下了鱼饵，老梭子鱼自己上的钩。我们什么都没有做，只是坚持下来，等你把鱼拉出来。”

“你们做的事我心里有数。”船主人说，“要是没有你们，鱼现在还在河里，我的渔线、装备和最好的鱼竿多半也在河里。不管鱼竿怎么样，如果皮特没有下水，像西班牙猎犬一样把它赶出芦苇丛，谁也逮不住它。拿着吧，把钱放进口袋里。鱼从诺里奇回来以前，不要声张。然后我们一起去疯驴旅馆，所有人都会大吃一惊。现在先回你们的船去，做好准备，等我回来。”

他进了船舱，留下死神与光荣号船员，他们几个手上拿着钱，面面相觑。

“动手吧。”比尔说。他们一路跑回死神与光荣号。

“每人十个大子……好神奇耶！”乔边跑边说，“可以买新缆绳……合适的铁烟囱……”

“可以储备物资。”比尔气喘吁吁地说，“我们可以航行一个月……”

“绝了！”皮特说，“快点告诉汤姆·达钦吧。”

“现在还不能说，”比尔说，“他说，剥制一条鱼需要多久？天哪！我真想知道，我们带着玻璃柜里的老梭子鱼去疯驴旅馆，汤姆看到了会是什么表情。”

他们爬上死神与光荣号甲板，放下桅杆。这时，他们听到河上传来一阵轻微的“隆隆”声，抹香鲸号向他们驶来。

“比尔，把系船索放在甲板上。”乔叫道，“我和皮特握住船尾缆绳，让它转向。我们要对准正确方向……好了……船头向外……绕过去。”

他们跟梭子鱼搏斗时，曾经使尽浑身解数吹号。现在，这个雾角发出短促的鸣声。片刻后，抹香鲸号出现在视野中。船主人倒开引擎，把船刹住，抹香鲸号慢慢漂过孩子们的船只。一卷绳索向比尔飞过来。比尔接住绳索，拴在前甲板的系柱上。

“皮特，上船吧。”乔叫道，然后匆匆忙忙卷起船尾的缆绳，连绳带锚一起拉上船。他登船掌舵，拖绳渐渐拉紧了。

“一切就绪。”他叫道。

船主人举起手，表示心领神会。片刻后，死神与光荣号船头四周泛起一片水花。他们起航了。

他们穿过铁路桥。一位老人正坐在岸边的椅子上，观察捕梭子鱼的浮标在几码下的河面上漂浮，抹香鲸号驾驶员停下引擎，悄然滑行。老人举手致谢，叫道：“今天什么收获都没有。早饭后，一条鱼都不来上钩。”

“我们捉了一条。”抹香鲸号驾驶员说。

“多大？”

“挺不错的。”

他再度开大引擎。

“我真想知道，他觉得多大的鱼才算好。”乔说。

“你再不当心钞票，就要弄丢啦。”比尔说。

皮特赶紧把他的钞票塞进口袋深处。

他们穿过铁路桥下，生怕碰上石桥。不过，和以前一样，他们每一次觉得差不多要碰上时，事实上空间还绰绰有余。他们正在桥下时，看到一个小男孩在码头上狂奔。

“是小鲍勃呀，”比尔说，“他怎么啦？”

小男孩拼命挥手。

“他有话跟我们说。”皮特说。

“哎，他说不成了。”乔马上说。他忙于跟着抹香鲸号调整方向。这时，抹香鲸号正在向右转弯，以免撞上一艘游艇。那艘游艇用缆绳拖在一艘小船后，有两个人驾驶小船，将游艇拖向码头。

比尔和皮特兴高采烈地向黑鸭子俱乐部小哨兵挥手致意。鲍勃一直在比比画画，直到河流在码头下面转弯，岸边的平房将他隔断到视野之外。

“那是旗语。”皮特说，“复活节的时候，迪克和多萝西教过我们。”

“你有没有认出来？”

“没有。”皮特说，“我都忘光了。但他就是在打旗语。”

“他大概也想上船吧，”乔说，“可抹香鲸号急着赶路，没法停船。”

“我们当然停不了船。”比尔说，“我们跟船一样急着赶路。不知道迪克和多萝西现在有没有赶到霍宁。”他从口袋里摸出十先令纸币，以便确定钞票还在那儿。他发现皮特正在看着他，又赶紧把钞票放回去。

“三十个大子儿，”他说，“我们差不多什么都能做了。”

他们把平房甩到身后，抹香鲸号引擎的“嗡嗡”声改变了节律，变得更快、更急。

“跑得好快啊。”皮特注视着飞驰而过的河岸，说道。沃玛克河口在望，霍宁堤岸落在身后，仿佛不过刹那间的事。

“天啊！”乔说，“我们该把桅杆竖起来了。皮特，你来掌舵。”

皮特掌舵。乔和比尔竖起桅杆，准备扬帆。他们接近特恩河口了。船主人放慢抹香鲸号船速，折向右方。

“一切就绪！”皮特在死神与光荣号前甲板上叫道。

抹香鲸号驶入布尔河与特恩河交汇的宽阔地带。片刻间，抹香鲸号就驶入了布尔河。而此时，死神与光荣号船头正对着他们家的方向。

“比尔，准备。”乔说。

“待发。”比尔说。

拖在后面的小船桅杆林立，扬帆待发。比尔来到驾驶室里，走到皮特的身边。

“准备好解缆了吗？”船主人叫道。

“准备好了。”

“解缆！”船主人叫道。乔让缆绳滑落下去。大家看到船主人双手交替着拉起缆绳，在脚边卷好。死神与光荣号已经扬帆出航了，抹香鲸号绕着它转动。船主人举起大梭子鱼，死神与光荣号船员报以欢呼。

“回头见。”船主人叫道，“注意别声张。”他沿河而下。就在抹香鲸号快要转弯，消失在孩子们的视野中时，他们看到船主人站在驾驶室里，转过身来，面对着他们，尽可能地张开双臂。

第九章　花不完的钱

在乔打包票的东风的驱动下，死神与光荣号扬帆疾驶。船头乘风破浪，好不快活。三个孩子轮流掌舵。皮特拿出大望远镜，但几乎看不到镜筒对面。乔不掌舵时，就回到驾驶室，背靠着船舱吹口琴。三个孩子都知道，他们没有赶上原来的计划。不过，除了口袋里的钱，其他的事情似乎都没有什么意义。他们的口袋里可不是一直有钱的。他们不断抚摸、摆弄着钞票，谁都会以为他们每时每刻都在发现新大陆。他们一夜之间发了横财，不再是苦孩子了。一人十先令两便士，还有皮特捉鱼饵挣的半克朗。

他们不断经过渔夫们泊在河岸边或是晾在河岸上的船只。他们会刮目相看的，只要他们知道……

"运气好不好？"比尔拿出抹香鲸号船主人的调子说。

"没啥收获。"死神与光荣号的船员每一次听到这样的答复，都要彼此对视，面露神秘的微笑。

"在老梭子鱼放在玻璃柜里送回来以前，"乔提醒他们，"我们什么也不能说。"

"真想知道，等这些人在疯驴旅馆看到我们的大鱼，会有什么话说。"

"他准是高兴坏了。"乔说，"哎，他知道我们捉了鱼，给我们半克朗，我们也就会心满意足了。但他却给了三十个大子儿和六便士。三十个大子儿和六便士！多少人一个星期都赚不到这么多钱。"

天色已经晚了，他们还没有驶过渡口河湾，驶入回家的河道。

“真想知道，迪克和多萝西有没有来。”皮特说。这时，他们驶近医生家的住宅，那座屋顶的茅草上高高挂起金鳊鱼风向标的屋子。

“不管他们来没来，汤姆总是在家的。”乔说，“喂！”

汤姆在草坪上挥手。“进来吧，把门关上。”他叫道，“他们来了。”

一个小男孩戴着黑边眼镜，一个小女孩梳着草黄色辫子，穿过草坪，跑到水边，跟汤姆会合在一起。

乔驾船驶近。

“‘黑鸭子’们小屋大聚会。”汤姆说。

“我们不能停船。”乔说，“我们要趁商店还没关门，赶到码头。”口袋里塞满了钱，就会有这种效果。他转向比尔，轻声说：“请他们赴宴吧。”

“好主意。”比尔说。

“‘黑鸭子’们在我们船舱里聚会。”皮特说。

“我们仨一起去码头，”乔叫道，“来死神与光荣号吃晚饭呀。”

“在我们船舱里聚会。”皮特说。

岸上的三个孩子匆匆说了几句，提到通知巴拉贝尔太太有空上死神与光荣号一游。

“好吧，”汤姆叫道，“但他们（迪克和多萝西）得先告诉司令一声。”

“对，”比尔说，“正好给我们留出了时间。”

“我们请客，”乔说，“请什么呢？”

“罗伊商店，好吃的应有尽有……蘑菇汤……多好啊……牛排和腰子……汤姆有一次在小屋里招待我们，就是这些菜……”

“圣诞布丁。”皮特说。

“没错！”比尔说，“来点精彩的。我们会办得有声有色的。”

死神与光荣号破浪驶向码头。

“喂，”掌舵的乔说，“卡内特爵士号把我们的泊位占了，我们只能在它前面系缆了。准备好降帆吧。不……没关系，等我们把船停好了再降。这样，潮水正在上涨，我们转向、前进反而更方便。”

卡内特爵士号是河上最快的商船。船长是吉姆·伍德尔，大副是老西蒙。他们是死神与光荣号船员的老朋友，也是汤姆·达钦的老朋友。千真万确，这条河上下游各村落到处都是黑鸭子俱乐部成员，卡内特爵士号经常拜访这些村庄。吉姆·伍德尔刚刚关上舱门，手上提着一个小包。老西蒙正在用力将拖在船后的崭新的草绳拉出水面，卷起来。两人举手打招呼，死神与光荣号的船员们举手还礼。

他们将死神与光荣号驶向码头，停在卡内特爵士号身边。吉姆·伍德尔从船上下来。

“我们坐公共汽车去罗克瑟姆。”老西蒙说，“等早上再出航。”

“你们去哪儿？”比尔问。

“雅茅斯。”

“绳子真漂亮。”乔说。

“新绳子不好用。”老西蒙说，他把最后一段绳索绕在舱顶上，“好啦。我也要下船了。劳烦你们留点心，别让人骚扰这条船。”

“我们不会让别人动船的。”乔说。老西蒙下了船，向他的农舍小屋溜达过去。

“皮特，快点儿。”比尔说，“我们得赶在商店关门以前。乔，快点儿。”

乔最后瞅了一眼死神与光荣号系绳，放松船尾的缆绳，收紧船头的一根缆绳，拖动另外两根。

他们横穿马路，进了商店。这时，乔治·奥顿和他的朋友骑着自行车，突然从他们身边冒出来。

“这么说，你们又来了？”乔治说。

“又有船只给人放漂啦？”比尔问。

“你们不在，谁来放船？除非是小汤姆。”乔治·奥顿说。

“有我们盯着，不大可能。”乔治的朋友说。

他们骑上自行车走了。

“你应该说点什么才对。”乔说。

“没关系。”比尔说，“快点儿。乔治·奥顿算什么东西。我们先去哪儿？”

“罗伊商店。”皮特说，“等他们来的时候，我们要把所有东西都准备好。”

他们走进罗伊商店，感觉好像百万富翁。以前他们有钱可花的时候，总要在橱窗外面徘徊一个多小时，计算这钱该怎么花。要么是水果罐头吃好长时间，要么是为了买香蕉，就只好牺牲巧克力。今天，他们用不着思前想后。他们从头到尾，脑子里只有黑鸭子俱乐部的晚餐。

“蘑菇汤，”皮特说，“他们三个，再加上我们三个。估计我们需要三个罐头。”

“牛排和腰子。”乔说，“需要一个大罐头。”

“要不要青豆罐头？”比尔说。

“圣诞布丁。”皮特说，他大声读出标签上的说明，“‘加满水，煮沸半小时。’好办，跟牛排和腰子一样。我说，比尔，我们要不要点火？”

“点火好办。”比尔说，“洛根草莓呢？我们多要些牛奶巧克力，上次他们在阿克尔桥招待我们的那一种。”

他们在商店里逛来逛去，研究着货架上各式各样的罐头食品。这些罐头都是为夏天租船外出的游客准备的。他们读到告示：“随意购买。不开封可以随意放还。”最后一丝节俭的念头随之烟消云散。“皮特，继续挑。”乔说，“想要什么就拿什么，通通拿到柜台去。”

柜台的罐头越堆越高。牛排和腰子、炖牛尾、谷物煎牛肉、豌豆、青豆、梨子、桃子、橘子酱、草莓酱、浓缩牛奶、可可、纯巧克力和坚果味巧克力，还有一打姜汁啤酒。店员跟他们很熟，开始怀疑他们是不是想恶搞一番。

“所有这些东西，谁来买单？”他说。

“我们有钱。”乔说着，掏出十先令钞票。

“那就没问题了。”店员说，“你们的船来了没有？”

“我们刚把它系上。”皮特说，他不明白店员为什么发笑。

他们满载而归，回到死神与光荣号船上。比尔点炉子，把炖锅里的水煮沸。然后，他蹲在炉火旁，点燃汽化炉，把水壶放在灶上。他们把新买的食品放进碗柜，只留下晚宴需要的几样。他们发现口袋里的电筒急需新电池，派皮特跑回商店去买。皮特回到船上，发现乔正在安放桌子。这是一张折叠式的旧桌子，原先属于一艘出租游艇，弄坏以后被扔了出去。乔把它修好，现在它成了死神与光荣号船上的骄傲之一，几乎占据了铺位之间的所有空间。

“看上去蛮合用的。”乔说，“等他们来了，我们安排他们坐在这里。这一边两个，门口那一边一个。我们要紧靠着炉子和菜肴，拿东西方便。”

“‘黑鸭子’们永远在一起！”客人在码头上喊道。

“永远在一起！进来吧。”

“我说呀，”多萝西说，“这条船好可爱。我们都认不出来了。真正的铺位，还有火炉。我不知道你们怎么弄成的。”

“我们弄好烟囱之前，”皮特说，“这炉子最差劲。一会儿烟往上冒，火星儿总是落到甲板上，让我们发愁死了；一会儿风向变了，烟火倒灌，把我们赶出船舱。现在涂成绿色还可以，谁也看不出是烟筒。”

“看上去可爱死了，”多萝西说，“我喜欢你们橘色的窗帘。”

“我妈妈做的。”皮特说。

“快进来，”乔说，“你们走这边。看我们的橱柜怎么样？”他拉开柜门，成排的罐头食品展现在眼前，“迪克，进来吧。你的位置靠着多特。汤姆的位置靠着门……”

“那是什么？”皮特问。

“照相机。”迪克说着，把照相机拿在手中晃来晃去。

“你最好把它挂在钉子上。”乔说，“你们来了多久？去过起绒草号旧船没有？”

“这一次没有。”多萝西说，“司令忙于画画，而我们要跟汤姆一起坐山雀号出航。”

“我们明天去兰华斯。”汤姆说，“我们刚才告诉过司令。迪克和多特在我们家吃早饭，这样我们就可以早点儿出发。”

“我们要拍照。”迪克说，“司令让我们把浴室改装成暗房。我说呀，我要给死神与光荣号拍张照片。我们要在这里度完暑假，等复活节再来。我们要把所有的鸟巢拍下来。”

“他一直在练习，”多萝西说，“他甚至练习在黑暗中照相。”

“有手电筒，”迪克解释说，“但我还是照得不够好。”

“你的小说写完了没有？”皮特问道，“关于水上的‘逃犯’？”

“完成一多半了。”多萝西说。

“进来吧，汤姆，坐下。比尔在准备汤。”

汤姆坐在驾驶室地板上，把脚放进船舱里，一站起来又撞了头，他绕弯走进门口的角落。比尔同时照料两个炉子，很不容易。他把豌豆汤倒进三个杯子和三个碟子。乔拿出六个汤勺，五个完好无损，一个缺了一部分把手，他把缺损的汤勺留给自己。皮特把面包切成大块。

比尔急着喝汤，结果烫了舌头。他弄牛排腰子布丁罐头，从热水中取出时，又烫了自己的手指头。比尔用钥匙开罐头，这个罐头还把钥匙弄弯了，他只好改用开瓶器。

“哎哟！”比尔扭动着指头叫道。

“把它们舀到黄油里面。”汤姆说。

乔拿出三个盘子和三个碟子，用来装牛排和腰子。比尔这一次更加成功，打开了两个青豆罐头。

“我说呀，”汤姆心里有数，死神与光荣号的船员们大部分时间都以面包奶酪充饥，他问道，“你们一定花了好多钱。有人今天过生日吗？”

“啊哈！”乔说。

“我们有好多钱。”皮特说，“我们挣来的。”乔瞥了他一眼，他马上不作声了。

“放漂船只的流言满天飞，”汤姆说，“昨天晚上，大家还在巡视河道。泰德先生老是纠缠爸爸。全都是因为那个该死的乔治到处说他亲眼看到我们想要解开缆绳。”

“好在后来再没出事。”乔说。

比尔正在观察日益暗淡的天色。由于某种原因，他正期待着黑夜降临。太阳落山了，黄昏来临，但船舱里不像他意料中那么黑暗。

“皮特，用不着狼吞虎咽。”他说，“有的是时间。”

所有人都接受这个建议，体面地细嚼慢咽。炖锅在炉子上“噼啪”作响。他们谈起玛格丽塔号那些讨厌的船员在复活节狂追汤姆的故事。他们谈到山雀号和死神与光荣号结伴同行的打算。他们谈起人们系船的方式多么愚蠢，让船只放漂，又来怪罪无辜者。他们谈到双胞胎姐妹“左舷”和“右舷”，两个女孩现在远在巴黎读书。他们谈起明年鸟儿筑巢的好日子。多亏迪克和他的照相机，黑鸭子俱乐部可以大规模收集照片和按常规编列沿河的鸟巢总目了。

天色越来越黑。

“灯笼呢？”皮特问。

“马上就好。”比尔说。他手里拿着一个大罐头，在使用开瓶器的时候，瓶罐外面裹着湿抹布老往下滑，从而总是烫到他的手指。

“你看得见自己在干什么吗？”皮特说。

“乔，你把盘子上的油脂弄掉。”比尔说。他打开罐头，将里面又黑又滑的食品倒进煎锅里。

“要不要我的手电筒？”迪克说。

“不用，谢谢。”比尔说。他背对着大家，把煎锅放在炉火上。

他们听见比尔划火柴的声音，接着一串小火苗蹿起。不过比尔的身体隔在中间，他们看不见发生的事情。他们听见比尔划着了另一根火柴，然后又一根。

“比尔，有问题啦？”

“没有，一切正常。”比尔说，“你们就不能耐心一点儿吗？”

另一根火柴在炉火前闪亮，然后熄灭。然后是片刻的黑暗，他们听到液体从瓶子里倒出的潺潺声。

另一根火柴点燃。比尔随即退入船舱，将圣诞布丁放在海蓝色火焰中。

“这个怎么样？”比尔说。

“我说呀……”迪克说。

“很可爱，”多萝西说，“你该不会把火焰弄得到处都是，把每个盘子都点着吧？”

比尔犹豫片刻。

“最好不要。”他说，“等火熄灭。”

他把盛火焰布丁的煎锅放在桌子上，转向灯笼。明亮的灯笼挂在舱顶下的钩子上。这时，布丁周围的海蓝色火焰退缩、熄灭，又再次升起、熄灭。火焰布丁中酒精的气味明显可辨。

比尔切开布丁，给三个盘子和三个碟子各分一份。他热切地观察每一个客人的脸色。

“布丁要多加糖。”他说。

大家自己动手，一次又一次加糖。最后，每一份布丁都吃得一点儿不剩。

“刚才的火焰真漂亮。”多萝西说。

“窍门就在这里。”比尔缓过气来，说道，“加酒精之前不要点火。”

他们喝姜汁啤酒佐餐，最后是橘子汁，用以洗清口中最后一丝酒精味。虽然多加了糖，还是没有完全掩住酒精味。大家都同意，这次宴会真是一流。

比尔刚刚玩过一套把戏，大家都在津津乐道。这时，舱顶突然传来一声敲击。

“谁呀？”乔叫道。

汤姆坐在门口，把头伸进黑暗的夜色。

“不，我不是找你，”警察泰德先生说，“我找小乔和那几个孩子。”

客人坐在门口，死神与光荣号船员们都出不来。迪克和多萝西来到驾驶室，来到汤姆身边。

“不，也不是找你们，”泰德先生说，“很高兴看到你们回来。”

乔弯腰经过一个铺位，比尔经过另一个铺位，皮特已经到了门口。

“现在，小乔。”泰德先生说，“你昨天晚上不在这里。”

“不在，但昨天晚上这里没有放漂船只。乔治·奥顿说的。”

“这里是没有。”泰德先生说，“你们昨天晚上在哪里？”

“波特黑根桥上游。”

“啊，”泰德先生说，“我听说你们在那儿。你们放漂了多少船？有消息说，昨天晚上波特黑根桥下放漂了六条船。”

“我们没有动过任何船只。”

“你们在那儿。”泰德先生说，“我跟波特方面通过电话，你们今天早上还在那里。”

他离开孩子们，向下走去。在黄昏时分，他慢悠悠的声音格外清晰：“他们就在那里，谢谢你告诉我。”

“谁跟他在一起？”比尔说。

“只有乔治·奥顿。”汤姆说。

“又是他。”比尔说。

“可他们赖不到我们头上。”皮特说，“我们从来没去桥下，没在波特动过任何船只。”

“在其他地方也没有。”乔说，“但泰德先生要是认定了是我们呢？”

欢快的聚会顿时没了气氛。

“运气不好。”汤姆说。

“太不公平了。”迪克说。

“我们爸爸会叫我们别去河上。”比尔说。

“噢，他们不会。”多萝西说，“你们又没干过什么。”

“那没有什么区别。”汤姆说。他跟乔、比尔和皮特一样，都明白造船人的想法。不仅泰德先生和乔治·奥顿，所有人都习惯于沿河岸系船，相信谁也不会动船。因此，甚至巴拉贝尔太太都一度怀疑他们。汤姆的父亲也是。

“他们必须移民。”多萝西说。

“什么？”比尔问。

“受到迫害就移民呀。五月花号[1]就是这样出发的，结果奠定了美洲的基础。我们一起去兰华斯。你们可以藏在那里，就像汤姆逃亡的时候。”

“我们行吗？”皮特怀疑地说。

“无论如何，我们明天都要出发。”汤姆说，“我们在山雀号上面吃早饭，顺便等你们。”

“照我说，”多萝西说，“我们应该回家。司令让我们明天早饭前过去。”

饭后，死神与光荣号船员们收拾东西。这会儿气氛阴郁。

“但愿我从来没有捉到那些鱼饵，”皮特说，“如果我没有捉到那些鱼饵，抹香鲸号就不会拖我们走。这些傻瓜放漂船只时，我们根本就不会在波特。”

他们折起并收好桌子，准备过夜。

最后时刻，乔突然想起来。

“快点，”他说，“我们不能让卡内特爵士号被放漂。我们过去看看它的尾缆。”

“谁也不会动一条小船。”比尔说。

他们三人爬上码头，在黑暗中一路摸索下面大船的系船索。每一根系锚索都牢系在锚环上，结结实实地打着水手结。

“它一切正常。”乔说，“吉姆·伍德尔永远不会打松结。我只想确定，我们走后没有人在附近捣乱。”

在黄昏的微光下，他们可以看到卡内特爵士号巨大的桅杆临空耸立。他们依稀可见码头边又长又矮的船身。他们感到好受些。它是大河上最出色、最著名的

---

[1] 五月花号（The Mayflower），是英国移民驶往美洲大陆的第一艘船只，于 1620 年 9 月起航。

小船。无论其他人怎么想，吉姆·伍德尔船长仍然是他们的朋友。老西蒙大副要求他们帮忙看船。

“它一切正常。”乔又说，“快点，小皮特，我们答应过你妈妈，按时送你上床。”

半夜里，皮特从炉火前的铺位上爬起来，把手伸进甲板下面。

“起来干吗？”比尔睡眼蒙眬地问。

“我做梦了，”皮特飞快说道，“梦见我们把老梭子鱼系在船头船尾。它拼命拍打尾巴，把我打翻了。它的脑袋摆来摆去，我看出它马上就会挣脱。我抓住铁环，但还是拉不住，它搅来搅去的。我看到绳索滑脱……”

“快打住，”比尔说，“你布丁吃多了吧。”

第十章　达钦医生的早餐

早晨锣声敲响时，迪克和多萝西从屋角绕出来。同时，汤姆下了八级楼梯，在大厅里跟他们会合。

“汤姆！”他妈妈从餐室里叫道。这时，他刚到一楼，脑袋最后撞了一下。

“没事儿，妈妈，谁也没有听到。”病人通常不会在早餐前来访。

“关于我？”他父亲说，“关于我们的孩子？总有一天你会自己扭坏脚脖子的。我给你免费治疗。哈啰，你们两个。很高兴见到你们。”

刹那间，所有人都坐在了自己的麦片粥面前。达钦太太倒咖啡时，宝宝躺在屋角小床上，向父亲微笑、吹泡泡。他比春天的时候长大了许多，更像大人了。

“你们说要去哪儿？”达钦太太问。

“兰华斯。”汤姆说，“黑鸭子俱乐部的旅行。死神与光荣号也去。”

“留神你那些小伙伴。”达钦先生说，“昨天晚上你去睡觉后，泰德来过。他跟波特黑根的索宁先生通过电话。”

“可他们什么都没有做，”汤姆说，“完全是误会。他们只是在桥上游停靠，在那儿过夜，昨天回来。他们从来没有动过别的船。”

“索宁先生的说法完全不一样。”他父亲说，“他说，有人看到他们穿过波特黑根桥。这没问题。可是天黑以后，河上没有人了，他们就下来放漂了六艘系好的船只，赶在人们出来制止以前溜之大吉。”

“我绝对肯定，他们从来没有动过别的船。”汤姆说。

“警察告诉他们时，他们大吃一惊。”多萝西说。

“我觉得他们不是那种孩子。”达钦太太说。

“我也不相信。”达钦医生说，“但你得承认，事情有点怪。一次巧合倒也罢了……可是三次！……”

“噢，可你要明白，爸爸，”汤姆说，“我肯定他们没有放漂码头的任何船只、游艇。他们发现游艇时，我也在场。我们把船拖回码头系好，让乔治·奥顿看到了。他到处乱说，要不然谁也不会相信事情跟我们有关。”

“是啊，我明白。”他父亲说，“可那天晚上放漂的其他船只呢？每一次放漂船只的时候，他们都在现场。他们一到波特，那儿就出同样的事情。汤姆，你知道，我心里总免不了想起你放漂的摩托艇。我不免认为：他们像你一样，根据自己认为正确的原则行事。”

“噢，但我说，”汤姆说，“你自己说过，当时我别无选择。玛格丽塔号恰好系在我们的黑鸭子巢顶上。小黑鸭子……”

“翻旧账没意思。”达钦医生说，“但你要对这些孩子们留点心眼，提醒他们放船不是闹着玩的事情。”

达钦太太转移话题，问他们去兰华斯干什么。迪克早餐时就把照相机挂在椅背上，告诉她，他们要给旧巢拍照，仅仅为了练习。这样，他们以后给真正的鸟巢拍照才能熟练顺手。

他们喝完了麦片粥，忙着吃腌肉和鸡蛋。这时，达钦医生照例一边吃早饭，一边看报纸。他突然笑起来。

“又是你的黑鸭子俱乐部，”他说，“听听这个。有人一定是气坏了，给报纸写了封信。”

他大声读报纸。[1]

先生：

迄今为止，本地某港市声誉卓著，我无须提及具体地名。多亏大

[1] 下面是一篇妙文，文笔粗俗而故作典雅，在根本没有用典必要的地方引经据典，而引文又不是罕见精深的著作，说明来信作者亟欲卖弄学问而真实学问有限。整体文风矫揉造作，跟全书的口语体大相径庭。

家素质良好、遵守公德，澄清海事积弊（勃朗宁语），杜绝码头恶习（莎士比亚语），贡献良多。然而，在下后来得悉，流氓恶搞，受害者甚多，不限于我一人。本地素以文明娱乐之风造福划艇界，由此颇受其害。合法、恰当泊岸之船舶接二连三遭到放漂，给自己和其他船舶带来损毁危险。我获悉：肇事者乃是众所周知的少年帮派，在其他赞助名分之下挂羊头卖狗肉。他们的身份尽人皆知。我们所谓的警察对他们的捣蛋行为放任自流，任其继续发生。我不妨建议：他们应该在本职工作上面多花时间，别光顾着去农业展览会上争奖项。

义愤填膺者

敬启

"他想攻击可怜的老泰德，"达钦医生说，"他在农业展览会上拿过园艺奖银牌，是不是？我想，这位'义愤填膺者'先生的意思并不是说'少年帮派'精通园艺。不过他没把话说清楚。"

"我真想知道这位'义愤填膺者'先生是谁。"达钦太太说。

"他可能不是波特黑根人，"汤姆说，"因为波特黑根昨天早上才出事。他可能是卡在树上那艘游艇的主人。其实，他应该好好感谢黑鸭子俱乐部，而不是说什么'帮派'。"

"得啦，"达钦医生说，"他掌握了炒作的要领。用奖牌的事情刺激泰德，保证能让他再也坐不住。"

"爸爸！"汤姆叫道。

达钦太太笑起来。多萝西放声大笑。达钦医生说他很抱歉，他的本意不是开玩笑。

"这个段子不错。"多萝西说。

"谢谢你。"达钦医生说，"我们现在先不管什么括号里的'莎士比亚'。像'义愤填膺者'所说的道理，我们家可能还蛮欣赏的。多萝西，来点儿烤面包，要不要加点儿橘子酱或蜂蜜？'我们所谓的警察'也打得很准。我想，你们会发现泰德先生到处传唤人……"

"噢，爸爸，不要，"汤姆叫道，"他不能这样。你不能让他这样。他们什么都没有做，就是运气不好，出现在别人放漂船只，或是没有系好船只的地方。”

“泰德先生找不到证据，不会传唤人。”达钦医生说，“这一点你可以放心。但我拿不准他是不是真的找不到证据。不光是泰德在追踪他们。如果他们……”

“他们没有。”汤姆说。

“如果有人在波特放漂索宁先生的船只，他会受不了的。你知道他的律师是谁。”

“不是弗兰克叔叔吗？”汤姆问。

“是啊，弗兰克从不手软。如果索宁先生启用‘法兰德和法兰德’事务所，你就会发现弗兰克一下决心追踪，就会六亲不认、铁面无情。”

“但‘左舷’和‘右舷’是他的女儿，也是黑鸭子俱乐部成员呀。他应该知道死神与光荣号不会干这种事情的。”多萝西说。

“他对你那些小朋友的看法可能跟他女儿不一样。”达钦医生说，“好吧。让我们希望他们不会有更多麻烦。他们现在在哪儿？”

“在码头。”汤姆说，“要不就在去码头的路上。我们打算一起去兰华斯。”

“码头还有其他船只吗？”达钦医生问。

“没有，”汤姆说，“没有小船，只有卡内特爵士号。谁也不敢放漂……”汤姆突然停下来。他从餐桌边的位置向窗外望去，那里是河畔的草地。草地一侧有灌木丛，灌木丛上方有什么东西在移动。

“它正在驶向下游，”他说，“比尔告诉我，老西蒙说他们今天就要顺流而下，穿过雅茅斯。他们一定有计划，不走上游。我刚好可以看到船上的风信旗露出树顶。你们马上就会看到船。它来了……我说……快点儿，爸爸，快！”

达钦医生差不多跟汤姆同时飞奔出门，卡内特爵士号顺流而下，确如汤姆所说。可是，船身盲目漂流，船上空无一人。没有人掌舵，没有人在两侧甲板长廊上走动。鱼叉和大黑帆仍然跟昨天晚上一样。它正自己沿河漂流而下。

汤姆父子俩争先恐后地跑过草地。迪克和多萝西跟在他们后面。达钦太太从窗口观察他们。

“它快要靠岸了。”汤姆说，“它就要碰上了……它会……”

船头突然传来一阵长长的“吱嘎”声，转向上游而不是下游，撞在草地沿岸的木桩上。就在撞船的同时，汤姆跳上甲板。木桩将船弹回河里，继续漂流，越来越远。

“汤姆，稳住！”达钦医生叫道，“别往回跳，找机会系船。”

但汤姆已经不可能听到了。达钦医生是钓鱼人，但汤姆却是船夫。他已经看到卡内特爵士号的系船索在船头上晃来晃去，就收回缆绳，尽快在胳膊上卷起来。再漂五码可能就来不及了……又过了三码。“迪克，站稳了。”他叫道，“爸爸，抓住！”他一挥手，缆绳从胳膊上解开，飞过空中。达钦医生接住了缆绳。

“拉住，爸爸，稳住……绕在标杆上……松手……爸爸，干得好。”

顺流而下的小船分量沉重，难以截住。达钦医生靠着标杆才把船拖住。但他没有绕绳子，而是放松了一两英尺。然后，船头摆动起来，再一次对准沿岸木桩。汤姆跳上岸拉船，迪克和多萝西也来拉船。四个人一起用力，船终于停了。最后他们把船系好。真是差一点儿就来不及了，船就要漂出黑鸭子俱乐部的河岸，他们可能再没有第二次机会了。

“好吧。”达钦医生说，“有一件事我很高兴。我亲眼见证了你、迪克和多萝西跟放漂无关。但其他人呢？如果我不仅跟你们三个，还跟黑鸭子俱乐部全体会员一起吃早饭，不知道这条船还会不会放漂。”

“我肯定他们没有动过船。”汤姆说，“乔兴高采烈的，因为老西蒙托他帮忙看船。”

“但是船跑到这里来了。”达钦医生说。

“天哪！”汤姆说，“看着这里。我得驾驶起绒草号去一趟码头，告诉他们船漂到我们这里来了。”

“快点跑，”达钦医生说，“越快越好。你就能发现你的‘黑鸭子’们到底在干什么。如果老西蒙或是伍德尔在附近，给他们带个话，尽可能把事情理顺。”

汤姆正要出发，向河上瞥了一眼。一条小艇沿河而下，有两个人在上面。从他们拼命划桨的动作，任何人都能看出他们很着急。

“是吉姆·伍德尔。”达钦医生说。片刻后，船主面红耳赤地在草地边停下小艇，然后跳下船来。大副老西蒙跟在他身后。

“怎么回事？”吉姆愤怒地说，“我知道你放漂了玛格丽塔号，可是放漂卡内特爵士号又是为什么！我们干了什么事，你这样捉弄我们？”

“伍德尔，耐心点。”达钦医生说，“汤姆正在吃早饭，看到船漂下来，跳上船给你系上。你应该感谢他才是，他跟放漂船只一点儿关系都没有。”

“那就是那些孩子。”船主说，“他们的爸爸应该好好揍他们一顿……西蒙，老伙计，你把后缆绳留在哪儿啦？”

“我卷到舱顶上了，”老西蒙说，“你看见我收拾的。我们拖了这么久，绳子已经不经用了……”

他们这样上上下下，把全船察看了一番。大卷的新绳子不见了。

“可能滑出去了。”吉姆·伍德尔说，“他们是造船人的儿子……应该让他们坐牢……那卷新绳子有四十英寻[1]呢。”

“它会漂走的，是不是？”汤姆望着下游说。

“用不了两分钟，就会谁都看不见了。”吉姆说，“好吧。幸好我只需要买新绳子就行了……”他一直在上下打量卡内特爵士号。老西蒙拿着刷子上船，急着察看船的另一侧。

“没有损坏。”达钦医生说，“也许需要一点儿柏油。它可能撞歪了岸边的木桩，不过幸好没有其他损坏。”

“它在哪儿都不会自己受伤。”老西蒙重新上岸，说道。

“那可不是那些孩子的功劳。”吉姆·伍德尔说，“小汤姆，你应该把他们好好教育一下。他们在走邪路，要悬崖勒马啊。”

“那些谎话太露骨了，就像乌鸦叫。”老西蒙说。

吉姆瞪了他一眼。“你刚才不是上船了吗！”他说，“现在上来吧。解开船头绳，我们开船上行。我们要去雅茅斯，在那里也许能找到绳子。我们要经过诺里奇，可以带话给那些年轻人。这里从来没有过这样的事情。等我们回来……泰德干什么去啦？‘警察署’的牌子挂在他门口，码头又近在咫尺。卡内特爵士号都给放漂了，这个国家还有没有王法啊！”

他突然平静下来。

“好吧，汤姆。”他说，“达钦医生能替你打包票，我很高兴我错了。我看到你和船，才明白这一点。谢谢你好心拖住船，要不然它现在可能已经漂到渡口了，一切损失都会落到我头上。对不起，医生，我本来早该明白不是你儿子。但

---

[1] 英寻，测量水深的单位，1 英寻 =2 码 =6 英尺，1 英寻约为 1.8 米。

我要是在码头遇见他们三个……西蒙，动手吧……”

“我非常确定不是他们干的。”汤姆说。

“我相信不是他们。”多萝西说。

迪克焦急地擦擦眼镜，重新戴上。“他们为什么要这么做？”他说。

“捣乱呗。”吉姆·伍德尔说，“你下一次可以说是我自己放漂的。如果不是他们，还能有谁？等我回来……西蒙，现在放松点儿……好了，出发……”

卡内特爵士号摆动船头，在河流中绕了一个大圈。老西蒙上了船，转动绞盘。吉姆·伍德尔解开系在草地标杆上的尾缆，拉上船，握住舵。大黑旗被升起来。鱼叉也一面摇摆着一面升起来。河上最快的小船卡内特爵士号上路了。

草地边上的几个人目送它驶去。

“好吧，汤姆。”达钦医生说，“吉姆·伍德尔有点心烦意乱，不足为奇。这件事对他来说大概相当严重。他看着这些孩子从小长到大，你看看他现在对他们的想法。”

“可他一开始还以为是汤姆，”多萝西说，“我们知道不是这样。”

“你是说，一次弄错了，下一次也可能弄错。”达钦医生说，“好吧，但愿如此。你的黑鸭子俱乐部不容怀疑，但我担心他们并非如此。如果他们拿了伍德尔的绳子……哎，说曹操曹操到，被告来了。我把他们留给你裁判……”

“可他们不是被告。”汤姆说。

“最好弄清楚。”达钦医生说，“我要回去工作了。我不想再提问，听人撒谎……”

“他们不会撒谎的。”汤姆说。

“我不想给他们撒谎的机会。”他父亲说，“但你最好跟他们认真谈谈，弄清楚到底有没有他们的事儿。”

他回屋去了，把汤姆、迪克和多萝西留在水边。他们看到死神与光荣号顺流而下，没有扬帆，而是由比尔和乔划桨。两人站在驾驶室里，手里握着船桨。同时，皮特坐在舱顶前端，用手托着腮。

“他们看上去很不开心。”多萝西说。

第十一章 “我们移民吧”

乔和比尔气喘吁吁，说不出话来。皮特咬着嘴唇，装出一副根本不在乎的样子。这时，死神与光荣号绕过医生家的草坪。汤姆和迪克接过绳子。

“出什么事了？”汤姆问。

“有人趁我们睡觉的时候，放漂了卡内特爵士号。”皮特说。

“皮特第一个醒来。我们出来找他，发现他把头浸在水桶里。”乔说，“他叫道，船不见了。”

“我们起来察看，”比尔说，“但我们想不出什么理由，船无声无息地就不见了。你们刚走，我们就察看过，知道船系好了水手结，不是疏忽大意或没有准备造成的。”

“我们想不出来，”乔说，“事情一团糟。我们刚刚折腾完，就听到老西蒙在码头上喊，问吉姆有没有给他留信。然后吉姆·伍德尔来了，一见船没了，简直六神无主。他以为是我们干的，跑来对着我们吼。有人去找泰德，他们都在叫嚷，说应该把我们赶出河面。乔治·奥顿一直在宣扬他目睹我们放漂船只，就是我们系船那一次。约奈特的船夫说起摩托艇的事情。有人说，‘去找他们的爸爸’。比尔对我说，我们最好避一避。于是我们解缆，收绳。然后，有人抓住我们的船，不让我们走。吉姆·伍德尔叫嚷着追问我们放船时是涨潮还是落潮。我们说我们没有放船。马路对面商店里的所有人都能听到叫喊声。我们的爸爸不在附近。我们不管说什么，都让叫喊声压倒了。最后，小菲尔从牛奶车里出来，说他看到船顺流而下，应该没有多远。吉姆和老西蒙赶紧抢上一艘小艇去追。吉姆说，等他把事情安顿好，再回来收拾我们。

“然后我们又想起航，但几个人抓住船不放。有人叫嚷着追问我们去哪儿。我们说，只是跟你们去兰华斯。我得说，只有乔治·奥顿为我们说话。他说让我们走吧，我们在兰华斯离开了河道，害不了人。他们吵来吵去，我们抓住机会起航。我们开走时，他们还在吵个不停。”

“我们在河上混不下去了。”皮特恼火地说，“可我们什么都没做。”

“你说得没错，我们该移民了。”比尔对多萝西说。

达钦太太抱着孩子，穿过草地，来到水边。

“把所有的事情告诉我吧。”她说。

“昨天晚上汤姆回家后，我们察看过绳子。”乔说，“跟军舰一样结实。今天早上它不见了。人人都认为是我们干的。我们什么都没干。”

“你们察看绳子的时候，不是大有机会放漂吗？”达钦太太问。不过，她看到他们的脸色，继续说，“当然不是你们。我忘了你们自己就是船主。吉姆·伍德尔认为你们放漂了他的小船，拿走了他们的绳子。你们一点儿没有碰过吗？”

“他的新尾绳根本没有丢！”乔叫道，“哎，绳子还是崭新的。他们昨天用它拖船，我们看见老西蒙收绳子来着。”

“绳子不见了。”汤姆说。

“这儿可不是雅茅斯。”乔恼火地说，“爸爸说，雅茅斯人会从婴儿嘴里抢奶瓶。但这里可没有那种人。”

“他从来不相信我们拿了他的尾绳，”比尔说，“他从来没有这么说过。”

“他在这里找到卡内特爵士号，然后才知道有这回事。”汤姆说。

“他找到了？”乔松了一口气。

“船漂过去，正好让我们拦住了。”汤姆说。

“你们最初发现船不见了，是什么时候？”达钦太太问。

“皮特第一个起来。”乔说。他们又把整个故事讲了一遍。她静静地听着，不断把婴儿摇来摇去。

“凭诚实的印第安好汉发誓，你们果真一点儿关系都没有吗？”他们说到间不容发的逃脱时，她问。

“凭诚实的印第安好汉发誓，除了昨天晚上察看它系锚情况那一次，我们从来没有动过它。”乔说。

她瞧瞧比尔。

“凭诚实的印第安好汉发誓，不是我们。”比尔说。

她瞧瞧皮特。

“凭诚实的印第安好汉发誓。”皮特说。

“我相信你们。”达钦太太说。死神与光荣号三位船员的眼神就像感恩戴德的小狗。

“就是运气太背，全都凑在一块儿了。你们现在打算怎么办？”达钦太太又说。

“黑鸭子俱乐部巡航兰华斯。”汤姆说。

“再也不回来了。”皮特说，“那样他们就会后悔，想要跟我们和解。”

“这想法可有点糟。”达钦太太说。

“我们今晚在兰华斯停泊，”乔说，“回来没什么好处。”

“我们正好移民。”比尔说。

“你们跟妈妈说过没有？”达钦太太问。

“我们没有时间绕路。”比尔说，“我们幸好刚才逃脱了，但他们不会眼看着我们走掉。我们的爸爸说，别人都可以巡游，我们为什么不可以。”

“食品怎么办？”达钦太太问。

“我们很充足。”乔想起充实的碗柜，情绪有一些好转。

“现在，你看，”达钦太太说，“我过一阵子要到村里去。我去找你们的妈妈，告诉她们你们去哪儿了。大家满脑子误解时，你们走开也许更好。不过尽可能不要卷入其他麻烦。迪克和多特晚上可以回巴拉贝尔太太家，汤姆给他们领路。但我敢说，他们明天早上就会带着新闻去下游。你们打算去给老的鸟巢拍照，是不是？”

“仅仅为了练习。”迪克说。

“好吧，你们去吧。”达钦太太说，“我敢说，等不到吉姆・伍德尔回来，一切误会都会烟消云散的。”

“不仅卡内特爵士号，”乔说，“波特也有些船放漂了。他们都安到我们头上。”

“所有其他的船。”比尔沮丧地说。

“无论如何，今天别想这些。”达钦太太说，“快点，汤姆，还有你们两个，给山雀号装东西。你们的三明治准备好了。”

五分钟后，汤姆驾着山雀号驶出草地下面黑鸭子俱乐部的堤岸。然后，多萝西掌舵，汤姆和迪克扬帆，他们在河上逆着风沿“之”字形前进，死神与光荣号跟在后面。两艘船都扬起风帆，船头拨开飞溅的水花，黑鸭子俱乐部的六位成员上路了。春天历险以后，他们还是第一次一起出航。

船头水声“噗噗”作响，能廓清世界上大多数麻烦。如果还有另一艘小船在近距离内“噗噗”经过，初看一两眼就令人心旷神怡，无论多么严重的忧虑都会无影无踪。

西南风起，因此两艘船很容易一起航行，死神与光荣号虽然陈旧笨拙，但仍然能保持同样的速度。然后，河流转弯，他们依靠的西南风变成了逆风，山雀号来回横穿河面，不久就遥遥领先。如果风向合适，河道宽阔，死神与光荣号也能走得不错。但旧船龙骨又长又直，既不能逆风航行，又不能近距离跟踪。除了开满引擎外，别无选择。这意味着乔和比尔操桨，螺旋桨只能逆风而行。皮特坐在船尾边上掌舵，这位远离驾驶室操桨的工程师，虽然比其他人更难过，现在也快活起来了。

“右舷引擎半速前进，”他叫道，“左舷引擎全速前进……比尔，注意外面，你再这样就会撞上堤岸啦……现在用舵没法控制……两个引擎全速前进。开！我们赶上他们了。汤姆现在失去风向优势了！加燃料，乔，放松点儿……左舷引擎半速前进。全速前进……嗨！汤姆，有动力就好。两个引擎，坚持住。我们马上就会有风的。比尔，比尔！全速前进！全速前进。要不然你们的老桨会撞上渡口的铁链。我们赶上去了……什么？什么？……那是什么？……”

“蒸汽给风帆让路，”汤姆叫道，“当心！”

“两个引擎，都停下来！”皮特叫道，“全速后退！哇噢，就差一点点……”

山雀号滑过他们的桨，只差一两英寸。

“现在全速前进！”皮特叫道，“插进去。插进去，让它下一次跟在我们后面。”

“你来掌舵吧。”掌舵山雀号的多萝西说。汤姆抓住舵柄，竭尽全力，绕到河岸一边，又滑行到另一边，没有偏离航线。但死神与光荣号引擎开足马力，山雀号回到河道当中时，已经不是对准死神与光荣号船头了，而是对准船身。然后，两艘船并驾齐驱。然后，引擎一声怒吼，山雀号终于落在后面。

“大功告成！”皮特得意扬扬地转过身说。

渡口下面的河道又变得弯曲起来。风又一次从河岸吹来。螺旋桨推动小船全速稳定地前进，船比划桨时更快。

“螺旋桨就够用了。”乔和比尔谢天谢地，收回船桨，放在舱顶上。

“这里是七号鸟巢。”多萝西叫道。片刻间，他们想起复活节假期，又开始心烦意乱。汤姆放漂了讨厌的船员们系在附近的玛格丽塔号，因为这些人拒绝移动泊位。人人都相信黑鸭子俱乐部再次放漂船只，原因就在这里。

只有迪克没有往这里想。“拍张照片怎么样？”但两艘船已经驶过去了。

“春天再来吧。那时，白羽黑鸭子就住在这里。”汤姆说，“兰华斯的鸟巢多得是。”

在下一段河道里，死神与光荣号又需要引擎出力。再下一段河道里，风完全从船尾吹来。他们从河中央向河边草地漂去，草地上有水鸡和黑羊。然后，他们仔细调整方向，转了一个大弯，进入兰华斯湾入口。在这里，引擎准备发动，通过狭窄的水道，进入风口。

“就是在这里，‘左舷’开始追白天鹅羽毛，引开那些讨厌的船员的注意力。”多萝西说，“舰队司令的起绒草号系泊在下一个转弯处，我们在那里第一次见到死神与光荣号。”

“那时我们是海盗。”皮特有点后悔。

两艘船转入狭窄的水道，死神与光荣号降下帆，汤姆在几步后面如法炮制。两艘船一起在水道中放慢速度。

“要下雨了。”比尔眺望面前越来越阴霾的天空，说道。

“看上去差不多。”汤姆说，“我说呀，我们没有带上雨衣。”

“雨还没有下。”迪克说，“我们拍照有的是时间。”

“我们回家的时候可以换上。”多萝西说。

“晴天也好，下雨也好，我们都没关系。”乔说。

“你们的船舱能不能经得住下雨？”汤姆问。

“我们用油灰堵住了所有缝隙。”乔说，“最近一次下雨以前，我们就涂好了。船舱不再漏雨，只有皮特的铺位滴水，后来我们也补好了。”

“我头上跟水龙头一样。”皮特哧哧笑道。

在水道半路上，他们遇见两个人正在向芦苇船中装载芦苇。他们一面等待，汤姆一面将山雀号划到方便迪克拍照的位置。

“聚焦十五码。”迪克大声叫道，准备好照相机，“曝光一比五十……光圈值六点三……”

“我们还没有设置快门呢。”多萝西说。

“恰到好处。”迪克说。他手拿照相机站在船上，匆匆忙忙地坐下来换胶卷，准备拍下一张。“我总是记不住，”他说，“然后我摁动快门，什么也没有。还有一件事，就是曝光以后记住换胶卷。记住胶卷已经上过，不用再换，免得浪费。”

“他拍的照片非常好。”多萝西说，“那些洗出来的照片。”

“给死神与光荣号拍张照片怎么样？”汤姆说。

“等我们回到主河道再拍。”乔说，“等船扬帆航行时拍。”

现在，树林在两岸取代了芦苇丛。河道一分为二，一条用铁链封锁，通向某处私人水域。另一条渐渐变宽，通向开放的主河道。

“峡湾就在这里。”多萝西叫道，“那时山雀号就停在这里。汤姆深夜回来，我们看到流亡者孤零零的灯火。在这里，我们上了起绒草号。在这里，司令给我们刷上了山雀号的标志。这里是兰华斯……”

主河道在他们面前畅通无阻。右边是树林和长满芦苇的群岛。兰华斯码头、旅馆和老啤酒屋在主河道正前方远处。小村庄在右边远处。老教堂方塔尖从树林上方升起。

不再担心堤岸，风向平稳，码头水域开阔。两艘船再一次扬帆前进，拉开距离。迪克拍下了死神与光荣号乘风破浪、全速前进的照片。乔掌舵，比尔操纵大桅索，皮特通过大望远镜端详，仿佛他们在大洋上航行了一个月，第一次接近陆地。然后，汤姆竭尽全力赶上来。这时，死神与光荣号悠然鼓浪前进。迪克首先把照相机递过去，从一条船爬到另一条船上。汤姆又一次退避。现在，迪克让乔、比尔和皮特从相机取景器中看景色的小像。接下来，他开始给山雀号拍照。多萝西掌握方向盘。汤姆躺在船底不露面。然后，汤姆驾驶山雀号，多萝西同样不露面，迪克再拍照。不久，皮特看到一只凤头䴙䴘[1]。乔使尽浑身解数驾驶死神与光荣号，方便摄影师取景。然而，他们每一次靠近，鸟儿都会潜入水下，再从远处浮出来。这时距离又太远，不适合拍照。

“等到了筑巢的季节，鸟儿会随便让你拍。”皮特说，“我们只要安静地扬帆航行。母鸟会坐在自己孵的蛋上，你都可以走近去抚摸母鸟。”

“不能划桨，那会惊扰鸟儿。”比尔说。

“扬帆可以，”皮特说，“黑鸭子也是这样。如果鸟儿认识我们，尤其是这样。现在七号鸟巢就是这样。我们驶近时，它从来不会被惊扰。”

“我们有没有机会拍到麻鸭？”迪克问。

“首先要找到它，”乔说，“但老巴特尔[2]只要能不飞就不飞。它稳坐不动，伸直脖子，扬起嘴。你就是在它跟前，距离跟你我一样近，都可以把它当成一丛芦苇。”

“巴特尔是麻鸭的别名吗？”迪克拿出笔记本，问道。

乔看到他记录“巴特尔 = 麻鸭”，笑起来。

“‘哈恩塞’是一种苍鹭，”他说，“‘法兰克’也是一种苍鹭……”

“你搅扰它捕鱼，就会听到它叫着‘法兰兰兰兰兰克’飞走。”皮特说。

迪克继续记录。

“我要把它们全都拍下来，”他说，“把所有记录留在黑鸭子俱乐部的小屋里。”

“如果黑鸭子俱乐部不复存在，会怎样呢？”乔突然又郁闷起来，“如果河上没有我们，谁来监护鸟巢？乔治·奥顿会把麻鸭、莺儿和须鸟的鸟蛋卖掉，没有人会阻止得了他。如果谁也不知道鸟巢在哪里，谁也找不到鸟巢，谁还能管得住他？”

---

[1] 䴙䴘（pì tī），原产于中美，大多食鱼，主要分布于温带大陆与岛屿。

[2] 此处原文为 buttle，是孩子们对麻鸭的一种俗称，与后文“哈恩塞”“法兰克”取名方式相似。

“嗨！汤姆回来了。”比尔说。

汤姆和多萝西驾驶山雀号驶向主河道另一端，现在正破浪驶回死神与光荣号身边。

“怎么吃饭呢？”他靠近时叫道，“我们把船系在哪儿？”

“抛锚吧，”皮特说，“我们有钻泥锚。”

“我没有。”汤姆说。

“拴在一起停吧。”乔说，“公海抛锚。比尔，你去拿钻泥锚。”

他跑到前面，降下风帆。比尔拿出沉重的钻泥锚。他们把钻泥锚系在缆绳上，越过船头慢慢放下去。钻泥锚沉入主河道底部的软泥中。这时，死神与光荣号在逆风中平静地停靠了。汤姆将山雀号停在旁边，把船系好。

“照我说，”多萝西说，“这样比系在岸上好多了。”

比尔从死神与光荣号船舱中拿出面包和奶酪。乔从后甲板取出一包黄油。汤姆拿出达钦太太的三明治和三瓶热咖啡。皮特溜进船舱，从乔的铺位下取出姜汁啤酒。

“我说，”汤姆说，“你们犯不着这样，浪费自己的钱。”

“我们有的是钱。”皮特说。

“拿两瓶梨子罐头来。”乔说，“开瓶器挂在烟囱后面的钉子上。我们在甲板上好好聊一聊。”

他们吃完丰盛的美餐，迪克给小白鼠拍了一张爪子捧着坚果的照片。然后，他们出发到芦苇丛中寻找旧巢。当然，许多旧巢已经塌陷到水中，或是裂成碎片了。但他们还是找到了很好的黑鸭子巢，供迪克拍照。他们还给他指旧䴙䴘巢，但现在已经不值得拍照了。迪克拍了两张黑鸭子巢的照片，把不同的光圈数值和快门速度仔细记录到笔记本上。

“我说，”他说，“已经够多了。我不能再多拍了，已经有七张了。”

“你拍了哪些？”

他让汤姆看笔记本上的记录：

（1）割芦苇的人和船

（2）多萝西＆乔的航行

（3）多萝西驾驶山雀号

（4）汤姆驾驶山雀号

（5）小白鼠

（6）黑鸭子巢。光圈值 6.3，快门速度 1/50 秒

（7）黑鸭子巢。光圈值 8，快门速度 1/25 秒

“天哪！”汤姆说，“我还以为你只拍鸟巢呢。”

“其实没什么关系。”迪克说。

“最后一张呢？”汤姆问，“一套胶卷不是可以拍八张吗？”

“留一张今天晚上用，”迪克说，“给司令拍照。”

“那时就没有多少光线了。”汤姆说。

“我天黑以后再拍。”迪克说，“所以我才把最后一张留给她。这样我们上床睡觉以前，我就能洗出来。”

“有闪光灯，”多萝西说，“灯光一闪，粉末一烧，就拍下来了。”

“人们用它拍野生动物，”迪克说，“他们把照相机固定在动物常来常往的盐岩或浅滩上，在黑暗中等待。动物一来，他们就打开闪光灯拍照。”

“他只想把这个功能用在司令身上。”多萝西说。

他们不再拍照，重新起航。虽然阳光仍然明亮，第一滴雨却让他们吃了一惊。

“蒙蒙细雨该不会越下越大吧。”乔从死神与光荣号上叫道。

“下不了多久。”汤姆说，“但眼下还会猛下。当心，我们还是进船舱等雨停，不要淋湿了。”

两艘船驶向码头，码头挡住了西南风带来的雨水。比尔和乔穿上雨衣，系好两艘船。这时，山雀号全体船员前往死神与光荣号船舱。大雨滂沱，打在舱顶上，水花四溅。不久，风渐渐停了，云层底部泛起一片光亮。皮特点起炉子。第一阵暴雨过后，黑鸭子俱乐部六个成员聚在舱内，从门口观看稀薄的雨雾，听着舱顶流下的潺潺水声。

雨终于停了。他们穿过潮湿的驾驶室爬出来。太阳重新从云后露出来，驾驶室在阳光下闪闪发光。他们站在码头上，俯视雨水洗过的两艘船。

“她今天晚上就来。”乔说，“但我们先到处逛逛。我们不想让别的船被放漂，

又赖到我们头上。”

他们沿着码头漫步，察看了系在东岸的两三艘船。都是小船，遮雨、系锚都没问题。

“这里没有什么问题。”汤姆说，“我们到另一边看看。”

码头西岸直到水边是绿草坪。兰华斯人把船拖上岸，放在这里。这样的船只大概有六艘。有些完全拖出水面，有些只是船头离开水面。所有的船头锚都深深固定在草坪下面。

“哪一艘船都出不了事。”汤姆说，“你们可以放心了。”

“估计我们整个假期都得留在这里了。”比尔说。

“这里可看的鸟很多。”迪克说。

“可是老待在一个地方！”多萝西说。

“总比让人赶出河面好。”乔说。

云层越来越厚，汤姆断定该回家了。他向死神与光荣号借了一条毛巾，擦干山雀号船员的座位。

“座位可不能一直这样湿着。”比尔表示同意。

“你们早上过来，对不对？”皮特问。

“我们一吃完早饭，马上就过来。”汤姆说，“我敢打赌，那时卡内特爵士号的事情已经弄清楚了。”

“弄不清楚我们不会回去的。”比尔说。

山雀号滴着水出航。这一次轮到迪克掌舵。风从码头吹向主水道另一侧的岔口，死神与光荣号船员清楚地看到它笔直驶出，只有两次因为看到水鸟而稍微拐了个弯。

“嗨！”

死神与光荣号船员回到船舱，发现有客人来访。

“喂，小罗宾，你刚好来迟了一步。汤姆·达钦走了。”

“上船吧。”皮特说。

“擦擦靴子。”乔说。

小罗宾是黑鸭子俱乐部的小哨兵。他愉快地上了船，死神与光荣号修了船舱以后，他就没有见过这条船。他有许多东西可以看，特别是炉子。比尔正在炉子上烧水，准备晚餐。他们请罗宾吃巧克力，但一点儿没有提到他们逃避的困难。霍宁的事情已经够糟了，用不着让兰华斯人开始议论。他没有待多久，雨又下起来了。第一滴雨刚刚落下，他们就听到有个女人的声音在叫小罗宾的名字。

“小罗宾，你得走了。”比尔说，“你妈妈在叫你。”

小罗宾跳起来。

“你可以明天早上再来，我们带你航行。”乔说。

“你别忘了，”比尔说，“让你妈妈给我们留些牛奶。”

“好——的。”小罗宾说，接着他冒着雨穿过码头。

他们吃完了晚饭：可可、压缩牛肉、煮土豆，每人两个苹果，正好雨也停了。他们安顿过夜以前，先上岸在码头转了一圈。一切正常。临睡前，他们向外眺望。旅馆窗户有灯光。有人在唱歌。他们听到人们玩投掷游戏时欢快的喧闹声。

“天下太平。”他们收回视线，乔说道，“什么问题都没有。”

后来，风吹过树林的声音将他惊醒，他又一次爬起来。最后一片云彩已经被吹散，夜空晴朗凉爽。

“怎么啦？”乔回到铺位上时，比尔问。

“没事，”乔说，“只是风更大了。天哪，听听皮特这呼噜。”

第十二章　每况愈下

皮特慢慢醒来。光线从船舱窗口射进来，但他的铺位几乎没有亮光。皮特迷迷糊糊，昨天和今天似乎混在一起。他半梦半醒，仿佛陷入昨天霍宁的喧闹中。吉姆·伍德尔、泰德先生、乔治·奥顿和其他所有人一起吵吵嚷嚷。他只听见乔和比尔有节奏的呼吸和死神与光荣号尾缆处微弱的流水声。哎，当然，他们不在霍宁码头，而在兰华斯。这里没有放漂的小船给诚实的“黑鸭子”们找麻烦。

他拿起睡觉前放在身边的苹果，狠狠咬了一口。他一面躺着吃果子，一面想汤姆会带来什么新闻。也许，现在放漂卡内特爵士号的真凶已经暴露。天下太平，再也不会有人向死神与光荣号船员吼叫了，那些事情他们想也没有想过……即使想过也不会做。想到死神与光荣号走后，霍宁一定还会有麻烦，他几乎拼命地咬苹果。肯定有人向他们的爸爸告状。他爸爸绝不会相信他参加放漂小船或任何船只的事情，但乔和比尔的爸爸就不一定了。当然，乔和比尔的爸爸可能会相信儿子，却不一定相信皮特。如果他们三个人因此争吵起来，他们的妈妈也会有话可说。皮特最怕一件事：即使黑鸭子俱乐部成员的父母各持己见，但他们都会认为无论谁放漂了船只，避免麻烦的最简单方法就是让他们离开河面。他们刚刚安好船舱和炉子，本打算整个暑假和冬季的周末都在水上度过的。他们刚刚跟迪克和多萝西会合，死神与光荣号和山雀号在一起有做不完的事情。然后，他想到汤姆的父母。好吧，无论如何达钦太太相信他们是无辜的。

他吃完苹果，弯下身体，把果核扔出甲板，又看看天气。

风比晚上小多了，但仍然气势汹汹地吹过芦苇丛，从码头吹向河岸远方。皮特从温暖的铺位爬出来，站在驾驶室里，让口袋里的钱币“叮当”作响。他知道天色还早。有多早？他回船舱看了一下时间。昨天晚上，乔忘了给旧钟上发条。皮特向码头对面望去，太阳正在升起。昨天雨后，万物都显得格外清新。一只回家的猫正在横穿旅馆前的马路。他听到有人正在吹口哨。为什么不溜出去找小罗宾，在其他人醒来前把牛奶带回来呢？想到这里，他便从后甲板取出牛奶罐，爬上岸去。

皮特摇晃着牛奶罐，走向码头旁边的河堤，突然他猛地停了下来。昨天晚上，他非常确定河堤上是有许多船只的。哎，他记得他跟他们一起察看过，然后又到对面草地去察看拖上岸的渔船。但是，现在河堤空空如也。他跑到码头对面，这里的船只也有一半不见了。岸上的几条船还在，但岸边抛锚的浮动的和半浮动的船只都不见了。皮特向主河道对面望去，芦苇丛远方是什么？片刻后，他飞奔回死神与光荣号。

他把牛奶罐放在码头上，跳进驾驶室，弯腰冲过船舱，拿起望远镜。

比尔从铺位上向他们眨眨眼睛。“这么着急干什么？”他说。

“出去看看。”皮特说，他拿着大望远镜匆匆回到驾驶室，“刮了一晚上风，我估计抢救工作一定很难。”

他举起望远镜，对准远方的芦苇丛。风吹动芦苇，河面泛起涟漪。在飞溅的水花当中……一、二、三……哎，芦苇丛中一定有六艘甚至更多船只。通过望远镜，他能看到波浪拍打着船身。

“快点，比尔。”他叫道，“快点，乔。我们得找到这些船。”

比尔首先来到驾驶室，乔紧跟在后。皮特已经上了码头，解开死神与光荣号的后缆。他推船下水，接着跳上甲板。

“快点，快点，”他叫道，“我们得在别人发现以前把它们弄回来。”

但乔和比尔的想法不一样。

“它们在芦苇丛中不会有事的。”比尔说。

“扬帆向上游航行。”乔说。

“我们不去救船了？”皮特说。以前，他们一看到船只有难，就会驾驶死神与光荣号，全速前去救援。

“同样的当不要上两次。”乔说，“如果有人看到我们跟他的船在一起，就会说是我们放漂的。上次我们解救卡在树上的摩托艇，乔治·奥顿就这么说。”

“板上钉钉，他们肯定会赖到我们头上。”比尔一边说，一边匆匆升起风帆。

乔一手掌舵，一手拉紧风帆，不安地回过头向村庄望去。

“还没有人活动。”他说。

“我们怎么办？”皮特问。

“走远点儿。”乔说。

他们已经在飞速行驶，离陆地的遮蔽越远，风就越好，死神与光荣号仿佛受到幽灵追逐，飞快地逃离了兰华斯码头。

“我们如果能在任何人看见以前驶出这片湖区就好了。”比尔回到驾驶室说。

“可他们昨天晚上看到我们在这里。”皮特说。

“最糟糕的是，”乔说，“现在谁还相信我们？”

“我们不能帮帮那些船吗？”皮特说。三四只敞篷划艇、一只小摩托艇、一只半甲帆船、两只小艇盲目地在芦苇丛中随波逐流，真令人痛心。

“我们只想撇清关系。”乔说，“这是我们唯一能做的事情，不可能更多了。比尔，有没有人露面？”风越来越大，他必须紧盯船舵。

“没有……至少……嗨……现在码头上有人了。”

河对面遥远的叫声从他们身后传来。一个人……两个人和一个小男孩站在码头上挥手。

“那是小罗宾，”比尔说，抓起皮特的望远镜看过去，“他会告诉他们，不是我们干的。”

“你脑袋让门夹了吧。”乔恼怒地说，“他不知道是谁干的，但他知道我们是谁。”

乔继续掌舵，不能回头。比尔和皮特看到一个人勃然大怒，将码头上的东西一脚踢飞，“扑通”落水。

“他们气疯了。”皮特说。

“他们指着我们。”比尔说。

“当然，”乔咬牙切齿地说，“他们问小罗宾，那是什么船。小罗宾叽叽喳喳，告诉他们是死神与光荣号。他还能怎么样呢？”

“我那一次从梯子上摔下来以后，”比尔说，“就不敢从梯子下面经过。一朝被蛇咬，十年怕井绳。我可不是约拿[1]。”他怀疑地看看皮特。

“我也不是约拿。”皮特说。

“闭嘴，”乔说，“不干约拿什么事。有人故意放漂船只。所有船只一起漂走，这可不是运气问题，有人把它们解开了。那些人现在在干什么？”

“放了一条船出来。”比尔说。

“追我们。”皮特说。

乔回头眺望，然后重新面向前方。几分钟内，死神与光荣号就会驶出湖面，拐入树后面通往主河道的河渠。

“他们现在追不上我们。”他说，“他们也不会追。他们要忙着把芦苇丛里的所有船只弄出来。但结果还是一样。他们会赖到我们头上，像其他几次一样。掉头……”

片刻间，兰华斯码头消失在树后，死神与光荣号慢慢沿河而下。他们遇见迪克拍照的那一艘芦苇船。那些人挥手致意，三个黑鸭子俱乐部成员挥手还礼。

“完了。”他们驶出听力所及的距离，乔沮丧地说，“就算小罗宾不说出去，这些人已经看到我们了。”

“可我们什么都没有做呀。”皮特说。

“你去跟泰德先生说吧。”乔说。

他们驶出河渠，进入主河道。

“我们去阿克尔吧。”比尔说。

“不行。”乔说，“汤姆、迪克和多特要来。我们不能让他们去兰华斯。我们得跟他们碰头。哎，掉头！”

他们大声拍击水面，穿过河道，死神与光荣号逆流行驶。至少，这条路上既有朋友，又有敌人。

他们摆脱了追踪，开始想起早餐。他们离兰华斯越远，离霍宁越近，就越不着急。

“注意，”比尔说，“汤姆带来消息前，我们不想回去。”

---

[1] 约拿是《圣经》中的人物，他一再拒绝上帝的委托和警示，最终受到惩罚。这里比尔是说自己不会像约拿那样，忽略经验教训。

“现在，随便停在哪里。”乔说。

他们经过有一群黑山羊的草地，迎风驶入河道。

“拿出桨来。”乔说。至少，他在吃早饭以前无心讨论引擎。

他们阴郁地划过河道，然后在长芦苇丛的遮蔽下，在七号鸟巢附近停靠下来。

“我们要用罐装牛奶。”皮特说。

“当然。”乔说。

“我看到船只放漂时，刚好把牛奶罐取下来。”皮特说。

“罐子在哪里？”比尔说，盯着座位底下。

“哎呀，糟了！”皮特说，“那个人踢掉的就是我们的牛奶罐。我把它留在码头上了。”

这又是一次打击。

“小皮特，高兴起来。”乔说，“牛奶罐的把手已经断过两次了，我们反正都要买一个新的。”

“我们有钱买新的。”小皮特说，这个念头让他感觉好了很多。

第十三章　事情一样，看法两样

汤姆驾着山雀号驶出河道，绕到医生家草坪边上。这时，多萝西跑过来说，很抱歉，他们迟到了。需要再等两分钟，迪克一洗好照片，马上就会过来。

达钦医生坐在河边的木椅上，抽着他早饭后的第一斗烟，问道："他有没有拍到好的？"

"有一张很漂亮。"多萝西说，"另外两张都来自同一卷胶卷。乔的小白鼠有点儿模糊，但他知道这是因为焦距的缘故。司令的闪光灯照片洗出来都白了，但死神与光荣号那一张跟其他照片一样清楚，连皮特的望远镜都能看到。他昨天晚上睡觉前洗好，今天早饭前印好的。他现在正在固定印张。我想，我最好来解释一下我们为什么要迟到一点儿。"

"那是什么？"达钦医生看到多萝西手中的练习本，问道，"假期作业？"

"是我小说的一部分。"多萝西说。

"名字叫什么？"

"《湖区逃难》。"

"逃难的有几个人？"达钦医生相当严肃地问道。多萝西还没有回答，就有人从屋角绕过来。

"你好，弗兰克叔叔。"汤姆说。

"你们好。"法兰德先生说。

"这位是多萝西。"达钦医生说。

“你好。”多萝西说。

“你好。”法兰德先生说，“好吧，汤姆。我希望你们不会坐牢。”

“为什么？”汤姆说。

“你和你的小朋友。泰德先生列出的罪名相当恶劣。达钦，所以我想找你谈谈。似乎波特黑根的事情比放漂船只严重得多。”

达钦医生从嘴上取下烟斗。

“老天爷，汤姆，我真希望你在那个春天从来没有动过那艘摩托艇。不过我得说，我确实没见你干过别的。如果泰德先生为放漂船只的事件来传唤你的三个伙伴，我很难应付的。我明白，我儿子给他们做了榜样。”

“哎，得了吧。”法兰德先生说，“汤姆又不是为了偷东西。”

“偷东西！”多萝西和汤姆一起叫道。

“今天早上，波特黑根的老索宁又给我打电话。”法兰德先生说，“他只顾所有船只放漂的事情。现在才发现那些小流氓闯进他的商店，把配件全都偷走了。他说大概损失了一罗半[1]崭新的船用配件。”

“但我确信不是他们干的。”汤姆说。

“索宁确信是他们干的。”法兰德先生说，“他要我发出广告，悬赏搜集证据。他说，赃物一定已经卖掉了。只有其他造船人才会买这些东西。他认为不难找到证据。”

“但汤姆的小朋友们没有钱也一直过得很好。”达钦医生说，“我想，他们口袋里一直都没有几个大子儿。”

汤姆看看多萝西。片刻间，她脸色苍白，好像病了。他们都想起来，黑鸭子俱乐部的三个小成员从波特黑根回来的那天晚上，死神与光荣号上的盛宴和满满的橱柜。

达钦医生继续说：“法兰德，一切都没问题。但许多人都相信他们跟放漂船只无关，不只是汤姆。艾拉跟他们谈过，她支持他们。泰德也来过，他告诉我，昨天有人为此打了一架，小皮特的父亲被打青了一只眼睛。泰德不知道该怎么办。我说，除非他自己也打一架，或是打架双方提出要求，他没法传唤打人或挨打的

[1] 罗，是英国一种计数单位，一罗是十二打，一打是十二个，一罗就相当于一百四十四个。

人。我认为这样执法挺不错。”

法兰德先生笑起来，“是挺不错。”他说，“顺便说一句。汤姆，现在他们在哪儿？”

汤姆犹豫不决地抬起头：“你是不是想抓他们？”

“但愿我能，”法兰德先生说，“至少，但愿我们有充足的证据指控他们，把事情搞定。我只想知道他们的位置，以防其他人的船只又被放漂。”

“他们去兰华斯避避风头。”汤姆说，“这样，再有船只放漂就不会赖到他们头上。”

“他们可能玩腻了。”法兰德先生说，“他们已经玩过三次了……”

“可他们根本没有干。”多萝西说。

“船只放漂了三次，每一次他们都在附近。想想吧。”法兰德先生说。

之后他跟达钦医生寒暄了几句，就告辞了。片刻后，他们听到他发动了汽车，车子驶向诺里奇的法兰德和法兰德公司办公室。

“老天爷，汤姆。”达钦医生说，“我一直以为你的黑鸭子俱乐部挺不错。现在我可不敢肯定了。”

“可他们什么都没做呀！”汤姆义愤填膺地说。

“他们在哪里，哪里就出事。”他父亲说。

“会不会，”多萝西说，“事情是别人干的，故意安排在黑鸭子俱乐部出现的时候，好栽赃给他们。”

达钦医生严肃地看看她。“波特黑根离霍宁路途可不近呀。”他说。

“算了，希望他们到哪里都不再有事件发生了吧。”汤姆说，“他们在兰华斯，这次会天下太平的。”

“如果兰华斯也出事，”达钦医生吹吹烟斗说，“我可能会相信多萝西的高论。但我不相信还会有事情发生。无论这些小淘气鬼们再怎么胡闹，他们却一点儿不傻。如果这里和波特黑根的船只是他们放漂的，他们一定会注意不在兰华斯故技重演，免得人人喊打。不，那里不会出事。但这阻止不了弗兰克叔叔和泰德先生对其他事情追根问底。”

达钦太太拿着一个包裹穿过草地。

“我让厨房给你们做了一个馅儿饼。”她说，“我保存起来，留给我亲爱的无辜者。”

“无辜者！”达钦医生叫道。

“我相信他们是无辜的。”达钦太太说，“你可以告诉他们，他们的父母也相信他们。父母们想要带他们回家。但我说孩子们什么都没有做，不应该破坏他们的假期。所以你转告他们，最好离开码头，等事情平息。”

“艾拉，你还不知道最糟的事情呢。”达钦医生告诉她商店失窃的事情。

“孩子们不会干这种事的。”达钦太太说。汤姆和多萝西向她投出感激的目光。

这时，迪克跑过来，手上拿着湿漉漉的照片。

“对不起，我来迟了。”他说，“我必须先定影再冲洗，我在路上还得继续洗照片。”

照片拍得很好，死神与光荣号船头破浪，水花四溅。比尔和乔在驾驶，皮特拿着大望远镜。达钦太太掠过丈夫的肩头打量着照片。“他们不是那种孩子，”她说，“别对我这么说。”

“希望你没错。”达钦医生说。

山雀号顺流而下，给兰华斯的移民带去消息。迪克把照片伸到船舷外，拽住一个角，然后又换过来拽住另一个角，仔细冲洗照片。汤姆和多萝西正讨论着法兰德先生带来的消息。

“司令相信不是他们。”迪克说。

“我们也相信不是他们。他们的父母、汤姆的妈妈也相信不是他们。”多萝西说，“但其他人不相信。我说，汤姆，他们说买东西的钱从哪儿来的？”

“他们说是挣来的。”汤姆说。

多萝西张开嘴想说话，但什么也说不出来。

山雀号首先在渡口转弯，然后乘一阵清风转过角落。

“他们一定想知道新闻，”汤姆说，“我答应过一吃完早饭就尽快过去的。”

“他们一看到迪克的照片，就顾不上其他了。”多萝西说。

“闪光灯有问题吗？”汤姆问。

“模模糊糊。”迪克说，“是我自己的错。我让闪光灯靠近司令，照亮她椅子上的编织物，却忘了它放在照相机前面了。”

随后，他们在七号鸟巢下面转弯，看到死神与光荣号泊在芦苇丛中。

“小傻瓜，”汤姆说，“他们应该停在兰华斯。如果人们没有盯着他们，这样计划有什么好处？”

随后，他驾驶山雀号停在船边。三位黑鸭子俱乐部成员翻进死神与光荣号驾驶室。

“出什么事了？”汤姆看到他们愁眉苦脸的样子，问道。

“有人放漂了六艘船。”乔说，“它们漂过整个主河道，落到芦苇丛中。皮特出来看到的。”

“我把牛奶罐留在码头上了。”皮特说。

“你们这么做的？”汤姆问，“把船救出来，带回去？”

“完全不是。”乔说，“这样人人都会说他们看到我们放漂船只。我们扬帆起航，逃之夭夭。”

“有没有人看见？”

“我们还没有驶出渠道，他们就上了码头。”比尔说，“小罗宾在那里。他是黑鸭子俱乐部成员，认识死神与光荣号。还有最糟的……”

“好哇，噢，好哇！”多萝西说。

“你什么意思……好？”乔恼火地说。

“意思是，我们又多了一位支持者。”多萝西说。

汤姆解释说：“爸爸说，如果你们在兰华斯的时候，兰华斯也有船只被放漂，他就会相信有人栽赃，因为你们没有那么傻。”

“好吧，我们不傻。”乔说，“可现在又有一大群人出来追我们。我们大概要垮台了。”

“噢，不。”多萝西说。

“妈妈说，你们家人说你们可以留在河上，至少在兰华斯，但不要接近霍宁码头。”

“我们不能留在兰华斯，”比尔说，“现在不能。”

“告诉你们，”乔说，“我们可以停在渡口上面的荒野里。”

“好。”汤姆说，“那里离河面远，离我们近。”

“移民没什么好处。”比尔说。

“我说，”汤姆说，“你们知道，那天晚上你们拿的那些钱……”

“我们还有些钱，”乔说，“你们需要吗？”

“你们从哪儿弄来的？”

“挣来的，”乔说，“卖鱼……”他瞧瞧比尔的眼睛，使个眼色，“三十个大子儿和六便士。皮特的鱼饵卖了另外半克朗。我们兑成了硬币……”

“那就好，”汤姆松了口气，“我还以为……”

“哎，怎么回事？”乔说。

“你知道吗，在波特船只被放漂的那天晚上。有人从索宁先生的商店偷走了许多新配件。”

“有人说，是我们偷的？”皮特怒不可遏。听到这里，多萝西也放下心来。

“他们把两件事合在一起，”汤姆说，“打广告捉贼。”

“广而告之，就像你对付那艘游艇一样？”

“是啊，”汤姆有点不安地说，“他们认为贼会卖掉赃物，可以通过这条线索抓住他们。”

“希望他们捉住贼，剥掉他的皮。”乔说，“我们这里的湖区可不是雅茅斯。”

“那我们就轻松了。”比尔说。

“还有卡内特爵士号、霍宁这一批、现在兰华斯这一大批船。”汤姆说。

“一定有人故意栽赃。”多萝西说，“但大家找不到合适的嫌疑人，人人都以为是黑鸭子俱乐部干的。”

“事情相当严重。”汤姆说。

“我们需要侦探。”多萝西说。

迪克在水里洗照片，他抖落着水珠。“我说，”他说，“我能不能把照片摊在窗口晾干？”

刹那间，黑鸭子俱乐部的成员们就去围观自己的航行照了，都把烦恼暂时抛在了一边。迪克上了船，把照片晾在船舱玻璃下面。光线透过玻璃，照在上面。乔、比尔和皮特欣赏着他们的船只。“顶端应该再高一点儿。”乔说，“不过，这张照片真了不起。”

他们再次出了船舱，进入驾驶室。多萝西坐在山雀号上面，跟汤姆说话。

“我们干吗不自己破案呢？”她继续说，几乎是自言自语，“我还没有写过侦探小说呢。”

汤姆听到了她的话。

“霍宁现在到处都是侦探，”他说，“他们人人都在忙着证明是黑鸭子俱乐部放漂了船只，其实我们一艘都没有碰过。”

“我们干吗不自己当侦探呢？”多萝西说。

“我们用不着自己当侦探，也知道自己什么都没干。”乔说，“我们本来就知道。”

“我们可以用我的照相机。”迪克说，“侦探总是有照相机的。”

死神与光荣号船员面面相觑，迟疑不决。

“全世界都相信他们有罪，”多萝西说，“他们白发苍苍的父母在哀痛中去世……每况愈下……”她修改了一下，“所有的证据都对他们不利……我说……”她突然改变语气说，“威廉可以成为一条优秀的侦探犬。”

“可威廉不是侦探犬。”皮特说，“一点儿都不像。”

“嗯……反正我们用得着侦探犬。”多萝西说，“威廉就是我们能找到的最好的侦探犬。”

“照相机拍什么呢？”比尔问。

“拍线索呀。”迪克说。

“一旦发生谋杀案，”多萝西说，“侦探总是冲进去，把所有的东西拍下来。”

“但这不是谋杀案，现在还没有谋杀案。”比尔说。

“谋杀会有的，”多萝西兴奋地说，“暴徒走投无路时，就会拼个鱼死网破的。”

比尔实在受够了多萝西，转向汤姆。“我们当中没有暴徒，”他说，“你明白的。”

“我们当然不是。”汤姆说，“但人人都认为我们是，有些事情看起来也像。哎，你们就以为是我放漂了码头的船只，而我以为是你们。多萝西说得没错，如果我们想证明自己的清白、挽救黑鸭子俱乐部，就要找到真凶。是有人在作案。”

“整个霍宁都想抓住他。”乔说，“泰德四处折腾。乔治·奥顿和其他人监视码头，还有托维泽一家。还有我们的爸爸、约奈特的工人、哈纳姆的人。本地所有人都出去抓他。问题在于，除了我们的爸爸，他们都认为是我们干的。”

“得啦，”汤姆又说，“我们有一点优势。我们知道不是谁干的。他们却不知道。”

“这些船不可能是意外事故。”乔说。

“太多了。”汤姆说。

“可能有一伙流氓。”多萝西说，“玛格丽塔号上那些坏蛋追逐汤姆的时候，你们到处放哨。我们不能如法炮制吗？”

“黑鸭子俱乐部全体出动？”乔说，“我们能行。现在用不着监护鸟巢，我们可以让他们完败。告诉他们，我们会淹死那个放漂船只的隐形人。我们能行！我们可以动员兰华斯、波特、阿克尔的成员……”

“那个胃疼的男孩子？”多萝西问。

“他的胃不再疼了，不要着急。”乔严肃地说。

“比尔有自行车。”皮特说。

“我们都有。”迪克说。

“我也有。”汤姆说，“我们动手吧。我们可以调动各地的黑鸭子俱乐部成员，让他们及时报告放漂船只的事件。然后我们赶到那里去，抓住肇事者。”

“我们撒下天罗地网，”多萝西说，“昼夜巡查。甘冒生命危险，抗击残暴的敌人。哪怕是只言片语，一个可疑的目光也不放过。电话铃不断响起……”

“要我说，”汤姆说，“这一套就免了吧。受害者时时刻刻打电话已经够受了。爸爸妈妈总是要打电话的。整天坐着接电话，我可受不了。”

“好吧，”多萝西继续想象着，“没关系。命令已经下达，侦探们谁也不要打电话。电话受到监听，监听者可能就是暴徒。于是，信使星夜飞驰，安危系于一线……”

“他们多半骑自行车，”乔说，“汤姆，你可以把线系在窗口。”

“我们最好马上动手，”迪克说，“趁线索还在。”

“波特现在发生的事情，我们一无所知。”比尔说。

“但我们可以从兰华斯下手，”迪克说，“如果坏蛋昨天晚上在那里放漂船只，他们可能到处都留下了线索。”

“我们去看看。”多萝西说。

“我们不敢回兰华斯。”乔说。

“我们三个可以去，”汤姆说，“就这样。你们驾驶死神与光荣号一路前往荒野，我们驾驶山雀号去兰华斯。我们看看小罗宾能否帮忙寻找到无论什么线索，我们快去快回。听我说，妈妈给我们送来了一个大馅儿饼当午饭。”

多萝西把馅儿饼递过来。

“你们别去，也会陷进去的。”比尔说。

“我们不会。”汤姆说。他很高兴有事可做，不用干等着事情每况愈下，“迪克，跳上船！”

几分钟后，山雀号及其侦探船员就消失在视野外了。

第十四章　第一条线索

过去几年来，渡口上的河岸已经面目全非了。原先是荒野的地方，现在已经建起一两块整洁的平房区。荒野沼地上有古老的风磨和大片灌木丛，一条狭窄的堤岸隔开河流与道路。一道木篱隔开道路和荒野，木篱挂着锁的大门现在已经不再使用。从达钦医生家出发，穿过法兰德先生的花园，沿着河岸也能到达这里。这里比汤姆停泊山雀号的支流更宽，死神与光荣号有足够的空间驶入。支流不是笔直的，灌木丛遮蔽了里面的船只，不可能从河面上看到。

乔、比尔和皮特驾着旧船，绕过渡口，降下帆，改用划桨，深入荒野河渠。他们在河渠北侧停船，方便随时开船跟汤姆会合。

“有没有人看到我们进来？”乔问。

“据我所知没有。”比尔说。

“无论如何，”乔说，“荒野里根本没有船可以放漂。”

他们离开死神与光荣号，回到岔口，等待侦探们回来。皮特带着鱼竿和虫子，钓起了四条鲈鱼——三大一小，解决了晚餐的问题。这种成功虽然让皮特开心，却没有改善乔和比尔的情绪。他们想到人们指控他们偷盗船用齿轮链条，甚至他们的父亲都认为最好马上停用死神与光荣号。比尔削了一根柳木手杖，仅仅为了找点儿事做。乔慢慢吹着口琴，把欢快的小调吹成了哀歌。他越吹越慢，最后比尔说实在受不了啦，他才把口琴放回口袋里。

最后，山雀号出现了。多萝西看到留守的“黑鸭子”们，他们也同时看到她兴奋地挥舞着记录《湖区逃难》第五章的笔记本。舵手汤姆也在挥手。迪克似乎在向他们展示着什么东西，但距离太远，看不清楚。

“他们平安无事。”比尔说，“谁也别想把汤姆·达钦赶出河面。”

“他们有发现了。”乔说，“从他们挥手的样子就看得出来。”

皮特急忙折好鱼竿。山雀号驶过来停在他们身边，乔稳住船身，抓住船沿。同时，多萝西把锚递给比尔。

迪克拿出一段小橡皮管。

“这是自行车打气筒上的。”比尔说。

“这是第一条线索。”多萝西说。

“我们去得正好。”汤姆说，“小傻瓜罗宾还以为你们在戏弄那些船。”

“他告诉了其他人，”乔气愤地说，“我看到他给他们指指点点。这小兔崽子。”

“我告诉他，你们没有动船。”汤姆说，“但他们已经派人骑自行车去找泰德。我们去的时候，这家伙已经回来了。”

“他不动声色，察看了所有的东西。”多萝西说，“他来了，把自行车靠在草地上面的篱笆旁边，昨天晚上有些船就停在那里。他们已经把船弄回来了。哎，你们知道草地末端的篱笆和通向林地的大门在哪里吗？那里有一片裸露的泥地，昨天晚上被雨水打湿了。迪克到处察看，他侦查的模样真棒。许多人都是从那里踩过去，把船拉上去的。我觉得脚印太多，没什么好看的。迪克要那人把自行车挪动一点点，他照办了。然后，迪克打听有没有别的人骑自行车，结果是没有。接着，迪克画了一张那人的自行车痕迹图。我从《湖区逃难》撕了一页空白纸给他。”

“我以为他会溅一身泥，”汤姆说，“但他居然没有。”

迪克上了岸，擦擦眼镜。“如果不是昨天晚上下了雨，我也画不出来。”他说。

多萝西继续说：“然后他又趴在地上……司令可不会高兴的……我说，迪克，现在不要刮泥。等泥干透了再弄。然后，他又趴在地上，画了第二张。我们可以看出来，是另一种不同类型的自行车轮胎。”

乔一跃而起。“就是这样！”他说，“有人骑自行车来放漂船只。”

“他还有更多发现。”多萝西说，“另一些自行车轮胎痕迹很奇怪，比任何一种型号都宽，两边有凹槽。有些自行车轮胎痕迹非常窄，跟其他型号一样。迪克说，昨天晚上有人骑自行车来。离开以前，轮胎穿孔漏气。我们一路追踪，痕迹中断，然后又出现在通向渡口的公路上。打了补丁，两个轮胎都有许多痕迹……”

“那人来去留下的痕迹完全不一样。”迪克说。

“然后，我们通过大门回到那里。”多萝西说，“我们又开始追踪。我发现了自行车打气筒的管子，被踩进了泥浆里。我想，那个坏蛋在黑暗中没有注意，掉了东西。”

“我敢打赌，是他自己踩进泥浆里的。”汤姆说。

“让我们看看轮胎印。”比尔说。迪克打开笔记本，拿出折叠的练习本纸张，上面有两幅画。

“这一个是邓洛普牌轮胎，”比尔说，“跟我们的自行车一样。那一个呢？”

“约翰·布尔牌，”迪克说，“但这没什么关系。这一个是兰华斯人的轮胎印。那一个轮胎漏气，晚上丢了打气筒。”

“很多人都骑邓洛普牌轮胎的自行车，”乔说，“比尔就是。”

“我也是。”汤姆说。

“我们的自行车也是邓洛普牌的轮胎。”多萝西说。

“我们的进展在哪儿？”乔说。

“噢，我们就是有进展。”多萝西说，“我们弄清楚了，不是汤姆、比尔或我们任何人的自行车，是其他人的。达钦医生说，如果你们在兰华斯，兰华斯船只放漂，他就开始相信不是你们，而是有人故意嫁祸。我们现在掌握了真凭实据，那天晚上还有其他人。”

“你们追踪轮胎印有多远？”比尔问。

“我们在通向渡口的路上发现了它们。”汤姆说，“再往下我们就跟踪不了啦。”

“可能来自任何地方。”比尔说。

“不管他们从哪儿来，”多萝西说，“我们现在知道该找什么了。我们找一个骑邓洛普牌轮胎的自行车的人，他的打气筒丢了管子。我们现在获得了一条线索，以后还会有更多线索。我们要让黑鸭子俱乐部的小屋变成苏格兰场[1]。我们要向泰德先生证明，他错了，大家都错了。我们现在去小屋吧……”

“馅儿饼呢？”汤姆说，“午餐时间已经过了很久了。”

“好吧。”多萝西说，“我们先吃午饭，再去小屋。”

“我们把船停好了，”乔说，“那儿只有一条船，没有什么可以放漂的对象。”

“来吧。”汤姆说。

他们把山雀号停泊在岔口，一起踏上死神与光荣号，来吃达钦太太做的馅儿饼。迪克的照片已经在窗口晾干。迪克把照片夹在笔记本里，午饭时坐在上面压平。午饭后，他把照片交给死神与光荣号的船员们，船员们把照片别在船舱墙上，放在黑鸭子和文须雀图片之间。这些图片是诺福克和诺里奇博物学社的朋友送给他们的。他们刚刚弄到满意的结果，多萝西就问：

“晚上渡船还在运作吗？”

五位侦探搭档向她投来佩服的目光。

“不，”乔说，“但任何内行都能自己操作。”

“铁链会发出‘叮当’声，”多萝西说，“有人可能会听到。”

“比尔的姑妈爱丽丝在那儿的旅馆工作。”乔说。

“我们马上去问她。”多萝西说。

他们穿过灌木丛，来到堤岸顶端，翻过篱笆，上了公路，前往渡口旅馆。比尔突然停下脚步。

“怎么啦？”多萝西说。

“我最好自己去问。”比尔说，“爱丽丝姑妈在那儿工作。我们六个人一拥而入，她不会对我们有好感的。”

汤姆立刻表示支持：“你去吧。我们在这里等你。”

他们坐在渡口的长凳上，让比尔前去。他一会儿就回来了，跟他走着去不同，他是跑回来的。

“没错，”他说，“她昨天晚上听到铁链‘嘎嘎’作响。她醒过来，听到声音，不明白谁这么晚还在路上。”

---

[1] 苏格兰场，英文为 Scotland Yard，是英国首都伦敦警察厅的代称。孩子们以此给自己这个调查案件的小屋命名。

“她听到两次？”多萝西问。

“只有一次，”比尔说，“她不知道他走了老渡口的哪一条路。她说，如果那人从这边渡河，她就不可能听到他返回。如果他从这边返回，她就没听到他绕过那边去。”

“她一定睡着了一段时间。”多萝西说，“不过这无论如何都是好证据。我们现在知道，有人在半夜里通过渡口。”

“他骑自行车返回，”迪克说，“轮胎漏气，需要打气。不久又漏光了。他又一次想要打气，却发现打气筒的橡皮管丢了。”迪克又看看小橡皮管，但并没有更多的发现。

“希望他一路走回家。”乔说。

“鞋里扎钉子。”皮特说。

汤姆和乔爬过篱笆，穿过荒野，登上山雀号，驶向黑鸭子俱乐部的河岸。其他人沿着公路，慢慢走过法兰德先生和达钦医生的住宅。他们在花园里遇见了达钦太太。汤姆和乔系好山雀号，然后绕过屋角跟他们会合。

“什么？”达钦太太说，“已经回来了？我还以为你们在兰华斯避风头。”

“他们不能，”汤姆说，“昨天晚上，兰华斯的船只也放漂了。他们只好走为上策。但我和多特、迪克去了现场。迪克发现了一条线索。”

“兰华斯的船只也放漂了？”达钦太太说，“哎，你们不会那么傻，一到那里就动手。”

“甚至爸爸也会相信是有人故意栽赃。”汤姆说，“我们要把这个人找出来。迪克真是个好侦探。栽赃的那个家伙应该是骑自行车去的现场，结果轮胎漏了。我们捡到了他的打气筒的一段橡皮管。”

“我害怕这条线索走不了多远。”达钦太太笑道。

“这只是开始。”多萝西说，“我们还知道别的事情。他从那里经过，有人听到他半夜经过渡口的声音。”

“我们会抓住他，”汤姆说，“黑鸭子俱乐部的小屋会变成苏格兰场。我们要动员各地成员。”

达钦太太笑起来。“在所有港口部署便衣侦探。”她说，“好吧，祝你们好运。顺便说一句，你们知不知道他们在讨论比放船更严重的事情？”

“我跟他们说了。”汤姆说。

“偷东西赖不到我们头上。”乔说。

“我想赖不到，”达钦太太说，“我希望他们尽快捉到贼。真是糟心事。不过，你们知不知道，你们不是唯一的侦探，泰德今天又来了。”

“他以为我们放了船。”乔说。

“我告诉他，我觉得他错了。”达钦太太说，“但如果你们有什么线索或收获，最好交给他。”

“可是书上从来不是这样写的，”多萝西说，“我们要自己侦破全案，然后法官戴上黑帽子……”

“但只有谋杀案他才戴黑帽子。”比尔说。

“好吧，不管他戴什么帽子。”多萝西不耐烦地说，“有人在法庭上站起来，说明来龙去脉。法官从绞刑台……不，那是囚犯……无论如何，他俯身跟囚犯握手。然后观众欢呼。法官戴上一双白手套。”

达钦太太转身回屋，“我让厨房给苏格兰场准备一些茶……然后，各位侦探，不妨吃点儿蛋糕。”

第十五章　侦探对手

六位侦探鱼贯而入时，黑鸭子俱乐部的小屋不太像苏格兰场。小屋靠在医生的屋角，就在汤姆停船的堤岸上面。这里有船桨和备用风帆，搭在一角的支架上。一对鱼竿挂在墙壁的钉子上。一张小桌子用钳子固定住，充当汤姆的木工台。两把椅子，一张是安全的，另一张则需要当心。靠窗的墙下放着矮凳，但上面堆满各种垃圾。大木箱上面放着汽化炉，拆开了一部分准备清洗。墙壁上贴着许多从报纸上剪下来的鸟类图片。这里有一张主河道大地图，原来是完整的，现在则是固定在一起的两张。另一张地图比例更大，是汤姆绘制的，只包括霍宁附近的河道，标出了黑鸭子俱乐部在春天发现和监护的鸟巢。

"哎，糟了！"汤姆一进门就说，"我永远洗不完这个炉子。"他抓起拆开的炉子，重新配起来，免得丢失部件，"继续。把凳子上的东西清理掉。扔进箱子里。对，乔……在屋角地板上……我们马上就会井井有条……蓝色铅笔？我想，在窗台上……皮特，把烟盒后面的东西……不……拿给多特……"

主墙在进门右手边，挂着一块大牌子，上面有蓝色的大写字母："黑鸭子俱乐部"。多萝西看到牌子，立刻把它取下来。皮特跌跌撞撞，给她拿来铅笔。她在牌子背面写下大写字母："苏格兰场"。重新挂在钉子上。

"好哇。"汤姆说。

小屋已经面目一新。凳子已经清空，谁都可以坐下。汤姆拿起问题椅子，用锤子砸了一两下。皮特在箱子里堆满了废物。箱角已经堆积了各种垃圾，多多少少起了掩盖作用，不需要时不会引人注目。

“我马上把桌上的钳子取下来。”汤姆说。

“锤子给我。”迪克说。

“干吗？”

“挂线索。”

他在墙上钉进两颗钉子，把轮胎印素描图挂在一颗上面。乔明白了他的意思，于是他拿出一段线，打了个精致的帆索结，吊着恶棍的打气筒橡皮管，挂在另一颗钉子上面。

多萝西刚刚在桌边坐下，突然又跳起来。“噢，烦死我了。”她说，“我把《湖区逃难》留在死神与光荣号船上了。”

“可你现在也用不着。”迪克说。

“我们需要许多纸。”多萝西说。

“我有纸。”汤姆说。他马上走出去，拿了一盒处方笺回来。

“很遗憾，他们把爸爸的名字印上去了。”他说。

“如果有人意外看到我们的记录，”多萝西说，“有伪装反而更好。我们正需要这样。”

她注意到主河道地图，计上心来。“把插针给我，”她说，“我说迪克，你把放底片的黑信封……”

迪克从口袋里翻出一个信封。

“做什么？”他问。这时，其他人都在观望下一步。

“做旗标。”多萝西说，“我们做些小黑旗，插在所有放漂船只的地方。”

“好。”汤姆说，手忙脚乱地在各种五金器材箱中翻弄“哗啦”作响的插针。他终于找到了。插针已经生锈，但多萝西说没关系。

乔打开童子军用小刀，把信封裁成长方形。多萝西把黑纸折为两层，边上插一根针。“我们把旗标插上去。”

“要不要把地图取下来？”汤姆说。

“最好就这样。”迪克说，“这样我们可以一览无遗。”

几分钟后，他们站在墙边，打量显示北方水域的半张地图。霍宁码头插了一丛黑旗，霍宁河道沿岸插了几面黑旗，兰华斯和波特黑根的黑旗指示作案地点。

“但他们只在我们去过的地方出没。”比尔说。

“其他地方的船有没有放漂，我们怎么会知道？”汤姆说。

“说到底，”乔说，“如果他们在我们不在场的地方作案，情况看起来就会好一点儿。”

“就是，”汤姆说，“我们已经召集所有黑鸭子俱乐部成员，守望各地以后的放漂事件。我们自己调查以前有没有我们不知道的放漂事件。”

“今天来不及了。”比尔说。

“那就明天。”多萝西说。

“我们手头有多少自行车？”乔说，“比尔家里有，但这里没有。他怎么才能拿到自行车，又不用在码头上露面呢？”

“我会溜过去拿来。我们可以在这里存放。”

“放在总部。”多萝西说，“还有我和迪克的车。总共三辆。”

“还有我的。”汤姆说。

“那就是四辆。”乔说。

“我们需要去许多地方。”汤姆说。

“我们分头行动，一天就能跑好多地方。”乔说。

“我们应该首先完成这一项。”多萝西说，“及时监控恶棍的其他活动，非常重要。侦探应该随时掌握新线索。”

“我们现在怎么办？”皮特问，从多萝西身后打量达钦医生的处方笺。她正在用铅笔画线。

“我们要把每个案例的记录分开。”多萝西说，“通过对比，真相自然会暴露。”

“但愿如此。”比尔说。

“第一起是怎么回事？”多萝西问。

“码头的摩托艇。”汤姆说。

多萝西在第一栏顶端“地点”下面记录“霍宁码头”，“死神与光荣号在哪儿？”

“霍宁码头。”汤姆说。

“那天晚上，码头不仅有我们。”皮特说，“还有那个家伙，他把我拔牙的砖头扔回来。”

多萝西忙忙碌碌，在“可能的线索”一栏记录。然后，她取了另一张处方笺。“下一起呢？”她问。

“我们在老渔夫家里捕鳗鱼。”汤姆说，“早上回来，发现船卡在树上。”

“那天晚上，河段所有的船只都放漂了。”比尔说。

“地点……”多萝西说，“霍宁码头和霍宁河段……他们在捕鳗鱼……可能的线索……这一栏我只好留下空白了。”

“我们没见到任何人。”皮特说。

“下一起。”多萝西说。

“卡内特爵士号。”比尔说，“还是没有任何线索。”

“老西蒙要我们留一点心看船。”乔说，“我临睡前检查过它的缆绳，第二天早上它就不见了。”

“霍宁码头。”多萝西写道，“卡内特爵士号……”

“下一起不是卡内特爵士号，”皮特说，“波特黑根放漂了好多船。”

“幸好我是分开记的。”多萝西说，“现在，波特黑根……放漂船只？……”

“索宁的许多游艇。泰德说，有六艘之多。”

多萝西写下“六艘游艇”。“线索呢？”她问。

“我们在那儿没看到任何人。”乔说，“我们在桥的上游过夜，第二天直接穿过。我们见过小鲍勃·科滕，但我们的船正被拖着走，不能停下来。”

“鲍勃·科滕。”多萝西写道。

“那些齿轮链条呢？”汤姆说，“弗兰克叔叔说，小偷可能卖掉赃物，由此就能抓住他们。”

“希望他尽快。”比尔说。

多萝西写下“配件……”“如果我们抓住贼，”她说，“死神与光荣号就没事了。”

“不行，”比尔说，“还有船的事儿。”

“够呛。”多萝西说。

“接下来是兰华斯。”汤姆说。

“罗宾在那里，”乔说，“晚上和第二天早上都在……但他不会放漂那些船只。他也不可能。”

“他什么都不知道。”汤姆说，“他认为是你们干的。”

“小傻瓜。”比尔说。

“不过，我们对兰华斯有所了解。”迪克说，抬头看看挂在墙上的线索。

“可能的线索。”多萝西写道，“有人半夜穿过渡口。邓洛普自行车轮胎。轮胎漏气、打气。一打气筒的橡皮管丢失，落入苏格兰场手中。”

“我们对兰华斯很有了解。”汤姆说。

“那是因为侦探及时赶到现场。”多萝西说，“如果我们到处部署便衣侦探，方便我们及时赶到现场，恶棍下一次作案时，我们就可能会抓住他。”

她把五张纸在桌上重叠起来，在上面打孔。

“很科学。”迪克刚开口，又犹豫不决起来。

“怎么啦？”汤姆问。

“最大共同点，”迪克说，“我们应该比较各案例，寻找每一例都存在的共同点。”

“都是不同的船只。”皮特说。

“是啊，我知道。”迪克说，依次检查记录。

“死神与光荣号每一次都在现场。”他说，“但如果我们发现其他地方有其他船只放漂，这就不是共同点。照我说，还有一个共同点，所有案件都发生在晚上……”

“谁会大白天在河上放船？”比尔说。

“我们列一张工作计划。”多萝西说。

等到达钦太太的厨子给他们送来茶和一大块果仁蛋糕时，他们的工作计划已经列了一长串。明天事务繁忙，苏格兰场要通知各地黑鸭子俱乐部成员换上便衣，及时报告任何放漂的船只。如果以前有船只放漂，也要报告时间地点。然后，他们要全面检查霍宁的自行车，记录邓洛普牌轮胎的名单。接下来，苏格兰场要调查补轮胎的人，或是去自行车修理铺补轮胎的人。侦探们有这些工作要做，士气高涨。甚至比尔都觉得不难自证清白。

“明天早上九点，在苏格兰场集合。”他们最后分手时，汤姆说。迪克和多萝西回巴拉贝尔太太家；汤姆去取比尔的自行车；乔、比尔和皮特回荒野避难所，在死神与光荣号上炸鲈鱼做晚餐。

“真没想到，多特的脑子这么好用。”他们爬过篱笆时，比尔说。

“迪克理清了头绪，对不对？”皮特说，“真想知道，这家伙是自己补的轮胎，还是去老比克斯贝修理铺补的。”

不过，这一天的侦探不仅有他们。他们已经把鲈鱼剥好，炸好，吃个精光，正在炖汤喝。这时，灌木丛中传来沉重的脚步声。然后，舱顶传来猛烈的敲击声。他们走出驾驶室，碰见了泰德先生。

“现在，乔和比尔，还有小皮特，你们听我说。”泰德说。他认为最好是出其不意，吓出真话来，“你们放漂波特黑根船只的那天晚上，怎么处理配件的？”

“我们根本没有动过配件。”乔愤怒地说。

“船只根本不是我们放漂的。”比尔说。

“我们有许多线索。”皮特说。乔瞪他一眼，他马上就住嘴了。

“我需要的线索都有了。”泰德先生严厉地说，“你们从码头放漂了摩托艇。然后，有人看见你们放漂风帆游艇。然后，你们去波特黑根戏弄老哈利。你们回来第一件事就是放漂吉姆·伍德尔的小船，人家可没妨碍你们。昨天晚上……你们在兰华斯干的好事，以为我不知道吗？”

“我们在那儿的码头系好船。早上，主河道漂了许多船。”乔说，“可我们一艘都没有碰过。”

“你们为什么不把船救回来，反而溜之大吉？”泰德先生说，“你们不是自称水上救援队吗？”

“把船救回来，然后让人说是我们放漂的！”乔说，“我们发现游艇卡在树上那一次，事情就是这样的。”

“听我说，”泰德先生说，“我认识你们的爸爸，跟他们无冤无仇。我不想对你们进行不必要的严惩。你们诚实一点儿，把配件交回去。我自然会与人方便。”

“配件不是我们拿的。”乔说。

“这样到头来对你们更不利。”泰德先生说，“码头早上就会贴出告示，现在正在打印。”

“悬赏？”乔说。

“悬赏。”泰德先生说，“你们一点儿机会都没有。”

“或许我们有机会，”乔说，“我们想拿到这笔赏金。”

泰德先生嗤之以鼻，他尽量忍住不发火。“还有一件事。”他说，“也许现在配件不在你们手中，但你们知道谁拿了。你们花了许多钱。”

“那是我们挣来的。”乔说。

“你们给谁工作？”泰德先生说，“我听说你们花钱如流水。我知道你们不是从爸爸那里拿的。”

“我们卖鱼挣来的。”皮特说。

“什么鱼？”

“梭子鱼。”皮特说，“我们捉了一条鱼祖宗。”

“梭子鱼！”泰德先生叫道，“那玩意儿只配扔掉，一磅也值不了一便士，谁还会买？”

“捕鱼的家伙。”皮特说。

“他在哪儿？”

“去诺里奇了。”乔说。

“随他去哪儿，”泰德先生说，“现在，别给我撒这种谎。你们没干傻事以前，都是好孩子。交代了，你们的日子才好过。”

“我们没什么好交代的。”乔说。

“破案的办法有很多。”泰德先生穿过丛林走了。

“你怎么知道我们在这里？”乔在他身后喊道。

“警察什么都能查清楚。”泰德先生说，“你们会明白的。”

第十六章 撒 网

早上九点钟，乔、比尔和皮特刚到达钦医生门口，迪克和多萝西就骑着自行车出现了。他们穿过花园，发现汤姆已经在苏格兰场等候。

“弗兰克叔叔告诉爸爸，”汤姆说，“他们当真干起来了。”

“干什么？”多萝西问。

“贴告示。”汤姆郁闷地说。

“悬赏找我们的证据，”乔说，“泰德昨天晚上告诉我们，他们正在印刷。”

“你们居然去找他？”汤姆说。

“他来找我们，”乔说，“想要我们交还配件，但我们没有什么配件。”

“你们没有把我们的线索告诉他吧。”多萝西说。

“我们就说，我们没有什么配件。”乔说。

“我们去看看吧。”皮特说。

“可他们能去码头吗？”多萝西说。

“现在我们什么都不怕，”比尔说，“泰德知道我们在哪里。”

“我们马上动身。”汤姆说，“但不要来来回回走冤枉路。无论如何，我们总有人要去那里。”

“哪些人去哪些地方？”比尔说。

“四辆自行车。”汤姆说，“我昨天晚上把你的车拿到了。噢，我不得不让你妈妈知道你的下落。她想知道你还在不在兰华斯，她想今天来看你。但我告诉她至少要等到明天，因为你要骑自行车。”

“你告诉我妈妈没有？”皮特问。

“没有。”汤姆说。

“我妈妈会告诉她的。”比尔说。

“现在看来，”汤姆说，“迪克和多特不该去。他们不认识其他‘黑鸭子’，其他成员也不认识他们。我们必须借用他们的自行车。不介意吧？”

多萝西非常介意，但她知道汤姆是对的。外乡人干不了撒网的工作。因此她只说：“我的车是女式的，如果能用就行。”

“皮特最小，”汤姆说，“让他骑正好。现在看地图，我们的会员到处都有。我先去波特，再去希克林。另外有人去伊斯底德、巴顿和斯塔勒姆。我取道卢德汉去波特。然后另外有人去罗克瑟姆。然后是兰华斯、南沃尔舍姆和阿克尔。阿克尔很有可能。可惜我们昨天在兰华斯没有想到，还得再走一次。不过我们已经安排小罗宾监视了。”

“兰华斯人正在找我们。”比尔说。

“一定不能让他们抓住，”乔说，“我去那儿。”

“好，”汤姆说，“乔去兰华斯和阿克尔。”

“我跟乔一样能干，”比尔说，“他们抓不住他，同样也抓不住我。”

“猜正反面定输赢吧。”乔说。

汤姆扔硬币。乔猜中了，开始饶有兴趣地研究迪克的自行车。

“我能把多特的座位放低一点儿。”迪克目测皮特的个头，说道。

“不要跟人争执，”多萝西说，“那没有意思。我们只想要情报……所有地方都派侦探监视。”

“多特说得对，”汤姆说，“不要争吵，只调查船只的其他问题。让所有会员时刻向苏格兰场报告放漂船只的消息。比尔负责伊斯底德和斯塔勒姆，斯塔勒姆可能性更大。皮特负责罗克瑟姆，近得不用骑车……科尔蒂肖尔也很有可能，但那里没有我们的会员。”

“我可以向船员打听。”皮特说。

“那我们做什么？”多萝西问。

“应该有人坐镇苏格兰场，”汤姆说，“统筹全局。”

“不让泰德接近死神与光荣号。”皮特说。

“如果我们不走远，就去司令家吃午饭。”迪克说。

“我们住在她家的时候，差不多一天到晚都在外面。”多萝西说，“她非常开明，说她不介意我们骑自行车到处转……但如果我们……”

“那就行了。”汤姆说，“只要侦探送来报告时，有人坐镇苏格兰场接收就行了。那至少是下午的事。我说，午饭怎么办？”

“我们自己有。”比尔说，拍拍鼓鼓囊囊的口袋。

“我也有。”汤姆说。

“我们动身吧。”皮特说。

四位侦探骑上自行车驶出医生家大门，去北方各水道，为苏格兰场撒网。另外两个人跟他们一起出门。迪克从挂在车座后面的工具箱中取出一把扳手，把多萝西的车座位降低了一英寸，方便皮特骑车。

“看上去不错。”汤姆说。

“我来试试。”皮特说。他一脚踩上踏板，推动车子，另一只脚横跨过去。多萝西笑起来。

“不是这样骑的。”她说。

“没关系。”汤姆说，“他骑得不错。”

皮特有点儿摇晃，但这时还能稳住。他驶入狭窄的马路，没有摔倒，又骑回来，用他习惯的同样方式下了车。

“跟男孩的车子一模一样，”他说，“只是看上去不一样。”

六个人一起走向码头。约奈特的两个船夫用极不友好的目光打量他们。他们向告示牌走去，这些人在四周围观。

汤姆大声念出告示。毫无疑问是那个告示。告示分两部分：“放漂船只，损坏私人财产……”

“其实没有什么损坏。”比尔说。

“可能会损坏。”汤姆说。

汤姆继续念：“盗窃。索宁先生的波特黑根船场失窃……两英寸的合金配件……一英寸的小配件半罗……对举证有用的情报……请交给法兰德和法兰德事务所的梅塞尔和法兰德或任何警察署……有奖赏……”

“哎呀！”皮特说，“听起来好厉害。”

“得啦，关我们什么事。”乔说。

“人人都以为是我们。”比尔说。

“但不是，”多萝西说，“如果黑鸭子俱乐部拿到赏金，岂不是打了他们一个耳光？”

这个想问题的角度更好。但侦探们准备出动时，还是面色凝重。

“下午在苏格兰场碰头。”汤姆说。

“我们一定来。”多萝西说，“嗨！迪克！”

迪克只顾看电话线上的一排燕子，把什么都忘了。

“对不起，”迪克说，“我没有听见。我刚才在想，它们怎么知道什么时候出发。”

“他们现在就出发。”多萝西说。

“我是说燕子。”迪克说。但他及时清醒过来，看到皮特还是按他自己的方式蹬上多萝西的自行车，跟上汤姆和比尔的车子。

乔目送他们转过旅馆屋角。

“回头见。”他说。迪克和多特站在码头路边，目送他跳上迪克的自行车，以惊人的速度越过达钦医生家，驶向渡口。

“哎，就你们留下啦？”巴拉贝尔太太带着画具向他们走来，矮矮胖胖的小狗威廉跟在她身后，“我刚才碰见汤姆和他的两个朋友没命地骑自行车。”

“就是没命啊。”多萝西说，“你看到告示没有？”

他们领她去张贴告示牌的地方。她仔细读完告示。

“无论如何，我不相信是他们。”她说。

“当然不是他们。”多萝西说，“但你明白，像这样下去……”

“好吧，”巴拉贝尔太太说，“我希望你是对的。但他们这么急急忙忙去哪儿呀？”

“四面八方，”多萝西说，“苏格兰场开始撒网。你看，只要我们找到肇事者，一切都会迎刃而解。如果他们不在的时间地点有船只放漂，大家就会开始明白不是他们。如果有更多的船只放漂，我们想及时勘察。威廉说不定能找到线索……”

“威廉！”巴拉贝尔太太叫道。

威廉向她抬起头，哼哼了几声。

“我们想让威廉做我们的侦探犬。”多萝西说。

“我从来没想到威廉能破案，”巴拉贝尔太太说，“但我肯定它会尽力而为的。你们下半天还有什么事情？你们不去骑车吗？”

“我们不能走开，”多萝西说，“你瞧，我们不知道黑鸭子俱乐部成员能发现什么。我们把自己的自行车借给他们，我们就坐镇苏格兰场和死神与光荣号。”

“我想知道他们喜不喜欢死神与光荣号的照片。”巴拉贝尔太太说。

“他们爱死啦。”多萝西说，“他们好喜欢迪克的照片哦。你愿不愿意为我的《湖区逃难》配插图？我昨天晚上把第五章留在那儿了。”

“迪克呢？”

“荒野里肯定有好多鸟儿。”迪克说。

他们三人带着小狗威廉，从村子里逛过去。巴拉贝尔太太造访达钦医生的住宅，跟医生太太聊了一会儿。这时，迪克和多萝西前往苏格兰场，查看昨天的线索和笔记。然后，他们穿过吊桥，渡过黑鸭子俱乐部的河段（那一段时间，吊桥一直没有升起），穿过法兰德家的花园，一路沿着河岸深入荒野，来到死神与光荣号系泊的岸边。

“船在柳林中，这幅画面好可爱。”巴拉贝尔太太说，“这里的色调正合我意，好像是我一手操办的。”司令从迪克手中接过她的折叠椅，准备坐下，“可我真希望孩子们在船上。”

“如果我坐进驾驶室会怎样？”多萝西问，“我会保持安静。我只要溜进船舱拿我的书就行了。”

她爬上船，跳进驾驶室。死神与光荣号小船正是写《湖区逃难》的好地方。她转动船舱把手，门没有开。她心烦意乱，从钥匙孔往里看。钥匙没有插在门上，但门锁住了。

“噢，烦死我啦！”多萝西说。

“怎么啦？”迪克问。

“我进不去。”

迪克登上船，推推门。

“怎么回事？”司令问。

“他们把我们锁在外面了。”迪克说。

“噢，真差劲。”司令说。她也上船推门，也打不开。人们进不了空房子，就会从窗口窥探。他们就是这样做的。皮特把《湖区逃难》第五章留在对面的床铺上了，本想带到苏格兰场去的。

“我该怎么办？”多萝西说，“别人不回来，我就做不了侦探工作。我都准备好续写《湖区逃难》了。”

“你早饭后带的书呢？”司令说。

“那是给苏格兰场的。”多萝西说，“侦查员的报告、记录之类的。第五章我正好写到一半。”她通过船舱窗户，悲哀地望着阳光照耀的铺位，第五章就放在那里。

“我可以给你一些纸。”司令说，“先写在那上面，以后再抄录。许多作家都用这种方式工作。你明白，就像画画以前先打草稿。”

“好吧，就这样。”多萝西说，“就是一段对话，我刚刚想好。”

早晨平静地过去了。多萝西拿着铅笔和纸张，在死神与光荣号驾驶室里工作。她力图把心思集中到《湖区逃难》上，不要走神去想四位侦探；迪克躺在草地上看水鸡；巴拉贝尔太太在画画；小狗威廉一面到处探险，一面时不时回到他们身边，确保自己没有落单。

有一次，威廉毛发倒竖，拼命吠叫。片刻间，他们以为听到有人从堤岸顶端穿过灌木丛走近的声音。多萝西起身，以为伙伴们当中有人回来了。然而，即使那里有人，他一定已经走远了。威廉不再吠叫。

快到一点钟时，他们回到巴拉贝尔太太家吃午饭。下午，迪克和多萝西借到了侦探犬，返回苏格兰场，等待各位侦探归来。

第十七章　来自前哨的消息

“太阳怎么啦？”多萝西说，“我能直视太阳，不用眨眼睛。”

迪克和多萝西在苏格兰场门外，威廉躺在地上。把宠物狗训练成侦探犬，对谁都是艰巨的任务。

“活像我们困在布雷登雾中的那一天。”迪克说。

“我真希望他们动作快一点儿。”多萝西说。正在这时，他们听到自行车铃声。

“皮特来了！”多萝西叫道，“这是我的自行车铃声。”

碎石在自行车轮下“嘎嘎”作响的声音突然停下来。转眼间，皮特推着多萝西的自行车绕过了屋角。他走路时有点摇摇晃晃，上气不接下气。

“自行车真不能骑太久。”他说。

“哎，”多萝西说，“出什么事了？快点，我们进屋吧，我该记录你的报告了。”

“没什么好报告的，”皮特说，“就是我们损失了一位成员。”

“怎么啦？”

“我们在罗克瑟姆只有一位成员，就是小蒂姆。现在他那里没戏了。我正在跟他谈话时，他爸爸进来大发雷霆。他让我滚远点，不准他们家蒂姆掺和到黑鸭子俱乐部这种帮派组织里。还说他要早知道汤姆·达钦是何许人也，一开始就不会让蒂姆参加。‘什么鸟类保护，’他说，‘简直是监狱预习。’”

“他们早晚会遗憾的。”多萝西说。

“他们都一样，”皮特说，“洛特利一家在那里。我们为他们对付玛格丽塔号以后他们一直是我们的朋友，现在他们跟蒂姆的父亲一样坏。我到那儿，按你说的，打听有没有人放漂罗克瑟姆的船只。他们开始嘲笑我：‘你来错地方了。罗克瑟姆没有黑鸭子俱乐部，你最好到霍宁去打听。’”

“但你什么都没有发现吗？”多萝西说。他们走进苏格兰场，多萝西手里拿着钢笔，看了看桌上的纸张。她在上面写了“地区报告”的标题，把纸张分为四栏：“地点”“放漂的船只”“日期”“他们当时的位置”。

“罗克瑟姆没有船只放漂，”皮特说，“小蒂姆的爸爸进来以前，我已经弄清楚了。我问洛特利只是为了多一层保证。那里没有船只放漂，如果有，小蒂姆一定知道。”

多萝西写道：“罗克瑟姆……无。”她说：“当然，有朝一日说不定会有。”

“我们不会知道。”皮特说，“小蒂姆没戏了，谁来通知我们？”

“上游呢？”多萝西说，“其他地方呢？”

“科尔蒂肖尔。”迪克看着地图说。

“那里没有船只放漂，”皮特说，“但他们听说过霍宁和波特的船只放漂和配件失窃的事。他们问我是谁干的。我说，我们正在找。”

“这就对了。”多萝西说，“侦探总是这么说。苏格兰场正在追踪线索，预期不久就能将肇事者缉拿归案。”

“哎，我们有许多线索，”皮特说，“这就是追踪工作。”

多萝西写下“科尔蒂肖尔……无”。她遗憾地看看小黑旗。她本来希望这些黑旗能插在黑鸭子俱乐部不可能涉足的放漂地点。“噢，好吧。”她说，“其他地方更远。越远证据就越有力。下一个回来的会是谁呢？”

“我们到外面路上看看有没有人来。”迪克说。

“我们一起去死神与光荣号吧。”多萝西说，“我把《湖区逃难》留在那里了。我要在上面写东西。我从窗口看到它，但进不了船舱。”

“你现在不能去。”皮特说，“泰德在周围转悠，钥匙在乔手中。”

现在无事可做，只有等待。

“噢，好吧。”多萝西说，“侦探调查总是少不了等待。真正的苏格兰场人员白天晚上都在等待。”

下一个返回的侦探是比尔。

“斯塔勒姆人当时就知道我们。”他说，把沾满尘土的自行车靠在小屋边上，“小道消息灵通得很。斯塔勒姆的吉米·佩拉科特问我配件在哪儿卖的。我说我们没有拿过配件，没有放过船只，但他说大家心里有数。我想纠正他，他往家里跑，我就追他。然后他妈妈出来了，让我别来骚扰他，她儿子再也不会参加什么鸟类保护协会了。还说我爸爸会怎么想我？我怎么还有脸露面……她越说越气。”

“那你说了什么？”多萝西问，急忙进屋坐在桌边。

“我根本没有机会说什么。”比尔说，“她把吉米拉到身后，‘砰’一声关上门，我就走开了。但斯塔勒姆没有船只放漂，我问过许多人。”

“烦人。”多萝西说，在记录中加上“斯塔勒姆……无”。

“你在伊斯底德见到汤米没有？”皮特问。

“他也是黑鸭子俱乐部的成员？”多萝西问。

“他其实不是。”比尔说，“他的脑袋还不如一只压扁的青蛙。我觉得他不错，但他什么都不懂。他在碎石河段钓鱼。”

“钓上鱼没有？”皮特问。不管是不是侦探，他仍然是捕鱼人。

“鲈鱼。”比尔说。

“噢，别管什么鱼啦。”多萝西说，“有没有船只放漂？”

“他说，别让影子落到河面上。”比尔说，“所以我匍匐过去，给了他一块三明治。我问他有没有船只放漂，他说：‘你怎么知道的？’”

“继续，继续。”多萝西说，拿起一面小黑旗准备插上去。

“我说，我不知道，但我想知道。汤米说不是他的错。我问他，什么时间，什么船。他说是他爸爸的划艇。爸爸让汤米把船系好，汤米系在标杆上，标杆断了，爸爸只得游泳去追船。”

多萝西哼了一声。“那不算数。”她说，写下“伊斯底德……无”。

“巴顿也没有。”比尔说。多萝西又记下来。

“别发愁，多特。”迪克说，“汤姆一定会在波特黑根发现更多的放漂船只。乔还没有回来。”

下午已经很晚，汤姆才绕过屋角，把自行车骑进苏格兰场门口。

“根本没有？”多萝西一看见他的脸色，就知道他没有带来好消息。

“一艘都没有。”汤姆说，“波特和希克林都没有。索宁的船夫坏透了，他们一口咬定是死神与光荣号的船员干的。他们说，不管警察不警察，只要抓住一个，就会让他好看。”

“他们不可能在这里抓我们，”皮特说，“他们敢来搬弄是非，我爸爸会……”

“噢，好吧，汤姆，”多萝西说，“但……”

“除了他们在场的那天晚上，波特没有任何船只放漂。运气太背了。”

“那天晚上就是故意栽赃，”多萝西说，“我现在更加深信不疑了。”

“哎，他们都认为是死神与光荣号。”汤姆说，“小鲍勃·科滕一看见我就跑，我只得逮住他。他说，他不想再参加黑鸭子俱乐部了。”

“跟斯塔勒姆的吉米一样。”比尔说。

“还有罗克瑟姆的小蒂姆。”皮特说。

“那就再没有黑鸭子俱乐部成员了。”汤姆说，“斯塔勒姆和罗克瑟姆的船只呢？”

多萝西拿出她可悲的记录。

“哪儿都没有船只放漂。”汤姆说，“乔从阿克尔回来没有？”

“还没有。”比尔说。

迪克在门口，眺望河边树梢后的天色。“我说，汤姆。东风是不是总会带来雾气？”

多萝西不安地瞧瞧汤姆。迪克天马行空的思路，一般人往往理解不了。但汤姆很高兴岔开思绪，暂且放下黑鸭子俱乐部这本难念的经。“大海在东方，”他说，“所以通常是这样。”

“我们跟司令在布雷登湖那天就是这样。”迪克说，“现在又来了。瞧，雾气从树丛上飘过来。”

汤姆伸出头。“不过是海霾罢了，”他说，“看上去没多严重，不用担心乔。哎，我真希望他会在阿克尔发现放漂的船只。”

“从地点看，很有可能。”比尔说，“桥上下总有船只系泊。但有谁会放漂它们呢？”

“哎，我真希望他快点回来。”多萝西说，“《湖区逃难》锁在死神与光荣号船舱内，钥匙在乔手里。我都写了半章了，需要抄上去。”

“情况不妙啊。”汤姆说。

“最后总会好的，”多萝西说，“苏格兰场百战百胜。”

外面传来脚步声。“哎，我相信它名不虚传。”达钦太太在门口说，“你们想喝茶就来拿啊。”

“等乔回来了，我们再吃晚饭。”皮特说，“他不回来，我们就上不了船。”

“又不会妨碍喝茶。”达钦太太说，“比尔，快点儿。你来提茶壶好吗？汤姆拿托盘。一切都准备好了。”

“太谢谢了。”比尔说。

“骑自行车渴死人了。”皮特说。

“你们都去骑车了？”达钦太太问。

“我们四个，”多萝西说，“走遍四面八方。只有乔还没有回来。他去阿克尔了。”

“阿克尔！”达钦太太叫道。

“汤姆去波特黑根和希克林。比尔去斯塔勒姆。皮特去罗克瑟姆和其他地方。”

“去干吗？”达钦太太说。

“寻找证据。”

“找到没有？”

“乔也许能找到。”多萝西说，但连她都没有抱多大希望。

苏格兰场的茶会差不多变成了一场盛宴。卧室里的茶壶满满的，一白一褐两块面包，还有黄油、草莓酱和橘子酱。比尔看到达钦太太拿来的一大堆香肠，说它们足以压沉一条船。

各位侦探马上动嘴。他们每人吃一条香肠，就细心地给乔留一条。侦探犬威廉喜欢香肠超过面包果酱，却未能尽情享用。它吃了三根香肠后，迪克和多萝西都同意不让它再吃了。因为巴拉贝尔太太说它已经够胖了，活动却少得可怜。

“威廉，别吃香肠了。”多萝西说，“不过，你回头还可以吃点别的。”

乔那一份香肠越堆越高，但他自己还是踪影全无。皮特担心好几次，乔是不是在兰华斯遇上麻烦了？他出去向公路上眺望乔的身影。最后，汤姆也出去察看。他回来说雾气越来越浓，已经变成常规的海霾。“对乔没有什么影响……但我还是希望他快点回来。”

“他是我们最后的希望。”多萝西说，“如果除了我们已知的几次，再没有其他船只放漂，那大家都归罪于黑鸭子俱乐部就不足为奇了。”

时间继续流逝。夜色渐渐降临，多萝西开始操心回家的事。“晚一点儿没关系，但我们就得走夜路回家。没有乔开门，我就没法从死神与光荣号拿到《湖区逃难》第五章。”她先看看乔的一堆香肠，再看看茶壶。“我们给他留的茶一定已经冰凉了。”她补充说。

“我们要不要重新倒些茶？”汤姆说。

“听，”皮特叫道，“那是什么声音？”片刻后，乔火急火燎、风尘仆仆，骑着迪克的自行车，绕过屋角。

“有没有情况？”比尔、汤姆和皮特异口同声地说。

“我无能为力，”乔说，“迪克，我把你的自行车扎破了。我在阿克尔补了轮胎，现在已经好了……但其他事情都一塌糊涂。我喉咙火烧火燎，说不下去……”

“茶凉了。”多萝西说。

“没关系。”乔说。多萝西给他倒了一杯，他大口喝下去。

“我大概骑了两千英里。”乔说。

“不会吧？”比尔说。

“一万英里。”乔说，“都是兰华斯的小罗宾。我到了那里，小心绕过教堂。我看到小罗宾，他也看到了我。然后，老农绕过教堂看到我，对其他人叫道：‘他们有一个在这里。’我骑自行车跑开，觉得最好不要走大路去渡口，另外抄小道。他们没有追上我。我敢打赌，他们走的是渡口大路。”

“继续，”多萝西说，“继续。”

她又给乔倒了一杯，乔一饮而尽，同时从杯口上方迫切地看着紧张的听众们。

“哎，我觉得不能不见小罗宾就走。我等了一会儿，绕路回去，一个人也没有。然后，我取道马尔蒂斯特，看到小罗宾在码头上。你们信不信，他一见我就逃。

我跳上车追他，把他抓住。他要我放了他，他不想再参加黑鸭子俱乐部了……”

“又是一个。”比尔郁闷地说。

“我说：‘不管你参加不参加黑鸭子俱乐部，再不好好说话，让你后悔莫及。’我问他有没有其他船只放漂。他说我们不仅放漂了他们的船只，还把自己的船只也放漂了。我气坏了。这时，老农又赶到我后面。另外两三个人从路上过来。小罗宾趁机溜之大吉。我跳上车，冲过三四个想拦我的人。有一个差一点儿抓住我，但没能成功。我一直骑到南沃尔舍姆，那儿也没有船只被放漂。但码头上有个家伙说‘你不就是他们当中……’我没有等待，随后骑到阿克尔。在那里，我的前轮漏气了，幸好不是在兰华斯。我坚持到阿克尔，找到我们的人……”

“那个胃疼的男孩子？”多萝西说。

“就是他。”乔说，“他参加黑鸭子俱乐部以后，胃就不疼了。他马上说，他不想再参加黑鸭子俱乐部了。”

“我们全军覆没。”比尔说，“黑鸭子俱乐部完蛋了。只剩下我们三个人和汤姆。”

“还有我和迪克。”多萝西说。

“阿克尔没有船只放漂。”乔继续说，“据他所知，其他地方都没有。我拿了他弟弟的自行车备件，我们在他院子里修好了漏气的轮胎。后来，他妈妈回到村里，看到我了，他们两个就进屋争论起来。我骑上车走了，一英里以外还能听到她的声音。”

“然后呢？”多萝西说。

“然后发现有两人去兰华斯，我觉得最好换条路走。我穿过阿克尔桥，绕过雷普斯，好不容易通过波特，担心他们在那里截住我，最后就从卢德汉回来了……还有香肠吗？”

“这一堆都是你的。”多萝西说着，又给他倒了一杯凉茶。

“哎，”汤姆说，“这就意味着，我们已知的放漂船只事件就是全部。我们白费了一整天时间。”

“这其实不算浪费。”多萝西说，“这是探路，侦探都是这样。你看，苏格兰场一头雾水，四处探路，一条接一条。一条追到头，只有……嗯……兔子棚。然后再追下一条，只有空荡荡的院子。然后，他们追到最后一条，在那里抓住暴徒。皮特，怎么啦？”

皮特一直在向比尔说悄悄话，脸红了。

“继续说，皮特。”比尔说。

“我说：‘为什么不先追第一条呢？’我们没有时间追踪所有的路线。”

“但我们不知道哪一条才是正确路线，”多萝西说，“如果我们知道，那就用不着侦探了。无论如何，这都不算浪费，我们至少确定了一件事。”

“什么事？”

“原因。现在我们确定，放漂所有船只的人专门选择黑鸭子俱乐部停靠的地点。这么多次不会全都是偶然。我们明天去寻找坏蛋的自行车。但我说，迪克，我们要先回家。我得去死神与光荣号拿《湖区逃难》第五章，钥匙在乔身上。”

“天哪！”乔说，“皮特早上没有把书拿给你吗？”

“我放在外面，本来准备带走。”皮特说。

“我们现在就去。”迪克说。

“好吧。”乔说，咬了一口香肠。

“先让他吃完。”汤姆说。他察看地图上的铅笔线，下面的名字代表黑鸭子俱乐部的前哨。“这就是说，阿克尔没有了。”他说，“波特没有了，罗克瑟姆没有了，兰华斯没有了……只剩下我们在霍宁……”

“如果我们找不到放漂船只的人，连我们也剩不下来。”比尔说。

多萝西打量门外。暮色越来越深，雾气越来越重，天色显得比实际时间更晚。

“我说，我们一定得走了。”多萝西说，“威廉，快点。”

她出了门，又等待了片刻。小狗威廉跟在她身后，其他人围在汤姆身边。汤姆取下北方水域图，擦掉铅笔线下已经不复存在的黑鸭子俱乐部前哨的标记。

“威廉，快点。”多萝西说。

“我们马上来。”汤姆叫道，“我说，迪克。你和多萝西春天什么时候能来？我们需要一切可用的人手，要不然鸟儿就全完了……”

多萝西和威廉上路了。

第十八章　法兰绒碎片

多萝西在黑鸭子俱乐部河段的吊桥上等待，这一天已经无事可做。她想拿到《湖区逃难》快点回家，赶上巴拉贝尔太太的晚餐，尽管她吃了这么多香肠，并不觉得饿。这些男孩子烦死了。汤姆说“马上来”，可他们还在苏格兰场叽叽喳喳。她穿过法兰德家花园，拉紧威廉的皮带，免得它对园子里的植物产生兴趣。她穿过花园，绕过法兰德家船棚，通过木门，走进荒野。她在这里放开侦探犬。圆圆胖胖的威廉一路撒着欢前进，一面嗅，一面跑，在灌木丛中擦过去，然后又开始到处嗅。它很喜欢荒野和潮湿的秋雾，这里散发出清新怡人的香味。

多萝西注意听其他人的声音，但什么都听不见。她沿着河边小径，穿过潮湿的草地。这时，威廉不屑于走老路，在柳林中自己开路前进。雾色朦胧。她回想起起绒草号春天那一次在布雷登湖迷路。威廉报信有功，人人夸奖。但现在，威廉当侦探犬，多萝西不得不承认，“黑鸭子”们不把威廉当回事有充分的理由。威廉的用处就像多风阴天里偶尔露面的几寸阳光。一条侦探犬应该时刻专心致志，威廉却像迪克一样天马行空……当然，迪克是科学家范儿。这些男孩子烦死了！多萝西后悔没有直接向乔借钥匙。她本来有时间先拿到书，再回苏格兰场的。

她来到荒野支流汇入河道的地方，小路在这里沿着堤岸向左转。多萝西透过浓雾向前看，第一眼就看到了死神与光荣号。她就要到了，身边就是大片的垂柳林。嗨！多萝西加快脚步。汤姆和其他人一定绕道走在她前面了。他们一定有人上了旧船，在堤岸上斜靠着船，拍打它宽大的烟囱帽。

“喂！”多萝西叫道，“你们好快呀！”

雾中没有回答。

她又叫了一声。

绿烟囱帽旁边的人突然转过身，冲进树丛。紧接着，威廉发出一声骇人的尖叫。然后是夹杂着痛苦、恐惧和愤怒的喊声，接着是一个人倒地的声音。威廉发出第二声尖叫。然后是奔跑的脚步声……

“他踩上威廉了！”多萝西叫道，“嗨！威廉！威廉！”

脚步声在她身后响起来。

“出什么事了？”汤姆叫道。

“有人从路上逃走了。”多萝西说，“我突然出现，吓了他一跳。他不知怎么踩到威廉身上……”

汤姆扭过头看后面的几个人。

“可我们都在这里。”他说。多萝西看到皮特、乔、比尔、迪克在他身后陆续跑过来。

“怎么啦？”皮特问。

“有人上了你们的船。”多萝西说。

“快点。”乔叫道，死神与光荣号成员从汤姆身边冲过去，沿着堤岸上了船。

“他在哪儿？”比尔问。

“我一个人都没有看见。”乔说。

“都过了一分钟了。”多萝西说，“你们没听见威廉尖叫吗？他踩到威廉身上了。威廉！威廉！”

他们都上了死神与光荣号，乔和船员们已经在全船四处察看过了。乔在驾驶室，他从口袋里掏出大钥匙，打开船舱门。

“门没事，”他说，“没有人来过。”

“但我看到他了。”多萝西说，“我看到他，还以为他是汤姆。他拍打烟囱，我叫起来。然后他逃进了灌木丛中。他一定是绊倒在威廉身上了。威廉上哪儿去了？威廉！威廉！快回来！”

就在这时，威廉冲出灌木丛，浑身泥浆，上气不接下气。它摇摇脑袋，仿佛正操心捉老鼠。它向多萝西跑过来，突然气喘吁吁地蹲在地上。

“它咬住那人了！”多萝西叫道，“好狗！好狗！我就知道那儿有人。威廉不愧是侦探犬。看它得到什么啦。”

威廉受到爱抚后，吐出一块沾满泥污的灰色法兰绒碎片。

“裤子的料子，”皮特说，“就像汤姆这一种。”

“哎，这不是我的。”汤姆说，“我跟你们在一起，比她晚来。”

“当然不是你。”皮特说，“我只是说，是你穿的那一种裤子。”

“无论如何，”汤姆说，“老威廉不会咬我。它更有可能咬你们中的哪一个。”

“它不会咬你们中的哪一个。”多萝西说，“我相信它从来不会咬在场的哪一个。”

迪克回过神来，看看法兰绒碎片。“这可能是另一条线索。”他说。

“这就是罪犯的！”多萝西说。

“他从哪条路走的？”迪克说。

“他逃进了灌木丛。”多萝西说，“就在那儿，然后有一场鏖战。威廉叫，他也叫。确切地说，不是叫，而是短促的尖叫。然后，我听到他逃走了。”

“快点，”汤姆说，“我们去追他。”

“带上威廉。”多萝西说，“好威廉。去抓他，去抓他。快点！你又可以当侦探犬啦。”

但威廉的兴奋劲儿已经过了。其他人穿过灌木丛，它已经没有兴趣去搜索。

“最好让迪克先走。”乔说，想起来迪克在兰华斯的侦探工作。

“迪克，再接再厉呀。”汤姆说。

追踪很容易。谁都看到了威廉的对手在毫无防备的侦探犬身上绊倒和跌倒的地方。谁都看得出他最终是向公路走去的。

“他没有打算开门。”汤姆说。

“他能把那把旧锁怎么样？”乔说，“谁也不行。”

迪克弯下腰，慢慢前进。

“噢，迪克，走呀。”汤姆说，“我们动作快一点儿，就能抓住他。”

“我没考虑那个，”迪克仅仅说，“我在寻找更多线索。他可能落下了什么东西。”

他们什么都没有找到。他们来到分隔道路和荒野的篱笆前，铁丝网和尖刺上面没有留下灰色法兰绒碎片，没有痕迹可以显示他们的猎物从哪儿翻过去。他们自己翻过去，沿路上下察看。一个人都没有看到。

“太晚了。”多萝西说。

“迪克有发现了。”皮特说。

迪克停在篱笆附近，察看地面。

“迪克，那是什么？”汤姆问。

“自行车的痕迹。”迪克说，“他骑自行车，停在这里，靠着篱笆。你们看，这是把手靠过的地方，在泥地上留下了痕迹。这里有车辙印。注意，别踩上轮胎印，印痕很浅。”他跪下来，“只是没那么黑……我相信就是同一辆自行车……邓洛普牌轮胎。”

死神与光荣号船员从口袋里掏出三支手电筒，光柱照在轮胎印上面。

“就是邓洛普牌。”比尔说。

“看上去跟你的自行车一样。”乔说。

“不一定是同一辆。”汤姆说。

“我相信就是同一辆。”多萝西说，“他骑到兰华斯去了，现在就在那儿。噢，可惜我们都在河边。如果我们路上有人，就能找到自行车，看它的打气筒在不在。”

“我们本来可以当场抓住他的。”皮特说。

“真想知道他走哪条路了。”乔说。

但他们没有在坚硬的路面上发现痕迹。他们到处寻找，但没有找到其他线索。多萝西想起了巴拉贝尔太太。

“迪克，”她说，“我们该走了。但我一定要拿上《湖区逃难》。”

他们重新爬过篱笆，回到死神与光荣号。

“可他到底在干什么？”乔说，“我就是不明白这一点。如果是同一个家伙，他在兰华斯放漂了他们的船。我们知道。但他跟到这儿干什么？放漂死神与光荣号？多萝西和威廉把他打断了。好样的狗狗！”

“我早说过它有用。”多萝西扭头说，“侦探犬扑向猎物。罪犯拼死挣扎，只急着逃跑，没注意到线索留在追踪者口中。最后，就是这个线索把他送上了绞刑架。”

“他没有动我们的系船索。”他们来到死神与光荣号船边，乔说，“我知道。

我亲手系的船。一切都跟我们离开时一样。”

迪克再次观察法兰绒碎片。“他穿法兰绒灰裤子，”他说，“骑邓洛普牌轮胎的自行车，可能住在霍宁……总之是在河这一边，因为他经过渡口。他的打气筒丢了橡皮管，有一个轮胎穿孔漏气。”

“这没有多大用处。”比尔说，“许多人自行车轮胎穿孔漏气。我的旧车后轮胎满是补丁。”

“当然，现在他的打气筒可能已经换了新管子。”汤姆说。

“无论如何，我们已经掌握了他许多情况。”多萝西说。她爬进驾驶室，过去拿书。

“我们明天就去查村里所有的自行车。”乔说。

“多特，仔细想想。”迪克说，“你看见他时，他到底在干什么？”

“拍打烟囱。”多萝西说，“至少，看上去像这样。”

“你演示一下，”迪克说，“我们观察，看看能不能猜出他在干什么。”

多萝西听话地重新跳上岸。毕竟，这是侦探分内的工作。“我离得很远，所以并不能真正看清楚。我想……我说，汤姆可以做得更好……（她伸手去够烟囱）……我不够高……他一伸手就够着了……对……就这样……不……更接近烟囱顶，拍拍……然后，他另一只手也放在烟囱顶上……不……再高一点儿……”

“噢，仔细想想。”汤姆说，“我的胳膊可没有一英里长。”

“坚持一分钟就好。”多萝西说。她沿着岸边，跑回她第一次看到死神与光荣号和闯入者的地方。

“他的个头比汤姆大得多。”她叫道，她跑回来接着说，“我觉得，他一定是跪在舱顶上。”

迪克做记录。

“我想，我知道他拍打烟囱的原因。”他迟疑地说道，“但可能还有其他因素。”

“继续说呀。”汤姆说。

“他知道船员晚上生火，他摸烟囱是想知道他们在不在家。”

“他为什么不从窗户往里看？”比尔问。

“说不定炉火边有人。”迪克说，“如果烟囱温暖，就说明周围有人。”

“如果他想见我们，为什么多萝西一叫，他就跑了？”比尔问。

“他没安好心。”皮特说。

“很有可能，”乔说，“如果不是多萝西看见他，我们回来可能就会发现那船跟其他船只一样，已经顺流而下了。”

“他没有时间放漂，或许是个遗憾。”汤姆说，“要不然，大家都会知道放漂船只的另有其人，不是我们。”

他们对此寻思片刻。然后，多萝西又想到了巴拉贝尔太太。

“迪克，走吧。”她说，“天都快黑了。”

“我给你拿书。”皮特说。不一会儿，他就从驾驶室把书递出来。

“从公路走更快些，是不是？”多萝西说，“威廉，快点儿……别到处逛。我要给你戴皮带啦。”

“我们要把新线索加到苏格兰场其他线索上。”迪克说。

“他会不会再来？”汤姆说，“我是不是留下来比较好？”

“有我们三个，”乔说，“我们能搞定他。他再来更好，我们就能看清楚他那张嘴脸了。”

汤姆、迪克、多萝西和威廉回到达钦医生家，他们把灰色法兰绒碎片挂在其他线索旁边。然后，迪克和多萝西骑着自行车回家。为了让侦探犬跟上，他们只好慢慢骑。

在死神与光荣号船上，三个人早早上了床。

“用不着生火，”乔说，“我们都吃饱了，不用做饭。”

“问题是，”皮特抗议说，“该我生火了。”

“好吧，”乔说，“我们知道。你可以明天早上生火，不用汽化炉。如果你想要光，可以点风灯。”

他们上床吃巧克力，看着风灯，谈论白天的事情。然后，乔给小白鼠喂了定量的巧克力。

“最好让风灯亮着。”皮特最后说，“以防万一那家伙再来。”

“好样的狗狗，”乔说，向左转身，免得灯光刺眼，“谁能想到宠物狗还会咬人。”

“踩着它了呗，”皮特睡眼蒙眬地说，“狗狗都是这样。”

第十九章　不受欢迎的礼物

现在轮到皮特生火，他一直盼望生火。但晚上生火是一回事，早上生火又是另一回事。皮特醒来，躺着想了好一阵子。最后乔和比尔裹紧毯子，叫他起来生火。然后，他狠一狠心，扔开毯子，揉了揉眼睛，爬出铺位。他跪到了舱顶上，打开炉门，准备把手伸进去拨残灰，不曾想手刚一伸出去就缩回成拳头。

“谁把炉子填上了？”他愤愤地叫道。

首先是乔，然后是比尔哼了一声回应他。

“现在不是四月初，”皮特说，“我差点儿掉了一层皮。”

“你要是生不了火，就用汽化炉吧。”乔说，“我们要吃早饭。”

“那你们干吗把炉子填上？”皮特又摸了一把，“不管你们填了什么东西进去，都不该这样啊！”

他感到手指下面、炉子里面有些又粗又硬的东西。他拖出一个沉重的口袋，发出隐约的“叮当”声。

乔睁开眼睛，从铺位上睡意蒙眬地打量他。

“一大堆旧铁。”皮特说，“这算是哪一出啊！”

“比尔，是你放进去的？”乔说。

“放什么进去？”比尔说，在铺位上翻过身，看向船舱另一边，“我说，当心煤烟。”

皮特在地板上打开炉子里的口袋。

“天哪！”他说，“是配件。多漂亮！”

“配件！”乔叫道，立刻蹦出了铺位，拿起配件。崭新的船用配件，涂了一层油，像黄金一样闪闪发光。“就是那家伙干的，从烟囱里塞进来的。”乔断定道。

皮特数了一下。“十二个成对的大件。”他说，“八个小件。”

“把他们包起来，”比尔突然说，“包起来。我们不想跟这些配件扯上关系。泰德前天晚上怎么说的？配件明明不在我们手里，他非说在我们手里。配件！你不是读过码头的告示吗？包起来！我们一吃完早饭，就把它们交给泰德。小皮特，生火。熄火以前不要动别的东西。”

火生起来了，水壶被放在火上。在此期间，他们在桶里装满河水，匆匆忙忙、心烦意乱地洗漱，一面不时扭头察看，仿佛每一棵灌木后面都可能潜伏着敌人。

“有人事事栽赃我们。”乔说，“放船和盗窃，比尔说得对。那家伙一定是从烟囱里塞进来的。我们要抓紧时间，接下来，泰德就会来这里，找到赃物。皮特，别歇着。水壶差不多开了。”

皮特从可可罐头里倒出可可粉和奶粉，只等着水开后加水搅拌。他没有等到水大开，结果可可粉都粘在上颚上面，但大家没有抱怨就喝了下去。至少，这样不会因为太烫而喝不下去。他们一直在盯着船舱地板上的口袋。

“最好别把它留在视线内。”比尔说，他把口袋拿到炉火边。

“我们睡过头了。”乔说，“如果那家伙报告泰德，我们马上就会被堵在这里。”

他们每人吃了一大块面包咸肉，然后是一块橘子酱面包。他们一边吃，一边不停地打量着炉火，仅仅因为他们知道配件在那里。船上就像装了一包炸药一样。

“快点。”乔说。他们差不多刚刚吃完。“马上拿给泰德。”

“最好首先拿给汤姆·达钦。”比尔说。

“放进皮特的钓鱼包里。”乔说。

他们沿着河岸，穿过法兰德先生的花园，跨过吊桥，来到苏格兰场。只见小屋正开着门，小狗威廉在门口睡觉，多萝西在桌上奋笔疾书。

“汤姆在哪儿？”乔问。

“他们在工作。”多萝西说，“他们急着去调查自行车店。你们应该跟上去。我们要编列一张邓洛普牌轮胎的自行车清单。怎么啦？出什么事了？”

“可能是最糟的事情。”乔说。

“我们在炉子里发现的。”皮特说。

“我们现在知道那家伙在烟囱上干什么了。”比尔说，“乔，拿给她看看。”

乔在苏格兰场地面上倒空皮特的钓鱼包，解开把配件系在一起的线。多萝西疑惑地打量着闪闪发光的黄色配件。

“这是什么东西？”她问。

“你向捕鱼老手打听打听吧。”乔说，“你不知道吗？这是配件，崭新的，涂了油放在商店里。这些东西正是那些从索宁先生在波特的商店里偷走的，今早皮特在我们的炉子里发现的。那时他正要生火。”

“你碰上他的时候，那家伙正在把配件塞进烟囱。”皮特说。

“好哇！好哇！”多萝西说。

“好在哪里？”乔问。

“一切相互吻合。”多萝西说，“你没看出来吗？我猜想此人是故意栽赃……只在你们停泊的地方放漂船只，让人们认为是你们干的。现在我们可以肯定了。这很有帮助，说明全是一个人干的。波特黑根似乎很奇怪，因为太远了。但东西从波特黑根转移到霍宁……一定有人把它带回来……他是霍宁人……我们只需要找到他就行了。他骑邓洛普牌轮胎的自行车，打气筒丢了橡皮管，法兰绒裤子被撕破了。还有……”

死神与光荣号船员目瞪口呆地对着她。

“你们找到它太好了。”多萝西说，“罪犯的算盘是组织搜索队，亲自找到它。然后人人都会相信你们隐藏赃物。”

“快点，”乔说，“我们要马上摆脱它。”

“我一开始就这么说。”比尔说。

“我来数数。”多萝西说。

“大件十二对，”皮特说，“小件八个。”

“来吧。”乔说，匆匆把配件重新包起来。

“你们想怎么处理它？”多萝西说，“它放在这里很安全。我们把它挂在其他线索旁边吧。”她指着墙上的轮胎印素描、法兰绒碎片、打气筒橡皮管，每一样都挂在一颗钉子上。

“泰德在追查这些配件。”乔说，“我们想尽快交给他。”

“这样也许更安全。”多萝西说，“汤姆和迪克在自行车店附近等候。”

他们绕过屋子，出了医生家的大门，匆匆沿着公路前往泰德先生家。

两个小伙子骑着自行车从路上过来。

“是乔治·奥顿和他的同伙。”皮特说。

两个小伙子跳下自行车，拦住死神与光荣号船员。

“你们去哪儿？”乔治·奥顿说。

“找警察。”比尔说。

“又在放漂船只了？”

“我们根本没有放漂船只。”乔说。

“你们口袋里是什么？”

“告诉他。”比尔说。

“许多配件。”乔说，“我敢打赌就是索宁先生在波特的商店里失窃的那些。”

“你们应该心里有数。”乔治说。

“‘你们应该心里有数。’……你什么意思？”乔愤怒地说。

“得了吧，你还不知道？”乔治说，“你们看到告示了。拿给泰德？对，我明白这是你们最好的出路。”

另一个小伙子笑起来。

“对，”乔治说，“你们交给泰德，或许他会从轻发落你们。”

“我们没有什么事需要从轻发落的。”皮特说。

“呃，只要你们没有放漂船只，没有偷……什么东西。”乔治说。

“我们在炉子里找到的。”皮特说。

“只要是你们放的，你们当然知道在哪儿找。”乔治说。

“快点，”乔说，“泰德先生比有些人明理得多。”

“就这么着，”乔治说，“真有面子。”

他们匆匆赶路，听到身后传来笑声。

“他认定是我们，因为汤姆·达钦放漂了玛格丽塔号。”比尔说。

“我们没看他们的轮胎。”片刻后，皮特说。

“以后再看。”比尔说，“但不会是他们俩。告诉你为什么，他打鸟、掏鸟蛋，但他最反对戏弄船只。看看他多么支持玛格丽塔号的坏蛋们而反对汤姆。看看他是怎么跟泰德合作，不让更多的船只放漂的。”

他们看到泰德先生的自行车靠在小花园栏杆上，知道他还没有离开家。

“邓洛普牌。”他们经过自行车进门时，皮特说。

“得了吧。”乔说，“泰德先生不会放漂船只的。”

泰德先生穿着衬衣，开门迎接他们。

“泰德先生，看看这个。”乔说，从钓鱼包里拿出口袋。

“这是什么？”泰德先生说。

“配件。”乔说，“你那天晚上打听配件时，我们没有。但皮特今天早上在炉子里发现了这些。我们差一点儿抓住那个从烟囱放东西的家伙……”

“进来吧。”泰德先生说。他们跟着他进了小客厅。壁炉架上的大画像画的是泰德夫妇的婚礼。泰德先生仿佛被白色的衣领口勒得喘不过气来。泰德太太抱着一大束鲜花，露出手指上的戒指。泰德先生从壁橱里取出记事簿、钢笔和墨水瓶。他把口袋放在桌上，自己坐在桌边。三个孩子并排站在婚礼画像下，忐忑不安。

泰德先生打开口袋，看看配件。

“剩下的在哪里？”他问。

“我们就找到这些。”乔说。

泰德先生看看钟。钟座的题铭是军队的朋友和仰慕者恭贺新婚的礼物。

“上午十点十五分，”他大声念出写下的话，又严肃地抬头看看孩子们，“现在，你们还想……这样糊弄我没有好处。别以为放弃了你们不想要的几个配件，就能保住剩下的。”

“我们一个都不想要，”乔说，“一个都没拿过。”

“那它们怎么会到你们的船上？你们刚才是这么说的。”泰德先生说。

“从我们的烟囱塞进来的。”乔说，“我刚才告诉你，我们差一点儿抓住那个塞东西的家伙。”

“本来我们昨天晚上就可以发现，”皮特说，“但我们没有生火。今天早上轮到我生火，我一打开炉子就看到这些东西。”

“现在仔细想想，”泰德先生说，“你们在这里停船，这里的码头就放漂船只。

你们去兰华斯，那里的船只就被放漂。你们放漂吉姆·伍德尔的小船，弄丢了他的新尾缆。我们在约奈特船棚附近找到了缆绳，你们经常在那里停泊。”

“噢，缆绳找到了。”皮特热切地说，“新尾缆还有商标呢，汤姆说，吉姆认为缆绳已经丢在河里了。”

“他们当然找到了。”泰德先生说，“就在你们放缆绳的地方。”

“我们没有动过它。”比尔说。

“你们去波特，”泰德先生继续说，“当天晚上船只放漂，索宁先生丢了一罗半新配件。然后，你们拿给我几个新配件……”他突然停下来，拿起一个配件察看。“第一步，”他说，“是核对，我应该早点想到的。你们几个都可以走了，索宁先生核对了这些配件以后，我再找你们。你们走吧，但不要以为我们不会追根问底。你们下次考虑清楚，再给我说实话。我为你们的父亲感到难过，他们都是诚实的人。”

“我们还不如直接扔进河里呢。”他们出去时，乔愤愤地说。

皮特在门外停下来，脸色发红。他返回泰德先生门口，泰德先生还在那儿，沉思默想。

“泰德先生，能不能给我们一点纸？”他说，“我有铅笔。”

“你如果自愿陈述，”警察说，“必须在证人面前签字。”他返回客厅，从记事簿取了一叠纸。

皮特谢过他，在门外赶上另外两人。

“怎么啦，皮特？”比尔问。

皮特蹲在泰德先生自行车后轮胎旁边仔细地画出轮胎印的图案。

他刚刚画完，警察就出来了。

“这是怎么回事？”泰德先生说，“你还在干吗？别动自行车。”

皮特急急忙忙地画着，脸上仍然红红的。“邓洛普牌。”他说，“把配件放进烟囱的人骑自行车，轮胎也是邓洛普牌。”

泰德先生不知道他在说什么。

“你没有扎我的轮胎吧。”他黑着脸说。

三人匆匆出发，去找汤姆和迪克。泰德先生用手指抚摸轮胎，一脸困惑地目送他们离开。

第二十章　邓洛普牌轮胎

汤姆和迪克在比克斯贝自行车店门口仔细打听。对，他们已经得知，“如果需要新轮胎，邓洛普牌无与伦比”。如果还想要别的，帕尔默牌也可以。比克斯贝老先生卖自行车将近五十年，此刻正满怀希望地打量汤姆。

“穿孔漏气呢？”汤姆说。

“只要扎了钉子，什么牌子都会漏气。”比克斯贝先生说，“不过，现在穿孔漏气少多了。可能是路面改善了。马匹少了，树篱变了，荆棘跟钉子一样糟，可能还会更糟。马路上铺柏油以前，尘土中经常夹杂荆棘。”

汤姆扭头看到三个“黑鸭子”从屋角绕过来，在附近等待。他没有打招呼。他们知道汤姆在打听消息，不想他们出面。他刚刚有所收获。

“补轮胎的人多不多？”他问。他看到迪克摘下眼镜，这是关键问题。

“没多少。”比克斯贝先生说。

“最近有没有？”汤姆仿佛随口打听，没有特殊的原因。

“有啊。”比克斯贝先生说，颤巍巍的手伸向工作台上沾满灰尘的旧自行车，“前天就有。”

“是不是邓洛普牌？”汤姆问。兴奋之情溢于言表。

“对，”比克斯贝先生说，“这个牌子最常见。你想不想要一辆新车？”

“现在还不。”汤姆说，“改天吧。但我的车已经破得不行了。”

“要不要新轮胎？”比克斯贝先生说。

“改天吧。”汤姆说。

“哦，”比克斯贝先生说，“失陪了，我还有点事。”他回到店里，干活去了。

“这车根本没有打气筒。”迪克看着工作台上的旧车说，“我说，我们应该打听有没有人买打气筒。”

“我们要看住取自行车的人。”汤姆说，“小心，各位‘黑鸭子’。我们不能成群结队去探案。”

“出事了。”乔说，“你记得昨天那个弄烟囱的家伙吗？”

“记得。”汤姆说。

“他放进去一袋配件。”乔说。

“我今天早上在炉子里发现的。”皮特说，“差点让我手指脱层皮。”

“配件在哪里？”汤姆问，“你们怎么处理的？”

“交给泰德先生了。”乔说。

“泰德说是我们偷的。”比尔说，“乔治·奥顿也这么想。”

“天哪，”汤姆说，“是波特黑根的配件。”

“我们也这么想。”乔说，“泰德先生拿到波特黑根核对去了。瞧，他走了。”

泰德先生穿上全套制服，骑着自行车绕过街角，前往波特黑根。配件口袋系在自行车的把手上。他从孩子们身边经过，神情就像对待金盆洗手的流氓。

“无论如何，”汤姆指着店里，“必须有人在外面看住来取自行车的人。如果他一条裤腿撕破了……”

“我们最好别在店门口监视。”迪克说。

“我们不要都挤在这里，”汤姆说，“这家伙看到我们就会躲开，下次再来的。”

他们一边穿过马路，一边讨论谁留下来监视。这时，他们另一个熟人绕过街角。他似乎心情很好，他总是这样。孩子们看到他向糖果店老妇人脱下黑帽子，向牛奶场收瓶子的小男孩点点头。孩子们以为他会向他们点点头，照例亲切地打听一下鸟儿们的动向。但他明明认出了孩子们，却突然一脸严肃，既没有点头也没有打招呼。

“又是一个怀疑我们的人。”比尔说。

“可这是老牧师，他知道我们不会干的。”汤姆说。

“他进了自行车店。”迪克说。

两分钟后，他们看到老牧师重新走出来。他推着生锈的旧自行车，向送他出门的比克斯贝先生致谢、告别。

“哎，牧师。”比克斯贝先生说，“轮胎磨损得很厉害，一个车胎有几处就要磨穿了。它们用不了多久了。我这儿有几个很好的新轮胎，价钱再便宜不过……”

“有人会送我新轮胎作为圣诞节礼物的。”老牧师说完，骑上自行车走了。

“半夜在兰华斯放船的不可能是他吧。”比尔说。

“把配件塞进烟囱的人不会是老牧师吧。”乔说。

“他的裤子有没有撕破？”皮特问。

“就算有也不会是他。”乔说，“这就是说，我们还得另找自行车。”

“我觉得，我们有发现了。”汤姆说。

迪克已经想到另一条线索。

“可惜，你们直接把配件交给泰德了。”他说，“你们应该拿到苏格兰场去。”

“我们拿去了。”乔说，“但那里只有多萝西一个人值班。”

“还有我们的侦探犬。”皮特说。

“她确实想留下来。”乔说，“但我们绝对肯定这是波特黑根的赃物，只想尽快打发出去。”

“我们确实不能留在苏格兰场。”汤姆说。

“它们可能是另一条线索。”迪克说，“它们看上去像什么样子？”

“就像崭新的配件，”乔说，“上好的货色。商店涂的油还在。”

“油？”迪克说，“上面可能有指纹。”

“我们的指纹很多，”比尔说，“我们都看过。”

“它们彼此相似吗？”迪克问。

“十二对大的，六个小的。”比尔说。

“八个小的。”皮特说。

“但我听说，”汤姆说，“店里总共丢了一罗半配件。”

“所以泰德问我们剩下的在哪里，”乔说，“他断定我们留下了。”

“拿我们当贼。”皮特气呼呼地说，“他自己的自行车轮胎就是邓洛普牌。”

“噢，皮特，闭嘴。”比尔说，“我们知道，不会是老泰德。”

“我们去跟多萝西谈谈。”迪克说，“多萝西会弄清楚，为什么他只塞几个进烟囱，而不是全都塞进去。”

“多萝西会先下手为强逮住他。”乔说。

“只要我们找到剩下的配件。”比尔说。

他们回到苏格兰场。他们找到没有打气筒的邓洛普牌轮胎的自行车，结果却让老牧师高高兴兴地骑走了，汤姆和迪克大失所望。但他们在路上又看到了这样的自行车。迪克在笔记本上记下：送牛奶的小男孩骑邓洛普牌轮胎的自行车，本地护士也是，旅馆墙外停着三辆自行车，两辆邓洛普牌轮胎的、一辆帕尔默牌轮胎的。他们等待主人出现，后来是三个年轻人穿着褐色套衫和宽松的灯笼裤，笑着出来，把自行车骑走了。“外国人，”汤姆说，“只是游客。”造船人约奈特的船棚门口有一辆自行车，“邓洛普牌轮胎。”乔满怀希望说。但汤姆看到工具箱上面的车主名片之后，他们又走开去找别的线索了。约奈特先生不大可能骑车去兰华斯放漂别人的船只。兰华斯的自行车轮胎印线索似乎毫无结果，倒是配件更有希望提供些什么。但配件挂在泰德先生车把上，已经走远了。

“上面很可能有指纹。”迪克又说，“其实我们应该先拍照，再交给警察。”

“如果不是波特的配件呢？”皮特说。

“如果不是波特的配件，”比尔说，“就是我们自己的东西。希望泰德送回来。”

“如果无人认领，”汤姆说，“你发现的，就归你了。”

“一定就是失窃的配件。”迪克说，“所以才会塞进你们的烟囱。”

他们来到达钦医生门口，还在讨论配件。他们绕过屋角，去苏格兰场找多萝西和小狗威廉。

“哈啰，”多萝西停止写作，抬起头来，“自行车都搞定没有？”

“没什么进展。”汤姆说，“所有邓洛普牌轮胎的自行车都不是我们需要的。”

“噢，”多萝西说，“泰德对你们拿去的东西怎么说？”

“他说是我们偷的，”皮特说，“他拿到波特核对去了。我说，多特，他的自行车轮胎就是邓洛普牌的。”

多萝西思索片刻。“我觉得，他不是我看见在烟囱旁边的那人。而且，威廉对他很友好。他也从来不穿灰裤子。”

“多特，你在配件上看到指纹没有？”迪克问。

“从来没有。”

“还有一个问题。”迪克说，“告示说丢了大小配件共有一罗半。他为什么只在烟囱里塞了几个？”

多萝西皱起眉头，冥思苦想。

“他可能想自己留着剩下的。”比尔说。

“不像，”多萝西说，“他为什么不全都留下来呢？或许他想全都塞进去，但听到我来了才中断。或许他掉在什么地方了，只是威廉扯掉他一片裤角之后，我们就忙着在四周搜捕他，所以没有发现。其实我们都没有认真找过。”

“当时太黑了。”汤姆说。

“还有雾。”多萝西说。

“快点，”乔说，“我们再检查一下。”

六位侦探和一条侦探犬绕道荒野，做了一番彻底的搜查。甚至包括威廉在内，大家都全力以赴，四处寻找。正如多萝西所说：可惜没法向威廉解释应该寻找什么东西。

他们一无所获，沮丧地聚集在死神与光荣号上。

“他一定设法拿走了。”汤姆说。

“如果他确实拿来了。”多萝西说。

“他一定把剩下的东西放在其他什么地方了。”汤姆说。

迪克凑近烟囱帽。“侦探撒下某种粉末，”他说，“然后拍照，取指纹……”

“迪克，”多萝西说，“他又来了。我知道他是谁，他的计划是什么。”她转向小伙伴说，“你们不明白吗？如果他一下子都留下，人们会以为是你们发现的。他只留下几个，你们交给泰德，正中他下怀。泰德先生怀疑你们，却不能肯定。哎，如果罪犯再留下一批，你们再拿给泰德先生，那就更可疑了……好像你们一次放弃一点儿。他会再来的，他今天晚上还会来。你们离开死神与光荣号，一定要留人看守。迪克，对不对？”

除了迪克，大家都同意。迪克想到别的地方去了。

“摸摸烟囱，”他说，“试试有没有热度，就知道有没有人在家。他下一次还会这样。所以他来得越快越好……”

“我们不想再收到更多配件了。”比尔说。

“迪克，继续说呀。”多萝西说。

“如果油漆未干……”迪克摘下眼镜，匆匆擦一擦，又戴上去。

“高啊！”乔说。

“天哪！”汤姆说。

“苏格兰场就是这样。”多萝西说。

“我有油漆，”汤姆说，“但不太多。”

“我们薄薄涂一层，用不了多少。”乔说。

“罪犯潜伏在灌木丛中，”多萝西说，“他在提防侦探犬……不想再挨咬……他如法炮制接近死神与光荣号……靠在上面……摸了摸烟囱……他只要碰巧摸到湿油漆，指纹就留下了。”

“妙啊！”汤姆说。

“但他会把剩下的配件留给我们。”比尔说。

“怕什么。”乔说，“只要他的指纹留在烟囱上，任何人都会明白不是我们。”

“如果他看见我们在附近，就不会来了。”多萝西说。

“我们都避开。”汤姆说。

“我们上漆吧，”皮特说，“我会涂一层快干漆，一点儿看不出来。”

“是快干油漆吗？”迪克问。

“相当快。”汤姆说。

“那最好等我们临去司令家时再涂。”迪克说。

“我都忘了说，”多萝西说，“巴拉贝尔太太请我们全体去喝茶。”

“上油漆以前，我们最好留神，不给他任何机会。”比尔说。

“他不会大白天来塞配件的。”乔说，“那么多配件要装一整包。昨天有雾，他都要等天快黑才来。”

“苏格兰场该吃饭了。”汤姆说，“然后我们好好查自行车，然后上漆，再然后去司令家——等着瓮中捉鳖！”

下午查自行车，跟上午一样令人失望。正如多萝西所说，就像故事里讲的：

有人把金币埋在土丘下，等他来找时，发现到处都是一模一样的土丘。他们寻找一辆邓洛普牌轮胎的自行车，结果满世界都是邓洛普牌轮胎，好像再没有别的牌子了。

天晚时，他们列出了一张长长的邓洛普牌轮胎的自行车名单。没有一个车主像他们寻找的罪犯，他们只有放弃了。他们并不在乎，因为迪克的妙计似乎很有希望获得更好的结果。皮特动手给烟囱上漆，其他人在四周荒野守望，确保没有人知道发生的事情。迪克试了一次，留下了清晰的指纹。于是，烟囱那一部分只得重新上漆。然后迪克去苏格兰场，向达钦太太借来松节油，才把手上的油漆洗掉。看来万事俱备，“黑鸭子”们满怀希望，离开船前往巴拉贝尔太太家里。

巴拉贝尔太太的茶点非常丰盛，“黑鸭子”们用不着操心晚饭了。他们说了一部分侦探工作，但没有和盘托出，巴拉贝尔太太也没有追问。

“你明白，司令。”多萝西解释说，“你不知道谁是罪犯，我们也不知道。如果你知道我们在做什么，就可能告诉某些人。罪犯就可能猜中，而你还没有意识到自己提供了暗示。书里的侦探什么都不说。至少，如果他们说了，就会后悔莫及。后来，他们就会落入地窖，只见水不断上升。罪犯在地窖上面弹钢琴，不让任何人听到下面的呼救声。”

“好吧，”巴拉贝尔太太说，“无论你们做什么，我最好不知道。如果我或威廉偶然露出口风，我会永远无法原谅自己……顺便说一句，威廉知道多少？”

“它咬过罪犯，”多萝西说，“我想，它可能还能认出他……但它不能说话……不过，我说，如果你发现它特别喜欢向某人狂吠，告诉我们好吗？”

汤姆和死神与光荣号船员动身回家时，天色已经全黑了。司令安排迪克和多萝西不要跟他们一起去。

“现在要当心了。”他们经过达钦医生家门口，乔说，“汤姆，你回不回家？”

“你觉得呢？”汤姆说，“不，我不回家。我跟你们一起去。我们两个人走河边，两个人走公路吧。这样，如果他不在那里或是走了，我们还有机会抓住他。你们有没有手电筒？”

汤姆和比尔穿过法兰德家花园，而乔和皮特走公路。

“听到声音没有？”乔停下来说。他的手扶在篱笆上，正打算翻过篱笆，潜入荒野中。

“有人走过来。”皮特轻声说。

“嘘！”

他们等待着、倾听着。

“来了，”乔说，“别出声。”

他们继续倾听。

“如果他往这边走，包抄过去。”

他们俯身穿过灌木丛，手电筒在黑暗中闪着光。

“只有他们。”皮特说。

“‘黑鸭子’们永远在一起。”乔轻轻说。

“永远在一起。”对方回答。

四人在死神与光荣号船边会合。

“现在。”汤姆说，他用手电筒照射在烟囱的绿漆上。其他三个人也打开手电筒。

“关掉，关掉，”乔说，“这样照谁也看不清。有一只手电筒就够了。”

三只手电筒关闭。汤姆爬上舱顶，检查烟囱上的每一寸。其他人观察光柱在绿漆上滑来滑去。

“没有留下痕迹，”汤姆说，“他没来过。”

烟囱还是他们离开时的原样。

“他可能还没来。”乔满怀希望地说，“也许等晚上什么时候才来。”

“留点心，”汤姆说，“他要是来了，你们马上派一个人来找我。我会在窗户外留一根绳子。你们懂得迪克的话，新鲜的线索一定要保护好。”

“我们会轮流站岗的。”乔说。

“我不会打瞌睡的。”皮特打着哈欠说。

“用不着了。”汤姆说，“我忘了。他晚上不会来的——只要你们在船上睡，他就不会来。他想赶在没人的时候来。哎，我走了，明天早上见。”

他们目送汤姆的手电筒的光芒穿过灌木丛，最后消失在黑夜中。乔打开船舱门。比尔点好风灯，他们准备好过夜了。

“你们听好，”他们准备上铺时，乔说，“我们应该把风灯灭掉。他要是来了，我们不想把他吓跑。皮特，别打呼噜，不然就暴露船上有人了。”

“我才没打呼噜呢，”皮特说，“谁打呼噜，我心里有数。”

乔从毯子里爬出来，灭掉风灯，再一次把一切都安顿好了，准备入睡。

第二十一章　早上的客人

九月的早上天气凉爽，太阳照过柳林，没有什么暖意。死神与光荣号炊烟袅袅。乔、比尔和皮特已经洗漱完了，还没有吃早餐。他们站在舱顶上察看烟囱。新涂上去的那片油漆本身是绝大的成功，但作为收集指纹的陷阱却是一个失败。一点儿痕迹也没有。

乔轻轻用拇指摸了一下。

“现在你的指纹要留在上面了。”比尔说。

“差不多干了。”乔仔细观察他留在闪光表面上的微弱印痕，说道。

“她弄错了，以为那家伙还会来。”皮特说。

“嘘。”乔说。

脚步声从灌木丛中传来，泰德先生出现在他们面前。

“早上好。”乔和比尔说。皮特一言不发，他没有忘记泰德先生说他们偷东西。而且，无论其他人怎么说，泰德先生的自行车轮胎是邓洛普牌的。

“早上好，”泰德先生说，“我昨天晚上将近点灯时分来这里找你们，但你们不在。我浪费了差不多一小时时间等你们。”

“怪不得没有痕迹。”乔叫道，看看烟囱。

“什么痕迹？”泰德先生问。

“别告诉他。”皮特尖叫起来。

“噢，没什么。”乔说。

“我听见了，你说‘别告诉他’。”泰德先生严厉地说，“你们最好说出来，而且要快点。我昨天把配件拿到波特去。索宁先生核对过，就是商店丢失的一部分配件。”

“我们都是这么想的。”乔说。

“想！”泰德先生轻蔑地说，“你们知道它们就是丢失的东西，还拿‘在炉子里发现’的谎话来哄我。除了你们，还有谁会放在那里？”

“这正是我们想要知道的。”比尔说。

皮特恐怖地看着比尔。难道比尔打算把秘密出卖给敌人？这个敌人可能就是他们寻找的罪犯。

但比尔继续说：“把配件放进炉子的人可能就是偷走配件、放漂所有船只的人。如果所有人都盯着我们，可能就永远抓不住他。”

“现在仔细想想，小比尔。”泰德先生说，“我尽量给你们提供每一次机会，我现在要去找法兰德先生了，本来我不应该首先提醒你们。我会告诉他们配件的情况以及是谁把配件拿来的。你们还不如现在就交代，把剩下的配件交出来。你们把它放在别的什么地方了？”

“我们没有。”乔说。

泰德先生思索片刻。“我没有搜查证，”他说，“但我很容易弄到。”

“搜吧。”乔说，“我们不介意……”

“好吧，”泰德先生说，“只要你们同意。”

“你进去的时候当心脑袋，”比尔说，“汤姆·达钦每次都碰头。”

皮特拿着泰德先生的钢盔。泰德先生弯下腰，伸手护住头顶，蜷入小船舱，死神与光荣号船员从驾驶室里看着他。

高个子警察把腰弯得更低了，他沿着铺位仔细地察看。他掀起草垫，扫视床架，看完了三个铺位，他又到船头察看炉灶旁边的橱柜。

“门怎么啦？”他打量着碗柜说。

“打开就行了，”乔为橱柜而骄傲，“门没有锁。”

泰德先生打开柜门。

“东西真不少。”他说。

“应有尽有。”比尔说，“下面都是汤。这些是罐头肉，这些是鲑鱼和虾，这些是果酱……”他匆匆进来，像自豪的大厨师一样，展示他贮存的食物。

泰德先生开始循路退回。比尔也向后退，让他出来。

“你们的爸爸不会给你们钱买这些东西的。”泰德先生在驾驶室里伸直了身体，说道。

“我们从来不问他们要钱。”乔说。

“那你们的钱从哪儿来的？”泰德先生问。

“挣来的，”乔说，“我们以前就告诉过你，你不相信。就是挣来的。”

“从哪儿？”

“卖鱼。”

“什么时候？”泰德先生掏出笔记本。

“我们去波特的那一次。”乔说。

“啊。”泰德先生咬咬铅笔头，开始记录。

“他们丢了配件。”他当即说，“你们卖给谁了？我们可以控告他故意收赃。”

“没人收赃。”乔说。

“你怎么知道？”泰德先生说，“马上回答。若不是赃物在你手里，你怎么知道没人收赃？”

“没人从我们手里收赃，”乔说，“我们又没有赃物可卖。”

泰德先生又咬咬铅笔头。“拒绝提供任何信息。”他严肃地说，边说边写，“这对你们最不利。我现在要去看达钦医生和法兰德先生了。”他把笔记本放进口袋，挨个打量三个孩子，然后用近乎友善的口吻说，“现在再想想，要交代还来得及。”

“我们没有什么好交代的。”乔说。

“你们的父亲都是体面人。”泰德先生悲哀地说。他上了岸，从皮特手中接过钢盔，大踏步穿过灌木丛。

三人目送他离开。

“哎，总算可以吃早饭了，”比尔最后说，“壶里的水开了。”

“‘黑鸭子’好样的！”死神与光荣号船员听到喊声，翻出船舱，目瞪口呆。迪克和多萝西从公路上穿过灌木丛走来。

“指印好不好？”迪克还在十二码外就问道。

“汤姆马上就来，”多萝西说，“我们碰上泰德先生向达钦医生家走去。汤姆等着听新闻呢。你们给泰德先生看指印时，他怎么说的？”

“我们没给他看什么。”比尔说。

“泰德搜查我们的船，”乔说，“他绝对相信我们偷了配件。”

“配件确实是波特黑根失窃的东西。”比尔说，“泰德认为剩下的配件在我们手里。”

“哎，他现在搜过了船，应该知道不在这里了。”多萝西说，“这是好事。你们已经向他证明，你们没有什么好隐瞒的。”

“他就差没有说我们贮存的食物都是偷来的了。”皮特气鼓鼓地说。

迪克在舱顶上，仔细检查绿烟囱的每一寸。

“没有指纹，”乔说，“除了我的拇指留下的一个，也没有其他痕迹了。泰德说，我们昨天晚上去司令家的时候，他在这附近转悠。这就是原因。”

“哎呀，”多萝西说，“这一来，他就会把烟囱的事情告诉这一带所有人，罪犯会留神不让他的爪子碰上去。”

“他讲不了。”乔说，“幸好皮特及时叫起来。我差一点儿就告诉他，他是怎么把事情弄糟的了。”

“那就好。”多萝西舒了一口气说。

“还有足够的油漆再刷一遍。”迪克察看着漆罐，说道。

“好哇，噢，好哇。”多萝西说，“如果昨天晚上泰德先生把他吓跑了，他今天晚上肯定更要来了。嗨，你们吃过早饭没有？司令让我们早点吃饭，以便早些赶到这里来。我们要去兰华斯，迪克想拍更多的照片，我们骑自行车去。”

“我必须要在这里拍一张照片，”迪克说，“显示多萝西看到的那一刻，威廉咬住罪犯的裤腿。”

“为什么？”比尔问。

“你会明白的。”多萝西说，“这是非常重要的证据。嗨，汤姆来了。”

“不好。”汤姆说，“爸爸看病人去了。他临走的最后一分钟都在跟泰德先生谈话，我根本跟他说不上话。我们只能等他回来吃晚饭时再说了。指纹怎么样？”

“什么也没有。”多萝西说，“但一切正常。不是罪犯没有来，我确信他来了，他非来不可。但昨天晚上泰德先生一直在附近转悠，所以他只好放弃，溜之大吉。他大概今天晚上还会来。”

“我们今天下午再刷一层漆，”迪克说，“拍下照片。我们无论如何都需要拍照的。”

“我们一吃完早饭就动手。”皮特说。

“然后留下记录。”汤姆说。

“我们需要找个地方放照相机。”迪克说。

死神与光荣号船员吃完剩下的早餐，把碗碟留下以后再洗。他们匆匆出门，发现迪克已经把照相机放在三脚架上面，位置在多萝西第一次看到罪犯（如果他是罪犯的话）摸烟囱的地方。

他们挨个通过取景框观察。在小小的画面中，他们的船紧紧系在灌木丛中。

“现在我们就缺罪犯了。”迪克说。

“你是什么意思？”皮特说。

“画面中需要一个人，做多萝西当时看到他做的事情。”

“我来。”乔说。

“不，”多萝西说，“汤姆个头更大。”

“哎，我个头不够大。”汤姆说，“我那天晚上试过。”

“就是要这样，”多萝西说，“你尽量伸手，但照片显示你够不着烟囱。你个头比我们都大。因此照片就能证明是其他人干的。”

“聪明啊！”乔说。

“太好了。”比尔说。

“泰德够得到。”皮特说。

“噢，皮特，闭嘴。”乔说。

“汤姆，快点，”多萝西说，“你像当时那样站着。我回到迪克身边，看你姿态对不对。”

她跑回来，站在照相机身边。“再靠上去一点儿，”她说，“他的手更高一点儿，就这样……”

“别动，”迪克叫道，“因为这些树，我需要半秒钟时间……好……”

“咔嗒”一声，然后又是一下。

“好了。”迪克叫道。

“你只拍一张？”

“我只能再拍两张了，”迪克说，“我想拍下罪犯在兰华斯给轮胎打气的地方。我们马上就去那儿，然后立刻冲洗照片。”

“我们一起去吧。”乔说，“我们可以骑比尔的自行车。轮流替换着，一个跑，一个骑车，一个坐在车后面。”

但这时传来更多来客的声音，他们从公路穿过灌木丛。

“这扇门根本不应该上锁。”一个女人的声音说。

“不然也都会翻篱笆。”另一个声音说。

“嗨，妈妈！”皮特叫道。

“嗨，妈妈！”乔和比尔叫道。

三个孩子的妈妈到了船边，都带着面包篮子和别的食品。三人都一脸严肃，跟各位侦探互道“早安”。

“哎，”比尔的妈妈说，“我不能眼看着你在这里受到伤害。”

“我也不能。”乔的妈妈说。

“泰德欺人太甚了。”皮特的妈妈说。

“但事情还在发展。”比尔的妈妈说。

多萝西先看看几位母亲，再看看她们的儿子。

“我们最好去兰华斯，把照片拍完。”她说，“你们在这儿聊，我们就不来碍事了。”

“哎，是有点儿话要说。”比尔的妈妈说。

多萝西跟乔交换一下眼色，看看烟囱，然后收回视线，看出他已经明白了。烟囱的事情一句不能说，即使对自己的妈妈。如果消息在村里传开，罪犯可能会听到风声，提高警惕。

“下午在苏格兰场见面。”汤姆说，“我接下来要去见爸爸了。”

“侦探犬呢？”皮特说，“你可以把它留在这里。”

“我们把它留在司令家里了。”多萝西说，然后跟汤姆和迪克一起走了。

“苏格兰场？”乔的妈妈问。

“侦探犬？”比尔的妈妈问。

“什么乱七八糟的？”皮特的妈妈问。

皮特、乔和比尔没有泄露烟囱的任何秘密，只告诉他们的母亲：黑鸭子俱乐部正在尽力寻找罪犯。此人放漂船只，偷走配件，把他的罪行栽赃到无辜的黑鸭子俱乐部成员的头上。

“但苏格兰场怎么也掺和进来了？”乔的妈妈问。

“那是多萝西给汤姆·达钦家小屋取的名字。”乔说。

“迪克收集到许多证据、照片之类的。”比尔说。

“还有侦探犬！”比尔的妈妈叫道。

“我们只有一条，”皮特说，“就是巴拉贝尔太太的小狗威廉。”

“那条小黄狗啊。”比尔的妈妈说，第一次笑起来，“你没法把它变成侦探犬的。”

“它扑到罪犯腿上，”比尔说，“我们获得了重要证据。如果那家伙不是罪犯，他挨了咬肯定会找泰德告状的。”

“它真该咬泰德两下，”皮特的妈妈说，“他太不像话，好像你们是凶手似的。昨天他到处散布蠢话，说你们偷了波特黑根的配件。你爸爸正在吃晚饭，一拳把他的眼睛打肿了。他问你爸爸凭什么，你爸爸站起来说，谁敢再说他刚才那一套蠢话，他都照打不误。他说，儿子既没有放船，也没有偷配件。如果泰德非要这么说，那就脱下制服，来一场公平的决斗。泰德就说他什么也没有说，他只是奉命调查。你爸爸说，他很高兴听到这话，他已经做了答复。接着泰德就走了，嘴里不干不净的。你爸爸当时就气坏了，差点出门追他，我好不容易才让他冷静下来。”

“不光是泰德，”比尔的妈妈说，“老牧师也到处说，你们惹上麻烦，他很难过，不知该怎么帮忙……我告诉他，最好别听不怀好意的流言蜚语。”

“全村都疯了。”乔的妈妈说，“听他们的话，好像现场只有你们几个男孩子，你们刚刚才从大牢里出来似的。都是那个泰德说的，你们交给他一些配件，剩下的还在你们手中。他打听你们有没有带回家。”

愤怒的孩子们七嘴八舌，说起侦探犬咬了罪犯，炉子里发现的口袋，泰德来访、搜查船只的经过。

“我就说他不像话，”比尔的妈妈说，“你们给他找回配件，他应该感谢你们才对。他没有，还在找配件。他再三问我们有没有给你们零花钱，给了多少。我按照达钦太太曾经转告的情况，说你们有许多钱。他傻不愣登地说了声‘啊’，我恨不得‘砰’的一声在他背后关上门。”

比尔慢慢咧开嘴笑起来。他想：即使是真正的警察，侦探工作也不好干。

她继续说：“我想知道，我们该怎么办。你爸爸说，最好让你们离开河面。但达钦太太支持你们，说你们既然什么也没有做，凭什么破坏你们的假期？她说，你们完全有权利留在河上。但我确实不知道泰德和他的配件是怎么回事。”

“我们会把那家伙找出来的，”乔说，“汤姆、多特和迪克说，我们会抢在泰德前面破案。因为他以为是我们，而我们明白不是。”

“你要动作快点，”他妈妈说，“在这样的地方，放漂船只不是好事。幸好你爸爸是个出色的造船人，不能随便放弃，要不然哈纳姆可能会解雇他。有些人说，他一定知道吉姆·伍德尔的缆绳藏在约奈特的小屋里。泰德谈论法律，如果传唤起来，我们怎么办……你把烟囱重新漆过了？”

“现在都干了。”皮特说。

“我们自有道理……”比尔开始说，但乔溜过去，及时用胳膊肘捅了他一下。

然后，他们只好让妈妈们看到船里的情况。她们看到早餐后杯盘狼藉的场面，大吃一惊。他们不得不解释说，今天意外的杂事太多了。比尔给她们上茶，但甚至不让自己的妈妈碰一碰水壶或茶壶。她们在船舱里坐下，吃姜汁饼干，待遇和举止如同登船访问的贵宾。一直到天色变暗，她们才离开船只。

大家告别时，比尔的妈妈环顾四周，看到没有旁人，说道：“达钦太太说，她相信你们什么都没有做。但汤姆呢？我们知道，他今年确实放漂过一条船。”

“黑鸭子”们异口同声地表示反对。

“好吧，那好吧。”比尔的妈妈说，“如果有人问，我们就说，你们正在寻找肇事者。你们会比泰德先抓到那家伙，泰德最好跟你们学学怎么破案。”

“不，不，你们最好什么都别说。”比尔惊恐地说，“等我们先抓住他再说。”

“那你们一定要抓住他。”他妈妈说，“如果传唤来了，你们的爸爸就只好让你们离开河面了。”

第二十二章　再刷一次漆

死神与光荣号船员听到妈妈带来的消息，个个情绪低落。等到汤姆来到苏格兰场，说泰德先生确实对达钦医生说起过传唤的事，他们的情绪就更低落了。

“我们再不快点，就来不及了。”乔说。

“不会来不及。”多萝西说，“只要看看我们获得的所有证据就行了。”

“我们没有弄到指纹。”皮特说。

“只要泰德不要在附近转悠就行。”乔说。

“我们今天晚上就会有指纹。”多萝西说。

“我已经安排好，我们六个人都在这里吃晚饭。”汤姆说，“以便给罪犯提供机会。”

“我们现在干什么？”皮特问，“再刷一层漆？”

“现在还不用，”汤姆说，“你先给自己找点事情做。多萝西整理证据，我和迪克冲洗照片。”

“如果我们被逐出河面，”比尔沮丧地说，“我们最好先把船整理好。”

“反正不会有害处。”乔说。

在多萝西动笔时，迪克和汤姆在巴拉贝尔太太的浴室里度过了一段愉快的闲散时间，死神与光荣号的船员们把船舱里里外外清理干净，又擦洗了甲板，然后是检查绳索，晾晒风帆，整理储备，最后把船顶也洗刷了一番。旧船焕然一新，超乎任何人敢于想象的范围。船员们的情绪重新好起来。这时，汤姆、迪克和多萝西一起来宣布：照片已经冲洗好，真是惟妙惟肖，现在该给烟囱刷油漆，准备收集罪犯的指纹了。

“你们别把油漆留在我们干净的舱顶上。”乔说。

“我一个人来弄吧。”皮特说。

哨兵再一次部署在路上、河口、灌木丛中、法兰德先生花园门口，确保无论什么人都不会知道发生了什么事。皮特用完了汤姆的最后一滴油漆，把烟囱重新刷了一遍。

“勉强够用。”他刷完漆说。这时，其他人正在欣赏他的作品。“如果明天还要再刷，就得再来一罐油漆了。”

“放心吧，用不着，”多萝西说，“他跟我们一样急。他不明白为什么还不传唤我们，他认为如果迟迟没有效果，就得再来一遍。”

他们目瞪口呆地看着她。

“你认识他？”乔莫名其妙地问。

“我站在他的位置上考虑。”多萝西说。

“多萝西，这不是故事书。”迪克说。

“一回事。”多萝西说。

“现在大家动身吧，”汤姆说，“我们走，天黑以后再回来。”

“他们最好经过村里，”多萝西说，“这样人人都知道机会来了，船上没有人。”她最后向死神与光荣号看了一眼，“窗帘怎么回事？最好拉上。这样他就不能通过窗口窥探，必须摸烟囱了。”

橙色窗帘拉过窗口。乔锁上舱门，把钥匙放进口袋。一切就绪。侦探们离开荒野，返回河岸，沿途前往苏格兰场。

他们听到花园里有声音，发现达钦太太坐在河边草地上逗宝宝爬。

“哎，”达钦太太说，“六位侦探干得怎么样了？真凶马上就要落网了？”

“我们认为，”多萝西说，“今晚就能获得重要新线索。”

“你好像胸有成竹。”

“多萝西就是胸有成竹。”汤姆说。

接着，乔治·奥顿和他的朋友划着一艘双人划艇，沿河而上。

“他们借了托维泽家的船。”汤姆说。

“我奇怪他们还睡不睡觉。”达钦太太说，“泰德先生说，他们天天晚上巡视河道，防止更多船只放漂，还有托维泽家这些男孩子也是。我想知道，他们有没有线索。”

“乔治·奥顿认为是我们干的。”乔说。

“不幸的是，许多人都这么想。”达钦太太说，“但我确信他们都错了。但愿他们找到那个偷配件的人。”

“我们就是在找他。”汤姆说，又停下来。

多萝西先看看他和达钦太太，再看看其他人。“我们最好告诉她，”她说，“只是她千万不能再告诉别人。”

“如果不需要就别告诉我。”达钦太太说，“汤姆，留神！别让他爬到河边。他又不是青蛙，可不能掉进水里。你觉得他还需要多久才能加入你们的俱乐部？”

“如果事情弄不清楚，俱乐部就完了。”汤姆说，“波特黑根的会员已经退出。还有阿克尔的一个、罗克瑟姆的一个……都退出了，只剩下我们几个。”

“我们就是在澄清事实，”多萝西说。她解释油漆烟囱的妙计。昨天晚上只是因为泰德在附近转悠，寻找死神与光荣号船员，妙计才没有发挥作用。

达钦太太一直听到结尾。“我不想泼冷水。”她说，“但你们有没有想过，哪个贼会把配件留给自己？他把口袋塞进你们的烟囱，可能只是为了把嫌疑引到你们身上，以便他自己保存赃物，或是去别处销赃。如果他现在去雅茅斯销赃，我不会奇怪的。我完全不明白，你们为什么认为他还会再给你们送一份礼。”

大家沉默片刻。然后，皮特向汤姆转过身去。

“多刷一两层油漆又不碍事。”他说，“那些油漆其实也不算浪费。”

但多萝西坚持己见：“我们认为，他偷东西的目的不是出售。我们认为，这只是大阴谋的一部分。为什么他骑自行车去兰华斯放漂船只，恰好就在他们去兰华斯停船那天晚上呢？”

“那可能是另一个人。”达钦太太说。

多萝西摇摇头。

“无论如何，你们设圈套没什么害处。”达钦太太说，“真正的侦探要设几十个圈套，只要有一个圈套管用就值了。但你们不要把所有希望都寄托在这一招上面，还有其他问题。如果他确实是你们设想的那种人，他一定对你们非常了解。

你们怎么让他知道岸上没有人？”

“我们想过，”汤姆说，“我说，你要不要从邮局或罗伊商店买点儿东西？我们走到那边去。这样，全村人都会知道荒野那边没有人。这是个好机会。”

“让我想想，”达钦太太说，“哎，对啦。你们可以替我买一本两先令的集邮册。你们想不想饭后吃梨？有两家商店可以买梨。”

“妈妈，好样儿的。”汤姆说。

“棒极了。”多萝西说，“就这么办。这样一来，罪犯就是看到我们，也猜不出我们是故意露面的。”

“我的钱包放在餐厅桌上的手提袋里，”达钦太太说，“你到那儿拿钱吧。”

“我们有钱。”比尔说。

达钦太太瞅他一眼，然后笑起来。

“这话我爱听，”她说，“但我也有许多钱。”

“梨子买多少？”汤姆说。

“最好买一打。”他妈妈说。

死神与光荣号船员的妈妈们没有弄错村民的态度和反应。汤姆、迪克和多萝西去商店买东西，没有人注意。他们跟乔、比尔、皮特一起去，就完全不一样了。在花园里晾晒衣服的人停下来看他们；打扫草地的人放下扫帚，严肃地注视着他们经过；聚在一起聊天的老妇人向对方指点他们，转过身想看清楚一点儿；他们离商店还很远，三个小男孩就已经面红耳赤，以挑战的目光回应任何窥探者。这都不足为奇，他们听到一位老太太说，他们的神情就像惯犯。显然，关于波特黑根那些配件的消息已经传开了，全村人都相信死神与光荣号的船员是贼。

邮局里忙忙碌碌，叽叽喳喳的。六位“黑鸭子”一进去，大家就不再说话了。邮政局长老太太一言不发，把汤姆要的集邮册交给他。孩子们在屋里，谁也不说话。他们一出门，就听到背后又是一片叽叽喳喳声。

“该死的！”皮特说，“该死的！该死的！他们都认为是我们。”

“反正不是你们，”多萝西说，“所以他们都错了。”

这话千真万确，可惜没有带来多少安慰。

水果店的情况也是一模一样。老哈利迪太太严厉地盯着死神与光荣号的船员们，张开嘴想说点什么，但一转念，觉得最好是假装三个小男孩不在店里。她瘪着嘴，把梨子放进袋内，递给汤姆，仿佛他也是罪犯，想尽量离他远点。

“天哪！”他们出了商店，汤姆说。

“我觉得太可怕了。”多萝西说。

“我们走吧。”比尔说。

“噢，可我们不能走。”多萝西说，“我们要让人人都知道，我们不在死神与光荣号船上，然后才能走。”

“但他们怎么知道我们没有直接回去？”

“他们不知道，罪犯会觉得他有机会。他会去摸摸烟囱，验证一下。是不是，迪克？”

迪克正在想别的事。六人当中，只有他喜欢出这一趟门，因为他一如既往地神游天外。“我要是知道怎么拍指纹就好了。”他说，“好像跟粉末有关……非常精致的粉末……”然后，他慢慢意识到多萝西在问他，说道，“对不起，我没听到你在说什么。”大家在路上第一次笑起来。

他们仅仅出于习惯，逛到码头上。约奈特船棚外，两个船夫极不友好地盯着他们。乔治・奥顿和他的朋友正在系划艇，他们走过去。

“汤姆和他的小朋友。”他们听到乔治・奥顿大声说悄悄话。

“我是不是该留下来看住船？”他的朋友说。

“现在有我们盯着，他们不敢放船的。”乔治・奥顿说。他们看到他系船时多打了两个扣。

“我们天黑以后总得回去。”他的朋友说。

“甚至这些混蛋也得回去！”皮特说。他像其他黑鸭子俱乐部成员一样，装出什么也没有听见的样子，继续闲逛。

他们在村庄比较忙碌的区域闲逛了一圈。然后，他们确信所有人都已经知道他们离开了死神与光荣号了，才慢慢回到医生家里。在那里，他们发现丰盛的茶点差不多已经为他们准备好了。

“你们知道吗，”他们进屋时，达钦太太说，“你们说的那些配件，我反复想过了。我本想要你们也告诉我丈夫，但他刚刚打电话说，他要留在诺里奇做手术，很晚才会回来。”

“我们要掌握证据，然后才能告诉他。”多萝西说。

“不仅是证据问题，”达钦太太说，“我觉得，如果他听了你们的计划，就会对泰德先生的证据多一点儿怀疑。”

“妈妈！”汤姆叫道，“你该不是说他当真相信泰德的看法吧？”

“哎，我确实听他说，泰德办案有一套……不过，当然，”她急忙补充说，“他没有听你们这边的说法。”

“没问题。”多萝西说，“我肯定，过了今晚就会万事大吉。”

“哎。”达钦太太说，“我肯定希望这只恶毒的苍蝇会落入你们的蜘蛛网客厅。”

“他会来的。”多萝西说，“我们已经走遍全村。只要他在这里，现在肯定已经知道了。天赐良机呀！”

“没你说得那么夸张，”达钦太太说，“但我倒是希望，我丈夫能听见你刚才的调子……但我们还是别想那么多，即使侦探也不是每时每刻都在想工作的。只有医生才总是加班。现在一起来吧，看看六位大侦探谁的胃口最好。”

差不多两分钟内，大家就都围绕医生家餐厅的桌边坐下了，大口吃着腌肉、鸡蛋、土豆、蘑菇。话题天南海北，从苏格兰场到北方山区那段采金、鸽子每天从矿区带信回家的故事。多萝西讲起他们在高顶岗子的历险，他们如何自以为发现了金矿，结果证明仅仅是铜矿。迪克解释他们怎样自己烧炭。汤姆不断询问湖上的船只，乔、比尔和皮特则一直在打听关于鸟儿的故事。多萝西告诉他们，老鹰想抓走一只鸽子。乔说：“可能是沼地鹞鹰。”迪克说：“不，是猎鹰。”他说当地有很多水鸡，但成群的黑鸭子却不多见。没有黑面琵鹭，但苍鹭和翠鸟却非常多。没有鹞鹰，秃鹰却在峭壁周围盘旋。“峭壁？”乔问，然后多萝西为他解释。“山雀呢？”皮特问。他得知湖畔地区没有山雀，就说他估计雀儿在这里日子更好过。

他们喝茶，吃了一个大得让人望而生畏的苹果馅儿饼，最后还吃了点儿梨。时间飞逝，宝宝被送上楼睡觉去了。然后达钦太太提议玩飞镖。乔玩得最好，迪克最差，不过他计算应该向哪个数字瞄准倒是比别人更快。接下来，他们在黄昏时来到花园，多少希望听到荒野传来声音。但他们也明白：如果连这儿都听得见，这声音一定震耳欲聋。罪犯如果上船，肯定会尽量不发出声音。

“我们去沿岸侦察，看个究竟吧。”皮特说。

“好把他吓跑。”乔嘲笑他。

“除非万不得已，我们不要接近。”多萝西说。他们进了苏格兰场，点起风灯坐下，可惜乔的小白鼠不在身边。

“你有没有带口琴？”多萝西说。

“带了。”乔说，他从口袋里掏出口琴。

“为什么不吹？”多萝西说，“如果他在路上听到，就会受到鼓励。他知道你在这里，猜测其他人也在这里。但他不能确定，他会匍匐穿过灌木丛……”她一边说一边心照不宣地伸手摸想象的烟囱。

“吹就吹。”乔说完，就用明净的眼睛直视前方，双手捧着口琴，在唇前来回移动。口琴传出“黛西，黛西，回答我”的曲调。达钦太太在屋里微笑起来，同时希望宝宝不会被吵醒，那样她就只好去苏格兰场制止他们了。但宝宝却把曲子当成摇篮曲，沉沉睡去。乔一直在苏格兰场吹口琴，直到所有的曲子吹完，自己筋疲力尽。这时，窗外的天色已经由黄昏变成了黑夜。

达钦太太最后走出来，催迪克和多萝西回家。“巴拉贝尔太太会以为我们把你们吃了，”她说，“威廉可不是个好伴侣。”

“你和迪克不来看看吗？”乔说，“我们一起去吧。”

片刻间，多萝西有点动心。随后，她虽然难过，但坚定地下了决心。“你给他留下的时间越长，机会就越大。”她说。

“明天早上以前，你们反正什么都做不了。”达钦太太说，“希望你们明天早点过来。”

迪克和多萝西回家了。汤姆和死神与光荣号船员留在苏格兰场。他们时不时出去察看越来越黑的天色。乔和汤姆在一段绳子的两端分别系成索眼和绳头结，为山雀号制成一条新的主帆索。皮特和比尔察看成堆的纸张，每一张都是多萝西仔细记录的证据。

“她做得太棒了。”比尔说。

“还是在学校外面，”皮特说，“甚至汤姆都不行。”

“我敢打赌，汤姆行。”比尔说，“汤姆，如果多萝西不在，你能不能全都记下来？”

“我不行。”汤姆兴高采烈地说，“我说，乔，你那边系紧。”

“索眼系得没问题。”乔打量汤姆的成果，说道。

“最后系的那一下，一定要多下点儿力气。”汤姆说。

外面的小路上响起了脚步声。

“汤姆！”

“来了。”汤姆叫道。

“该睡觉了。”达钦太太来到苏格兰场门口。

“我正要去看死神与光荣号。”汤姆说。

“早上再去吧，”他妈妈说，“我想让你在你爸爸回来以前上床。”

“但如果迪克的妙计管用呢？”汤姆说。

“我不指望，”达钦太太说，“不过……哎，如果管用，他们就会回来告诉你。我也想知道。现在，你们仨去吧。”

汤姆熄了灯。皮特在外面的黑暗中寻找手电筒。

“如果有事情发生，我们就回来告诉汤姆？”比尔说。

“你没听见她说吗？”乔说。

“对，你们可以回来。但注意别弄出多大的声音。晚安，晚安。”

汤姆和他妈妈绕过屋角，进了屋。这时，死神与光荣号的船员们只用一只手电筒，把其他的省下来。他们走上吊桥，安静地穿过法兰德先生的花园，绕过他的船库，就这样沿着河岸前进。他们小心翼翼，一声不出，向船只匍匐前进。

三分钟后，他们翻过篱笆，回到公路上，三支手电筒大放光明，他们竭尽全力向达钦医生家跑回去。

第二十三章　罪犯留下痕迹

他们冲进达钦医生家的大门，绕过屋子。汤姆的房间仍然亮着灯，汤姆还没有睡。

“汤姆！”乔叫道。

“‘黑鸭子’们永远在一起！”比尔喊道。

皮特没有开口，但使尽浑身解数拉扯留在窗外的绳子。

汤姆伸出头。

“别拉了，”他轻声说，“你都把我的床拖过整个房间了。别吵。”

“汤姆，”乔的悄悄话从地面一直传到楼上窗口，“他在我们的烟囱上留下痕迹了！”

“五个指印全在上面。”比尔轻声说。

“我们还没有看炉子。”皮特说。

“我马上下来。”

“从绳子上下来？”乔哑着嗓门问。

“不。”汤姆说。

两分钟后，汤姆在花园里跟他们会合，他们一溜烟跑回荒野。

“爸爸还没有回来，”汤姆说，“妈妈说，我必须快去快回。指印怎么样？”

“清楚得很。”乔说。

“可能是故意的。”比尔说。

怪事一桩。他们在黑暗中匆匆穿过灌木丛，皮特不禁胡思乱想，指印是不是当真存在。他有一种最古怪的感觉，等他们回到烟囱跟前，就会只剩下完好无损的绿漆。他们半夜把汤姆拉出来，什么都没有看到，汤姆会怎么说呢?

汤姆第一个赶到烟囱旁边。在他的手电筒照射下，皮特再次看到指印。一切正常，清清楚楚！大拇指和四个指头一目了然，下面是有人突然缩手留下的长痕。

“天哪！”汤姆说，“够漂亮。”

“当心，不要跌跌撞撞。”他们爬上舱顶时，乔说，“你会把我们都弄倒的。”

“当心油漆。”比尔说。这时，皮特把手伸到烟囱圆顶下面，想摸摸烟囱里面有没有塞满配件。

乔跳进驾驶室，打开舱门。

“我马上把风灯点起来。”他说。

其他人拿着手电筒，簇拥在他身后。乔摇动风灯，堵在他们的路上。一根火柴刚点燃就灭了。然后是另一根。然后，风灯的灯芯点着了。乔从挂钩上取下风灯。

“让汤姆打开炉子，”他说，“那样，就可以说并不是我们发现炉子里的东西的了。”

大家在船舱里炉子前面挤成一团。汤姆蜷在炉门前，拔出门闩，打开炉门。

炉子空空如也，只有他们以前留下的炉灰。

“是不是卡在烟囱里面了？”皮特疑惑道。

汤姆伸手插入炉内，出来时沾满了黑乎乎的煤烟。

“谁拿手电筒从上面照一下烟囱里面。”汤姆说。

“从上面照不亮。”比尔向门口攀过去，汤姆在他后面叫道，“别碰烟囱。我们要让油漆和指纹一起干。”

“我又不是傻瓜。”比尔说。

他们听到比尔的脚步声从头上经过。然后，光从烟囱顶部透下来，照亮了炉灶里的黑灰。

“什么都没有。”汤姆说。

“怪事。”乔说。

“我们来得太快，”皮特说，“估计那个坏蛋听到我们的声音，逃跑了。”

“我们检查一下甲板……好吧，比尔，这里什么都没有。”汤姆向烟囱上面叫道。

但甲板上没有配件，其他几个可能的隐藏地点也没有。前甲板上有一个系船柱、一卷绳子和一个小舱口。风帆、帆具和充当引擎的双桨整整齐齐放在舱顶上。除此之外，舱顶没有别的东西，只有桅篷和绿漆烟囱帽。他们又一次将手电筒转向敌人的手印。

“应该让迪克和多萝西来看看。”乔说。

“现在太晚了，不能叫他们起来。”汤姆说，“他们都睡觉了。比尔，你们在干什么？”

比尔已经离开了舱顶上的其他人，他的手电筒光围绕驾驶室转动。

“瞧这里，瞧这里！”他突然叫道。

“那是什么？”

“那些配件。”比尔叫道。

其他人也爬了上来。就在船尾，后甲板下面，平常只有水桶和缆绳。比尔的手电筒照亮了一堆新配件，用柏油水手索系在一起。

“绝了。”乔说，“我们找到了。拉出来看看。”

比尔正要拿出来，汤姆说：“别碰，苏格兰场要拍照。我们找到迪克以前，不要动它们。”

“二十对。”乔说。

“我们不能拿出来数数吗？”皮特说。

“最好不要。”汤姆说，“我们找找有没有别的。”

他们用手电筒照照座位下面，但没有找到不属于船上的东西。

“我们怎么处理这些东西？”乔说，“拿给泰德，他又要说是我们偷的。”

“我才不会拿给泰德呢。”皮特说。

“注意，”汤姆说，“我想最好问问爸爸。不过，让迪克和多萝西看过以前，不要碰它们，迪克想要取指纹。让它们留在原地，直到明天早上。”

“如果泰德过来，在这里找到东西怎么办？”皮特说。

汤姆考虑片刻，说：“我赶在早饭前去巴拉贝尔太太家，首先把迪克和多萝西带来，让迪克拍照。然后，如果爸爸说交给泰德，我们就给他。我也去，我们一起去。如果泰德先生先来……”

“他可能晚上就来了。”皮特说。

“如果这个坏蛋告诉他上哪儿去找……”比尔说。

“你们就赶紧传话给我。”汤姆说，“我把发生的事情告诉爸爸。但我们现在不要动它们，直到迪克和多萝西来勘察。我马上就走，我答应过快去快回的。”

“如果这家伙再来呢？”皮特说。

“尽可能看清他是谁。但他不会来，至少，我认为他不会来。他大概还在忙着洗油漆呢。”

“这又是一条线索。”乔说，“他身上散发着松节油的臭味。”

“我们又不能把他嗅出来。”比尔说。

“明天早上以前，我们什么都做不了。”汤姆说，“晚安。”

死神与光荣号船员目送汤姆的手电筒在灌木丛中闪烁、消失。他们最后一次观察罪犯留在烟囱上的手印。他们最后将后甲板下面堆积的配件打量了两三次。

“真希望现在天就亮了。”皮特说。

“你还是上床睡觉吧。”比尔说，“你妈妈怎么说的？”

他们上了铺位、裹好毯子，然而，只有乔一个人马上就睡着了。

“这家伙果然来摸我们的烟囱，”皮特说，“多萝西怎么就知道他会来？我服了。”

“我可不高兴让它们留在船上。”比尔说，“要是汤姆拿走就好了。剩下的配件应该没有多少了，他已经把大部分拿过来了。”

船上来过陌生人，他登上过船，而且可能还会再来，把东西留在船上，肯定不怀好意。这样的想法使他们的船不再像个家了。她仍然是以前的那一艘死神与光荣号，但比尔和皮特感到：那天晚上，她已经面目全非。很长时间，他们没有真正睡好，只是假寐，随时警醒倾听有没有陌生的手在周围活动。

早上，比尔第一个醒来。他翻起身，抬头看看钟，觉得还有时间睡个回笼觉。然后，他想起来了，于是掀开毯子，匆匆下铺。

还好，后甲板下那堆配件完好无损。他爬上舱顶，看到烟囱上的手印。“他这次输了。”他愉快地说。这时，乔揉着眼睛，走出船舱，来到他身边。

皮特也出来了，在早上的阳光中眨眨眼睛。他首先看到，在日光下，烟囱上的指纹没有昨天晚上手电筒的白光照射下那样清楚。不过，指纹仍然很明显，证明有人确实在烟囱上留下了手印。皮特转过身，蜷伏着走进驾驶室，察看后甲板下面。

“我们继续保持，”乔说，“现在，汤姆已经在司令家里了。等不到我们吃早饭，他们三个就会一起来了。”

“希望他们赶在泰德闻风而来以前。”比尔说，“如果他现在来，发现这些配件……”

“该你生火了，”乔说，“汽化炉省时间。煮鸡蛋，一人两个，水一开就放进壶里。我们时间紧迫。”

今天早上，大家洗漱少用了香皂，早饭也吃得更快。人人都快马加鞭，准备迎接其他几位侦探光临。同时，大家都心怀忐忑，害怕泰德先生先来。

汤姆、迪克和多萝西一路飞奔而来。汤姆给其他人带来了紧急新闻。

“我说，”他说，“我告诉爸爸配件的事情。上一次以后，你们不愿意交给泰德。他说，他愿意替你们保管。他巡回出诊以前，先到这里来。你们不介意吧？多萝西说这样很好。”

“好哇，”乔说，“泰德要说医生是贼，可得好好考虑考虑。”

多萝西看到烟囱和手印，觉得就像自己写的小说。她确信罪犯会来，现在他就像在服从她的命令。“我就知道他会来，”她说，“幸好有迪克的妙计……我是说新油漆。”

“迪克，要拍照吧？”汤姆问。

“他当然要拍。”多萝西说，“但配件在哪儿？你们没有移动过吧？”

“碰都没碰过。”乔说。

“我发现时就是这样。”比尔说。六位侦探凝视甲板下面。

“我能把烟囱的照片拍好，”迪克说，“但我拿配件没办法。照不出多少东西，这里太黑，而且……”

“但尸体也是这样。”多萝西说，“苏格兰场总要拍下发现现场的照片。”

“我来取景。”迪克说。

他把照相机固定在驾驶室地上的箱子上面，取得合适的高度，把焦距调节到三到十英尺。

“我留半分钟拍照，”他说，“只是为了给配件一个显影的机会。然后，我从舱顶拍照，显示整个驾驶室。”

“我们可以在配件发现的位置标一个十字。”多萝西说。

迪克拍了三张照片，其他人等着一起提醒他每一次拍照后卷起胶卷。如果胶卷重叠，照片就毁了。

“照完了？”乔说，“要不要拿出来？”

“来吧。”汤姆说。

乔凑过去，把一捆沉重的配件拿到亮处来。

“绿漆！”多萝西叫道。

“现在看看。”比尔说。

毫无疑问，崭新的船用配件沾染了跟皮特刷烟囱用的一样的绿漆。

迪克仔细察看配件。他摘下眼镜，用手绢擦干净，重新戴上。

“迪克，发现什么啦？”多萝西明白这个动作的意义，问道。

“线索。”迪克说，“我们正好试试。”

他上了岸，站在死神与光荣号烟囱对面的堤岸上，倾斜身体，好像要摸它。然后，他开始搜索脚边的土地。

“他曾经把配件放在这里。”他说，“可以看出这里的草地受过重压。他一定是在触摸烟囱时把东西放在这里。他不想让配件‘叮当’作响或是弄出其他情况，万一有人在家呢！然后，他手上沾满油漆。然后，他不得不拿起配件，在上面留下了油漆。天太黑，他可能没有注意到。接下来他就进入驾驶舱，把配件推进那个洞里。”

“推进后甲板下面。”乔说。他喜欢用正确的名字称呼船上的东西。

“我们看看他这么做有没有留下指纹。”迪克说。

“在这里。”皮特叫道，“在舱口边上。但也许是我刷烟囱时留下的。”

“更像罪犯的。”多萝西说，“迪克，继续。”她知道他的思想正在飞驰，犹如猎犬的鼻子闻到新气味。

“他重新上岸。”迪克说，“他只能走荒野那条路，他不会走我们穿过花园那条路。那一次，他刚刚走上那条路，多特和威廉就看到他了。我们应该跟踪他的路径。”

“快走。”多萝西说。

“迪克，你先走。”乔说，“我们看你的。”

“大家分散点儿，”迪克说，“免得错过什么。”

六位侦探弯腰察看地面，穿过灌木丛，来到分隔公路与荒野的篱笆前。

“走这里的人可多了。”迪克说。

“当然啦，”皮特说，“昨天有我们的妈妈，还有泰德和我们全体……”

“但汤姆并不是从这条路拿油漆来的。”迪克胜利地叫道。篱笆顶端留下了另一滴绿漆斑点。“罪犯从这里经过。”迪克说。

“然后呢？”多萝西说。

“他没有直接从这里翻过去。”迪克说。他沿着篱笆走了几码，翻过去，特意跳到一两码外的地上，然后回过头来仔细检查篱笆下的每一寸土地。

“就在这里。”他突然说，“有更多的自行车轮胎印。”

其他人围过来看。

“邓洛普牌！”皮特说，“跟泰德的自行车一样。”

“我们不能确定是他的轮胎印。”迪克说，“但威廉咬他的那天晚上，他骑着自行车。去兰华斯，他也骑着自行车。”他思索片刻，摘下眼镜，眼睛几乎看不见，面带成功科学家的微笑。“对，”他说，“他骑上自行车走了。关于他的自行车，我们现在又有了一点儿了解。”

“什么？”大家异口同声地说。

“右把手上有些绿漆。”

“你怎么知道？”

“他手上的漆很多……篱笆上的漆斑很大。他一开始接触的东西不会耗尽所有的漆。当然，我们不知道自行车靠在篱笆上他怎样握住自行车。可能还会有其他漆斑，但自行车右把手上肯定有。”

“为什么是右把手？”多萝西问。

“我知道，”皮特说，“他用右手摸烟囱。拇指和手指都这样……”他把手放在篱笆桩上。

“现在我们逮住他了。”乔说。

路上传来汽车的轰鸣声。

“爸爸出门了。”汤姆说。

医生的汽车从他们身边开过，在渡口旅馆的空地上转弯、折回，停在侦探们身边。

“我们已经逮住他了。”医生下车时，多萝西叫道，“我们弄到他的指纹了，他的手在篱笆上留下了绿色痕迹。”

“注意，”达钦医生说，“我忙得很。我得巡回出诊，要不然多少病人会死在床上。所以不要浪费时间，我替你们把那些配件拿给泰德。你们怎么发现配件没关系，但没有马上交给泰德就错了。我想看看这些指纹，快过来，全都告诉我。”

“先看看篱笆上的漆斑。”多萝西说。

医生察看漆斑。

“你们怎么发现的？”他问，“从兰华斯开始，全都告诉我。别管以前发生的事情。”

孩子们把他们记得的一切都告诉他。自行车的轮胎印、多萝西看到的人影、威廉捕获的灰色法兰绒碎片、烟囱上的油漆。达钦医生仔细听完，他立刻跨过篱笆。其他人翻过篱笆，领他穿过灌木丛，前往死神与光荣号。

他仔细察看烟囱。

“谁的手最大？”他说。

“我。”乔说。

“汤姆呢？”皮特说，“汤姆的手不够大。”

“我们来看看，”达钦医生说，“汤姆，伸手。”

汤姆和死神与光荣号船员伸出手。

“皮特，你手上有绿漆。”

“旧烟囱是我刷的，”皮特说，“这东西不容易褪。”

“嗯，”达钦医生说，“这只手中等大小，比你们的手大得多。”

“那问题就解决了，对不对？”多萝西满怀希望说。

“我拿不准。”达钦医生说。

“配件上有绿漆。”迪克说。

达钦医生严肃地打量配件。“注意我说的话。泰德想马上传唤你们。”

“我们完了。”乔苦恼地说。

达钦医生看看他，但片刻间什么都没有说。

“我不知道该怎么想。”他最后说，“但这不仅是配件的问题。”

“但他们根本没有做。”多萝西说。

达钦医生向她微笑：“我早就告诉过泰德，他没有充分的证据。”

“我们有的是证据。”多萝西说。

“泰德说，除了你们，谁也没有配件。他昨天对我说，他相信你们还有更多的配件。他认为只要传唤你们，就能得到真相。等我告诉他这些消息……我马上让他知道。你认为你们有许多证据。哎，要不要请个律师？把所有情况都告诉他，看他怎么说。”

多萝西眼睛发亮。“我们就喜欢这样。”她说，“我们当然应该请律师。”

“可是请谁呢？”汤姆问。

“我给弗兰克叔叔打电话，看他愿不愿去。”

“可他是那一边的人，”汤姆说，“你没看到告示吗？”

“所以我才想让他来看你们。哎，你们告诉我的东西，愿不愿告诉他？”

几位小侦探面面相觑。最后，不知为什么，五个男孩子全都看着多萝西。

“我们乐意让他了解一切。”她说。

“好。”达钦医生说，“我给法兰德先生打电话。汤姆，你回家吃午饭。我随后会告诉你们他来不来。当然，他是索宁先生的律师，也可能他宁可不跟你们联络。”

“爸爸，你告诉他，他就会来的。”汤姆说，“可是，我说。如果你把配件交给泰德，泰德就来找我们的麻烦，我们怎么办？”

“我会告诉他的，今天早上别来麻烦你们。”达钦医生说。他拿起配件，转身离开。“他还没有获准传唤呢。”

“爸爸，你不会交给他吧？”汤姆说。

“不会，我要先听取你们律师的意见。”

他走了。

孩子们站在死神与光荣号旁边，打量烟囱上的五个手印，沉默良久。手印似乎什么都没有搞定。

“汤姆，”乔最后说，“你爸爸该不是怀疑我们吧？”

“他不可能这么想。”多萝西说。

汤姆一脸苦恼的样子。

“都怪那些船。”他说，“部分原因还有我春天放漂了该死的玛格丽塔号。”

“但他自己说的，如果兰华斯的船只被放漂，他就相信另有其人。”多萝西说。

“好多事情凑到一块儿了。”汤姆说。

“我倒希望他别这么匆匆忙忙，”多萝西说，“只要他再等等，我们就能告诉他更多的证据。”

“他怎么能等？”汤姆为父亲辩护说，“到处都有病人等他出诊呢。”

“我们一定要让法兰德先生看到每一件事。”多萝西说。

“我最好回家把照片洗出来。”迪克说。

第二十四章　前景黯淡

迪克和多萝西在巴拉贝尔太太家里。乔、比尔和皮特在死神与光荣号上吃面包牛肉。他们约定在苏格兰场跟汤姆见面。汤姆·达钦在家等待父亲回来，了解法兰德先生愿不愿意见他们，然后再去苏格兰场。

通常餐铃响起时，汤姆都在忙什么重要的事情。他根据长期的经验，知道那种吃饭迟到而被大家发觉的感受，所以他总是希望大家谈兴正浓，没有注意他的椅子空着。或许，多花点儿时间洗手也值。今天，汤姆却一反常态。他已经洗过手，在花园里等待，准备进屋。这时，他发现一个病人跟着父亲一路进了门，然后包扎伤口，他巴不得这家伙流血至死。他听到餐铃响起，随后汽车轰鸣。他满怀希望地溜进屋，倒霉的病人跟医生进了诊室。

“噢，烦死了！”汤姆说。

“怎么啦？”他妈妈抱着宝宝下楼，说道。

汤姆扭头说：“爸爸在诊室接待受害者。”

“汤姆，我说过一百次了，别把他们叫受害者。”

“对不起，”汤姆说，“但这一个可能要花很长时间。”

“不会的。”他妈妈说，“我见过他，只是切口深。我想，甚至用不着缝针，消毒、包扎就行了。这种伤不能拖。”

“哎，我希望受害者……对不起……我希望他改天来。爸爸有重要新闻要公布。宝宝怎么样？”汤姆咯吱小弟弟的脖子，婴儿“咯咯”直笑。

“我们最好开始吃饭。”妈妈说，接着她开始拌沙拉。

这时，他们听到病人出门关门的声音、盆子里的水声和达钦医生愉快的口哨声。

一分钟后，达钦医生进屋。汤姆热切地抬起头。他爸爸自己从碗柜里取了冷肉和煮土豆，达钦太太已经在他的位置上摆好一份生菜沙拉。达钦医生拿了一个大木勺，加了一勺芥末。然后他把调味品拉过来，仔细加上橄榄油和一点醋。他一向喜欢自己调制沙拉。汤姆边看边等。仿佛除了调制沙拉以外，世界上再没有更重要的事情。至少，达钦医生好像是这么想的。他搅拌橄榄油和醋，仿佛没完没了。他终于停下来，但只是为了加一点胡椒，继续搅拌。

“汤姆，继续吃你的肉呀。”达钦太太说。

达钦医生抬起头，看到汤姆急切的面容。

“我跟你弗兰克叔叔谈过了。”他说，“他今天晚上才来。但他明天早上首先见你们，然后才去办公室。”

“噢，好哇。”汤姆说，“我们就怕他不去。你给他讲过指纹的事情没有？”

“讲了。”

“他怎么说？”

“他说，这个主意太妙了。”

“这么说，他现在知道他们没有偷配件了？”汤姆说。

“他说，他要先听你们的介绍，然后才下结论。”他父亲说，“我希望，我也能下结论。”他补充说。

“可你亲眼看见了。”汤姆说。

“我也是这么说的。但他说，昨天晚上烟囱上的痕迹还不足以排除他们的嫌疑，还有几个不同方法可以做到。”

汤姆沉下脸。

“你不会当真怀疑这些孩子吧？”达钦太太说。

“就事论事，很像是他们做的。”达钦医生说，“只是他们看起来像自爱的孩子，你和汤姆站在他们一边。”

“还有巴拉贝尔太太、迪克和多萝西。”达钦太太说。

“我知道，”达钦医生说，“但你们归你们。弗兰克告诉我，他一多半同意泰德的看法。除了汤姆在春天时卷入的放漂事件，最近两星期以前，这一带从来没有放漂船只的事情。现在，船只放漂事件已有六起之多了。每一次出事，这些孩子们都在场，比任何其他人更有机会。大部分事件发生在本地。据人们记忆所及，波特黑根是有史以来第一次出这种事。船只放漂那天晚上，就是那些孩子们驾船去波特黑根那天晚上，未免太巧合了。同样的事情发生在兰华斯。我承认，我非常怀疑，为什么其他事件发生后，兰华斯还会有船只放漂。他们本来应该非常小心，避免这种事发生才对。但配件的事情更糟。波特黑根配件被盗，就在他们在场那天晚上。你看得出，他们一连两次发现大批配件不足为奇。”

“可是，爸爸，多萝西的理论能解释这一切。你忘了，她亲眼看见那家伙在摸他们的烟囱。”

“你可以告诉弗兰克叔叔。我只是指出，在外人眼中，事情是什么样子。”

“可是，爸爸，你不是外人啊。”汤姆说，“你应该站在我们这一边。”

“如果你听到我怎么跟你的弗兰克叔叔说话，你就会知道我是站在你们这一边的。”达钦医生说，“我告诉他，在我看来，你和你们的苏格兰场搜集了许多证据，指向另一个方向。”

“他怎么说？”

“你真想知道吗？”

“当然想。”

“好吧。他说‘聪明的孩子！但不见得老实’。”

“我很高兴，你是医生，不是律师。”达钦太太说。

“律师不得不处理这些事情。”达钦医生严肃地说。

“他不会真以为他们仅仅是为了显摆才刷油漆吧。”汤姆说，“哎，这甚至都不是他们的主意，是迪克的。何况，你看看指印，比他们的手大得多。你可以对比纹理，或是用其他什么侦探技术。”

“他的意思只是说，这些都可以制造出来。”达钦医生说，“他们可以让朋友去留指印。”

“我要亲自跟他谈谈。”达钦太太说，“这个傻瓜。这些孩子们从来想不到这些手法的。”

达钦医生镇静地继续吃冷肉和沙拉。

“别对弗兰克太苛刻。”他说，“你要是知道我们的好警察怎么说，就会觉得可怜的弗兰克简直是孩子们的同党。”

汤姆早已吃不下午饭，抬起头来。

“是啊，”他父亲说，“我们的泰德先生很享受做侦探的感觉。人们整夜帮他巡守河道，希望抓住放漂船只的人。他觉得案子已经破了。”

“但他全错了。”汤姆说。

“他认为第一批配件证实了他的理论。”他父亲说，“他向你的弗兰克叔叔大肆鼓吹，说他没有充分依据绝不会指控别人。似乎弗兰克叔叔告诉泰德，他和他的巡逻队把事情弄得一团糟。他们本来应该不露声色，抓个现行。从罗克瑟姆到雅茅斯，人人都知道他们在监视码头，巡查河道，放漂船只自然就停止了。弗兰克今天早上见过他。那时，他们还不知道第二批配件的事情。我把东西交给泰德的时候，你们真应该听听他的反应。你知道他会怎么说。‘证据！配件在他们手里就是证据，瞎眼的母牛也看得出来。这些孩子太狡猾，不会在我们抓得住的地方放漂船只。我直接对法兰德先生这么说。他说，如果我们能抓到现行，他就会满意。他还想要更多配件吗？我该怎么对整夜巡河的人交代呢？难道我对他们说，只有更多的船只放漂，法兰德才会心满意足？’我可以告诉你们，泰德先生一肚子委屈，自个儿慷慨激昂。”

“但你给了他新一批配件，还讲了烟囱手印和绿漆的事情，他怎么说？”

“他说，他早就知道剩下的配件在他们手中。”

“爸爸，那会怎样呢？”

“你们把证据拿给弗兰克先生以前，什么也不会发生。但如果他对证据并不信服，就会认为我们应该让泰德放手去做。他明天会听取双方的意见。我估计泰德会集中他的所有证据，所以你的小朋友们也应该作同样的准备。但我非常担心，最要害问题在于谁也没有真正看到放船。”

“噢，天哪！”汤姆叫道，“船只一开始放漂那天，我们本来就应该开始留神。那样的话，我们可能早就抓住了那个放漂其他船只的人。”

“你好像非常肯定你的‘黑鸭子’们一点儿干系都没有。他们三个人你都相信？你明白，他们谁都可能悄悄动手，不让其他人知道。”

“他们没有，”汤姆说，“谁都没有。他们爱护船只，甚至超过爱护鸟儿。”

“超过爱护鸟儿？”他父亲说。他很清楚汤姆的想法。汤姆自己为了救一窝黑鸭子，曾经放漂过船只。

“那一次也不干他们的事。”汤姆说，“他们不知道我要干什么……而且……你看，他们最后是怎样救船的，虽然那些该死的坏蛋还在船上。”

“我知道。”他父亲说，“好吧，尽量集中证据。祝你和‘鲍西娅’[1]好运。一切都看明天早上了。我告诉你，我不希望看到你的小朋友们坐在被告席上，被控盗窃。”

“但他们什么都没有做。”汤姆说。

“哎，你得说服弗兰克叔叔。”他父亲说。

[1] 鲍亚娅，莎士比亚《威尼斯商人》中扭转案情的女律师。达钦医生在这里比喻多萝西。

第二十五章　最后的机会

五位侦探和一条侦探犬在苏格兰场等候。三张湿漉漉的照片正在窗口晾干。拍摄整个驾驶室的一张显影极好，拍摄烟囱的一张也是这样。罪犯的手印虽然拍得比较小，仍然清晰可见。正如迪克所料，后甲板下的配件光线太差，没有拍好，但他们断定没什么关系。迪克午饭后回来顺便带了一瓶红墨水，打算等照片干了，在发现配件的地方标十字。多萝西已经用红墨水给迪克在兰华斯发现的自行车轮胎印做了标记。小狗威廉睡着了。其他人不时观察门口，不明白汤姆的午饭为什么花这么长时间。

“他要吃一整天吗？”乔说。

“我敢打赌，出问题了。”比尔说。

“吃个没完。”皮特说。

然后他们就听到了奔跑的脚步声，汤姆紧跟着进来。

“我们犯了最可怕的错误。”他说。

“怎么啦？”多萝西说，“法兰德先生不肯见我们吗？”

“汤姆，继续说。”乔说。

“不，不是那个。”汤姆说，“我们动手太晚了，本来应该一开始就调查。船只开始放漂后，泰德先生和其他人监视河面。我们本来应该这样做，才有机会当场抓获罪犯。”

“我们怎么知道还会有更多船只放漂？”

“我知道，我知道。”汤姆说，“但弗兰克叔叔告诉泰德，如果泰德能当场抓住你们放漂船只，他会更满意。”

“为什么？”乔说，“他又不想让船只放漂。”

“是啊。但他的意思是，当场抓获，证据才更充分。所以，只要我们当场抓获这个罪犯，就会万事大吉。我们一次又一次错过机会，就是自己没想到。”

“哎，现在还来得及。”乔说。

“就是。明天早上，我们要把所有的证据拿给弗兰克叔叔。然后，他就要去诺里奇。泰德也会提交他的证据。如果我们的证据不够有力，那就糟了。爸爸说泰德火冒三丈，因为弗兰克叔叔认为他证据不足。他现在认为最后一批配件已经是确凿的证据了。”

“但这恰好证明不是我们。”多萝西说。

“泰德的看法正好相反。”

“有什么用啊，”皮特说，“反正我们说什么，泰德都不信。”

“我们如果一开始就调查就好了。”汤姆说。

“达钦医生还说了什么？”多萝西问，“好好想，一样也别错过。”

汤姆随想随说，杂乱无章，记得住的内容都说了。他说到，泰德先生认为证据足够传唤了。他自己的父亲不能确定哪一方有理。法兰德先生一再激怒警察，因为他说侦探的全部努力都不足以构成充分证据。“但弗兰克叔叔同样认为死神与光荣号船员是罪魁祸首。如果我们明天说服不了弗兰克叔叔，爸爸认为他会听任泰德传唤。爸爸也很不安。他把你的名字叫成了鲍西娅。”

多萝西脸红了。她知道意思，但没有解释。

“我们有许多证据，说明死神与光荣号的船员不是罪犯。”迪克说。

“但没有说明谁是罪犯。”汤姆说，“明天是最后的机会……多萝西，怎么啦？”

乔、比尔、皮特，甚至侦探犬威廉都转向多萝西。她坐上桌子，拉着一根辫子，皱起眉头。

“我现在就是罪犯。”多萝西说。

“什么？”

“我设身处地，替罪犯着想。”

“罪犯可不会拉辫子。”乔说，但他看到迪克严肃地注视着姐姐，马上就觉得不好意思了。

“无论他是谁，”多萝西说，“我们知道的他全都知道。他知道你们什么时候去波特黑根，他知道你们什么时候去兰华斯，他知道你们什么时候把死神与光荣号隐藏在荒野中。”

“就是。”乔说，“看他带来配件的速度有多快。那是泰德最不能放过我们的事情。”

“让她继续说，”迪克说，“这就是侦探破案的方式。”

“他大概知道汤姆告诉我们的一切……不，我不是说他偷听……”皮特凑近门口，悄悄环顾四周，“当然，他可能……”

“这里没有人。”皮特说。

“罪犯跟我们一样烦恼。”多萝西说，“他精心布置的计划毫无结果。他必须马上行动。时间不断流逝。明天，他本想送上绞刑架的无辜者就要见律师，把无罪证据提交给他了……”

“他知道我们有什么证据？”皮特问。

“如果他不知道，他可能高估我们掌握的证据。你瞧，即使别人不知道，他自己明白自己有罪。因此他明白，只要我们知道在哪儿寻找证据，就能找到许多证据。”多萝西说，“泰德先生对法兰德先生大发脾气，他大概有所耳闻。他希望死神与光荣号附近有别的船只，他可以放漂后嫁祸给你们。你们从兰华斯回来已经整整三天，什么事都没有发生。没有新闻。法兰德先生说，应该当场抓住你们。‘啊，’罪犯心想，‘再有一大批船只放漂，谁都救不了他们。’他踱来踱去，焦躁地策划。他的朋友们在恐惧中退缩。”

“你是不是知道他是谁？”皮特满怀希望地说。

“我们有许多线索。”迪克说。

“运气不好，人人都用邓洛普牌轮胎的自行车。”乔说。

“除了轮胎以外，我们还了解他许多情况。”多萝西说，“我们知道，他有理由诬陷汤姆和死神与光荣号的船员。我们相当确定，他就住在附近，要不然他不会这么快就知道你们和汤姆的动向。然后，问题在于，如果我们无法证明你们无罪，会发生什么事情？”

“我们就会被逐出河面。”比尔说。

“黑鸭子俱乐部就会垮台。”汤姆说。

“哎，”多萝西说，“谁住在附近，有邓洛普牌轮胎的自行车，乐于看到黑鸭子俱乐部垮台？”

“只有乔治·奥顿。”比尔说，“如果河上没有人守护鸟类，他再高兴不过了。”

“不可能是他，”汤姆说，“你们在波特黑根那天晚上，他在监视码头。”

“汤姆，”乔突然说，“你那次去波特召集‘黑鸭子’放哨，对小鲍勃·科滕说了些什么？”

“我告诉他，大家都错了，你们没有放漂船只。我打听有没有其他船只放漂。我告诉他，如果有其他船只放漂，赶紧通知我们。但没有用处，他说，他再也不跟黑鸭子俱乐部发生瓜葛了。”

“你没有说到乔治·奥顿吧？”

“我当然没有。”汤姆说，“我说他干吗？”

“我去一趟，”乔说，“皮特，操点儿心。我不在的时候，喂喂小白鼠。”

“你去干吗？”汤姆问。

“我有个主意。”乔说，“比尔，我骑你的自行车。”

“你去哪儿？”

“波特黑根。”

“他们肯定会抓住你。”皮特说，“泰德说，索宁先生的船夫因为他们的船被放漂的事气疯了，更不用说配件了。他们会不问青红皂白，先把你打个半死。”

“那要追得上我才行。”乔说，“我得去。现在就走，明天就来不及啦。”

多萝西眼睛一亮：“只要我们能证明乔治·奥顿在那儿就好。”

“但人人都认为他不在那儿。”汤姆说。

“只要能证明他们在那儿就好。即使不能证明，他仍然有可能在那儿。但不要被抓住，乔……”

乔已经走了。

多萝西又皱起眉头。

“罪犯现在想什么？”汤姆说，“你看，有些配件还在他手里。告示说是一罗半。一罗半有多少？”

“一百四十四加七十二，”迪克说，“总共二百一十六个。”

“他一定还有一百五十五个。”多萝西说，“他不知道怎样处置。”

“我要上船，”皮特说，“不能让更多的配件上船。”

“快点，”比尔说，“我们最好盯紧点。”

“但我们刚有收获，”多萝西说，“而且他无论如何不敢在光天化日之下动手。”

“皮特说得对，”汤姆说，“他一旦进了荒野，谁也看不见他在干什么。如果他狗急跳墙……当心。还是把船开到河上吧。众目睽睽之下，谁也不敢动它。而且泰德和所有人都知道它的位置，没有隐藏的必要。”

“可你还得回这儿来。”多萝西说。

“开船用不了多久。”汤姆说，“你可以继续替罪犯考虑。如果再来一大批配件，那就太糟了。”

“我也去。”迪克说。

“好吧，”多萝西说，“我会通盘考虑证据。”

皮特跑在前面，检查死神与光荣号全船，但没有发现配件。接着，其他人也来了。他们起锚，沿支流下行，驶出灌木丛，重新停在支流汇入河道的河口上面。在这里，水上和岸上任何人都能看到它。谁都不大可能玩花招，至少天黑以前不大可能。

“你们只好整夜守护甲板了。”汤姆说。他们心情放松了不少，然后回到了苏格兰场。

他们发现多萝西满脑子新主意。

“我想他不会为配件操心。”她说，“你们看，他第一次挨侦探犬咬，第二次碰上绿漆。他可能觉得，再试一次会更糟。无论如何，他已经如愿以偿，因为人人都认为是你们偷的。他正在打别的主意。他因为法兰德先生对泰德先生说的话而烦心。明天让他非常着急，他必须想办法让今天晚上出事。”

“哎，我们附近一艘船都没有。”皮特说。

“我希望有一艘。”多萝西说，“今晚罪犯必定会来放漂它……如果有一艘……侦探潜伏在灌木丛中观察、倾听。然后，罪犯正在黑暗中弯腰解缆，他们跳出来，用手电筒照向罪犯做贼心虚的脸。”

迪克跳起来："我说，我们甚至可以做得更好些。我还有许多闪光灯粉。"

"手电筒更好。"汤姆说。

"拍照可行不？"迪克说。他一动脑筋就会摘下眼镜，"我们可以带上照相机严阵以待。罪犯一放船，我们就打开闪光灯，当场把他拍下来。"

多萝西鼓掌，"妙极了。"她说。

"天哪，"汤姆说，"这一招管用。"

"可我们怎么知道他要放漂哪一艘船？"比尔说。

"附近根本没有船。"皮特说。

"法兰德先生的闪电号怎么样？"多萝西说，"我们不妨把它借到手，泊在附近什么地方。"

"弗兰克叔叔绝不肯借的。"汤姆说，"因为'左舷'和'右舷'在巴黎，他已经把船拖上岸过冬了。何况，他认为'黑鸭子'们有罪，无论如何不会借的。他会以为又是什么新花招。"

"太遗憾了。"迪克说，"反正我们需要有一条船泊在方便放漂的位置。靠在死神与光荣号跟前。我们必须在天黑以前一切就绪……调好照相机，诸如此类。只要这一招管用，我们就能拍下罪犯的作案照片，分量顶得上其他所有的证据加在一起。"

"说空话没意思。"汤姆说，"如果有类似的船，这主意不错。可惜没有。你们去荒野，目的就是要远离船只放漂的地方。罪犯在那里找不到可以放漂的船只，就开始打别的主意。"

"我们的时间很紧。"多萝西说，"我们动手吧，用点新方法。我把每一个案例的证据记下来。"她记下"码头的摩托艇"，说道，"证据呢？"

"我们只知道，那天晚上除了我和死神与光荣号，还有别人在。"

"证据呢？"多萝西问。

"有人把砖头扔回来，砸穿了阁楼的窗玻璃。"

"有点意思。"多萝西说，"下一个……"

"我们救回来的那条卡在树上的船。"

"证据呢？"

"放漂时，我们跟捕鳗鱼老人一起在上游。我们返回时碰上它。只有乔治·奥顿看到我们系船，以为我们在放漂……”

“乔治·奥顿，”多萝西说，“其实这不能算证据，但我还是记下来……‘乔·奥在码头上’。”

“他正跟伙伴一起骑车去诺里奇。”皮特说。

“第一次吗？”多萝西说，“大家认为你们放漂摩托艇那天早上，他在不在？”

“他认为是我们放漂的。”皮特说，“他气势汹汹。至少，他认为是汤姆。”

“乔·奥那天早上认为是汤姆。”多萝西写道，“下一个。”

“波特黑根。”汤姆说。

“波特黑根。”多萝西写道，“证据呢？”

“那些配件。”比尔说。

“那些配件是误导的证据。”汤姆说，“人人都说如果配件不是死神与光荣号船员偷的，就不会在他们手里。”

“那就是罪犯想要他们说的，”多萝西说，“我们知道，罪犯为了栽赃，把配件放在死神与光荣号船上。”

“从烟囱塞进去。”皮特瞅瞅自己的拳头，“差一点儿刮了我的皮。”

“不仅是这样，”多萝西若有所思地说，“我亲眼看见有人在你们的烟囱跟前……然后，我们的侦探犬从罪犯裤子上撕下了一小块法兰绒。只要我们知道就好。我真希望乔快去快回。”

皮特轻轻挠着威廉肉乎乎的脖子。

“第一批配件的证据就是这些。”汤姆说，“但迪克的油漆妙计在第二批配件中起了作用。烟囱上的手印……然后是配件上的绿漆。”

多萝西奋笔疾书。

“把烟囱从船上拆下来是不是很困难？”迪克问。

“很容易。”比尔说，“烟囱是套进去的，用两块楔子卡住。我两三下就能卸下来了。”

“我们必须自己取。”迪克说。

“烟囱帽。”多萝西写道，“提交法庭的证据。”她大声念出来。

“法庭，”比尔叫道，“如果他们送我们上法庭，我们就完了。无论发生什么事，只要上了法庭，黑鸭子俱乐部就不复存在了。”

多萝西在“提交法庭”上面潦潦草草加上“如果有必要”，说道：“我们无论如何都要交给律师的。”

“我们要不要现在就动手，把烟囱卸下来？”迪克说。

“我们今天晚上还要生火。”比尔说，“明天早上很容易拆。”

“法兰德先生一看到烟囱上的指印，”多萝西说，“就会开始打探指印的主人。”

“波特就这些情况，”汤姆说，“除非乔能够从鲍勃·科滕那里打听到什么消息……但我看不出他怎么能做得到。鲍勃跟其他人一样，坚信船只就是死神与光荣号船员放漂的。”

“接下来呢？”多萝西说，“兰华斯……”

“卡内特爵士号。”皮特说，“你来以后那天晚上，我们都在旧船上。老西蒙要我们看住小船。我们确实检查过，它的尾缆是系好的。可是，它当天晚上就被放漂了。吉姆·伍德尔的新尾缆出现在约奈特船棚里。”

“卡内特爵士号。”多萝西写道，“证据呢？”

“我们没有证据。”比尔说，“所有人都反对我们，我们好不容易才逃走。如果不是乔治替我们说话……”

“又是乔治·奥顿。”多萝西兴奋地说，“继续。他怎么说的？”

“他对大家说，我们不可能在兰华斯兴风作浪。他们还在争论，我们就开船跑了。”

“多萝西，”汤姆说，“这应该放在兰华斯的证据里面。你没看出来吗？乔治·奥顿知道他们去了兰华斯。”

“这有什么的？”比尔说，“码头上人人都知道我们去哪儿。乔治只是说放我们走罢了。当时他们吼得那么凶，我们还没有出发，人人都知道我们去兰华斯了。”

“都一样。”多萝西说，“又是乔治·奥顿。除了波特黑根，次次都有他的份。”

“没意思。”比尔说，“还有泰德呢？泰德第一次就来了，以后每一次都来。他跟踪我们，敲我们的舱顶。我们差一点儿没能退入荒野。但没有他的证据，也没有乔治·奥顿的证据。”

“兰华斯还有其他情况吗？”多萝西说。

“轮胎印。”迪克说，“打气筒。”

“我们知道，那天晚上有人翻过篱笆。”比尔说。

“我们有一张装邓洛普轮胎的车主的名单。”汤姆从桌上的纸张中把它翻出来，“从我、比尔、泰德和老牧师开始，一眼望不到头。我们还不如列一张非邓洛普轮胎的车主的名单呢，这样还短一点儿。”

多萝西扫视名单，手指摁住一个名字。“乔治·奥顿有邓洛普轮胎的自行车。”她说。

“人人都有邓洛普轮胎的自行车。”汤姆说。

“看不出有什么关系。”皮特说。

“哎，如果他的车轮胎是帕尔默牌，我们就知道他不在兰华斯了。”多萝西说。

“哎，”皮特叫道，“你该不会真以为是他吧？”

“在侦探小说中，”多萝西说，“不能排除任何人。一般最不像罪犯的人就是罪犯。”

“天哪，”皮特说，“照这么说，我打赌一定是泰德先生。看他多卖力地诬陷我们。他又是警察，没有人怀疑他。他的车轮胎也是邓洛普牌，我看见的。”

“我最好复制一份，”多萝西说，“以便确保我们提交给律师时不会忘记。”

“在这边标出给他看的线索。”迪克说，“我们归纳到一起。”

她开始工作，其他人在她身后观看，不时提出建议。她还没有写完，乔满头大汗、风尘仆仆地下了自行车，胜利者般走进苏格兰场。

“我去了多长时间？”他说，“乔治·奥顿可能比我更快。”

“你发现什么啦？”多萝西问，从桌边跳起来。

“真正的证据。”乔说。

“发生什么啦？”汤姆说。

“他们没抓住你？”皮特说。

“我再次离开以前，没有人发现我。”乔快活地说，“我离开时他们才在我后面喊，可惜太迟了。”

“你找到鲍勃啦？”

“找到了。他爸爸不准他再跟我们说话，但我很快就搞定了。我对他说：‘小鲍勃，你在这一带见过乔治·奥顿没有？’你们猜他怎么说？‘没有，你们在这里放漂船只那天晚上以后，我再也没有见过他。’于是，我敲敲他的脑袋，说我们没有放漂船只。他说，汤姆·达钦也是这么告诉他的，但人人都认为是我们干的。我要他明天早上跟我们一起去见法兰德先生，但他不干。因此我让他写下来，就在这里。”他取出一片纸。多萝西接过去。

“大声念出来。”迪克说。

多萝西念道：“我发誓，你们经过波特桥前一天晚上，我在波特桥见过乔治·奥顿。鲍勃·科滕。”

“那就对了。”皮特说，“第二天早上，他看到我们从桥下穿过。他叫喊，打手势，但当时我们的船拖在别人的船后。”

“每一次都有乔治·奥顿。”多萝西说。

“他会把剩下的配件放到船上的。”乔说。

“我们要把船驶出河道。”汤姆说。

乔转身向门口走去。“我要去看看船上是不是一切正常。”他说。只要死神与光荣号由别人下锚，乔就想亲自检查一番。

“但我们应该一起从头到尾整理一下证据。”多萝西说。她开口太晚，乔没有听到。

“我们都去吧。”皮特说。

多萝西带上副本初稿，他们沿着河堤赶上了乔。乔正在察看船锚，检查死神与光荣号的系船索，确保缆绳没有拉得太紧。

他们坐在驾驶室和舱顶上，跟乔一起通盘整理证据。不过，乔骑自行车去波特黑根以后，提不出什么补充。他力图证明乔治·奥顿就是罪犯。其他人只看清一件事，他们仅仅证明了别人也可能做出死神与光荣号船员被控的事情。他们没有真正的证据针对某一个具体的人。而且，最糟糕的是，他们不能证明自己没有做。

“无论如何，这么多证据还不错。”多萝西跟乔一起坐在舱顶上，说道，“但还不够。”她皱起眉头，“罪犯正在村里什么地方动脑筋积攒反对我们的证据，策划采取行动确保明天取胜。要是我们能借到一条船就好了。”

“手印不错，”迪克说，“还有轮胎印和打气筒的橡皮管。但罪犯的照片比什么都强。”

“我们就是还需要更多的东西。”多萝西说。

“你觉得他会不会天黑以后带配件上船？”迪克说，“我可以带上照相机，潜伏在丛林里。另一个人及时打开闪光灯……”他指出，“你们明白我们必须非常小心，不能把闪光灯放在镜头前。要不然你只会拍到雾气。我拍司令时，问题就出在这里。”

“没什么希望。”汤姆说，“除非死神与光荣号身边还有别的船，否则罪犯不会带着配件，冒这种当场落网的危险。”

“我们要是能借到一条船该有多好。”多萝西说。

“现在大多数人已经让船离开水面，收好了。”乔说，“眼看就快十月了。除了我们和渔夫，河面上不会再有船了……如果索宁把我们告上法庭，就连我们也不会有了。”

正在这时，下游传来一阵“嗡嗡”声。不一会儿，一艘小型白色摩托艇“咔嚓咔嚓”绕过渡口，逆水而上。在死神与光荣号驾驶室里，皮特拿起大望远镜观察。

“老抹香鲸号来了。”他说。

第二十六章　请君入瓮

抹香鲸号船主人在小艇方向盘前认出了死神与光荣号及其船员。他将抹香鲸号转向堤岸。

“嗨，伙计们好！”

“嗨……好哇！”

“就是他买了我们的鱼饵。”皮特对多萝西说。

“买你的鱼饵有什么用？”

“就是有用。”皮特说。

“你们要不要我剩下的鱼？”船主人说，“我明天还会捕到许多鲜鱼。”

“我的鱼饵可不一般。”皮特对多萝西解释说。

“在这里靠岸。”乔叫道。他和比尔跳上岸。

抹香鲸号滑向岸边。乔和比尔取出圆锚，把船系牢。

“你们也是渔夫吗？”船主人看到多萝西、迪克和汤姆，问道。

“只是朋友。”多萝西说。

“我不知道储藏室有什么东西，”船主人说，“但我先看看。”他进了船舱，拿着六个橘子出来，“接住啦。”橘子从空中飞过，汤姆、乔、比尔、皮特和多萝西接住了他们的橘子。迪克措手不及，但还是在橘子落入河水以前把它抓住了。

“我今天只有这些了。”船主人说，“当然，我没料到会遇见你们……别介意。

等我明天回来，会有更好的货。”他环顾左右，“你们的泊地不错。我们离罗克瑟姆公共汽车站有多远？”

“不到十分钟。”皮特说，“不用着急。”

“我把船留在这里，你们看一下好吗？”船主人问，“我回诺里奇过夜。他们告诉我，这里有一伙青少年流氓放漂船只。我不太想把船留在码头上。”

死神与光荣号船员面面相觑。

“我们从来没有放漂过船只。”比尔说。

“从来没怀疑过你们。”船主人说。

“人人都以为是我们。”乔说。

“什么！”船主人叫道，“他们说的流氓就是你们？哎，我相信你们不会放漂老抹香鲸号。贼喊捉贼，偷猎者是最好的护林人……”

“根本不是我们。”汤姆说，“我只放漂过一次，因为有人在我们守护的鸟巢附近泊船。因此，现在船只被放漂，人人都以为是我们……黑鸭子俱乐部……”他解释说。

“你知道，你为大梭子鱼付给我们钱。”乔说，“他们就说，我们那天在波特偷配件，卖掉赃物才弄到钱的。”

“怎么回事？”船主人说。

孩子们一点一点把整个故事告诉他。他听到苏格兰场就笑起来，但一看到多萝西严肃的表情，马上也严肃起来。

“如果他不介意，这就是最漂亮的办法。”多萝西看看小艇，悄悄对迪克说。

他们告诉他船只第一次放漂那天晚上有扔回来的砖头。皮特显示牙齿拔掉后的空洞。他们告诉他兰华斯的自行车来客、炉中配件、烟囱上的指印（他饶有兴趣地检查了一番）、第二批配件、确定有人故意栽赃黑鸭子俱乐部成员这些事。他们告诉他，只有第二天早上才能自证清白，向相信他们有罪的律师递交证据。他们最后说起多萝西的计划。

“我们可以把大铁锚投入河中。”乔说，“这样即使船放漂了也走不远。”

“你的意思是，你们想用抹香鲸号作为诱饵，请君入瓮。你们潜伏守望，在他放漂船只的当时抓获他？”

“正是。”多萝西说，“这就是缺失的环节。你看，我们获得的证据都告诉你了，但还不够。只有抓住他，大家才会相信。”

“我们必须赶在明天以前。”汤姆说，“如果没有证据，他们就会蒙冤受屈。黑鸭子俱乐部就完了。这太不公平了。”

船主人沉默片刻，看看船。

“不能弄坏船。”他说，“你们想让我做什么？把船留在这儿？”

“不，不，”多萝西说，“他们会知道我们在守着，离死神与光荣号太近了。它应该停在更有诱惑力的距离……靠近但没有这么近。”

“你们随便选地方吧。”船主人说。

大家马上七嘴八舌，提出可能的地点。码头立刻予以排除，因为侦探隐藏在那里很容易暴露。达钦医生草坪前的泊地予以排除，因为罪犯可能觉得风险太大。最后，乔有了主意。

“渡口下面，通向公路的水道外是个好地方。灌木茂盛，适合隐蔽。堤岸松软，容易放漂。只要我们放下大铁锚，无论如何都不会弄坏船。”

“万一你们的罪犯不知道船在哪儿呢？”船主人问，“梭子鱼看不到鱼饵，也不会上钩的。”

“你能不能给泰德先生带句话……他是警察……把你停船的地方告诉他？”汤姆说，“你可以顺便走进天鹅旅馆，碰巧把话透露出来。”

船主人又笑起来。“我无论如何都会这么做的。他们可能从诺里奇给我带来消息……嗨，你在干什么？”他对皮特说。皮特正在收集橘子皮。

“我们总是把果皮埋起来。”皮特说。

“黑鸭子俱乐部的规矩。”汤姆说。

“哎，”船主人说，“这个规矩不错。这使我很难相信你们放漂别人的船只。”

“我告诉过你，不是我们。”乔说。

“是啊。”船主人说，“大家上船吧，带着我驶向下游你们选好的停泊地。老抹香鲸号捕过很多鱼，做诱饵还是第一次。”

大家都向抹香鲸号走去，迪克拦住他们。他擦擦眼镜，这是他动脑筋的标志。他说：“我们最好别去，你说呢？如果有人看到我们都在你的船上，罪犯就可能知道……”

“梭子鱼认出了鱼钩，嗯？”船主人说。

“我们在下游碰头。”汤姆说，“只要等我们从路上绕过去。”

渡口下面，狭窄河段三十英尺外，深沟隔开草地上彷徨的牛羊。六位侦探和小狗威廉（跑得上气不接下气，吐出粉红的舌头喘气）在这里等待抹香鲸号。他们选好灌木丛为潜伏地点，为下游几码外的小艇选好下锚地点。

“它来了。”皮特说。

“我差点儿以为他改变主意了。”汤姆说。

“那家伙是好样的。”乔说。

抹香鲸号从他们面前驶过，打了个转，驶向堤岸。

“引擎不要停。”乔叫道，“我们想先放下大铁锚。”

“登船吧。”船主人说，“你们来选择停泊地点，下命令吧……”

“转右舷，慢进。”乔在抹香鲸号前甲板上喊道。缆绳上的大铁锚准备被放沉。

“哗啦”一声，大铁锚落入水中。

“转左舷，船头靠岸。”乔叫道。船主人照办了。但船头还没有靠岸，锚就把它拖住了。乔只好飞出前锚。帮手这么多，事情好办，抹香鲸号船头船尾的两个圆锚都扎稳了。从岸上看，不可能猜出船头缆绳系着河底的船锚，即使放漂也只会再离开岸边几码远。

“即使他们解开缆绳，它也会安然无恙。”乔说，“我们会盯住。”

“我看它不会受损。”汤姆说。

船主人跳进船舱，带着小手提箱出来，“你们现在想要我做什么？”他笑着说，“安排香饵钓大鱼。我想，我应该在附近广而告之。”

“就是这样。”多萝西说。

“我们要确保所有的人都知道它停在哪儿。”汤姆说。

“我要上公共汽车了。”船主人说，“估计我不能回来报告广而告之的效果了。你们最好有一个人跟我去，保证广告效果。”

“我去。”皮特说。

“好吧。”乔说，“皮特给他提箱子。”

船主人想自己提手提箱，但皮特觉得最好别这样。手提箱很轻，皮特扛在肩上，这样比提在膝盖附近晃来晃去更自然。

“关于钱的事情，我是不是最好不说？”船主人说。

皮特觉得可能有用，但马上想起其他问题。

“最好别让他们知道你认识我们。”他说，“我们不想让他们回避抹香鲸号。”

船主人停下来，在卡片上写下他的地址。“好吧。”他说，“你们拿上这个。如果钱的事情有麻烦，让他们跟我谈谈。”

“再也不会有麻烦了。”皮特咧开嘴笑道，“只要有鱼饵，苏格兰场不愁捉不住大鱼。”

“我真希望今晚留在船上，帮你们捉他。”

“他如果知道你在船上，就不会来了。”皮特说，“如果吉姆·伍德尔和老西蒙那天晚上没有回家，他绝不会放漂卡内特爵士号。”

皮特好几天没有这样快活过。现在，至少有人完全站在黑鸭子俱乐部成员们这一边，不会认为肇事者不是汤姆就是死神与光荣号的船员们，不是死神与光荣号的船员们就是汤姆。

一路上，皮特把法兰德先生的房子和汤姆·达钦家指给船主人看。他们经过泰德先生家，他悄悄指着门口的牌子：“警察”。

“好啦。”船主人说。

“我最好在这里等等。”皮特说。

泰德先生正在喝茶。船主人敲门时，他起身开了门。皮特听不见他们说的话，但他看见船主人向他指指点点。然后，他看到泰德先生非常认真地说话。一会儿，船主人回来了，面色凝重。他们走到看不见泰德先生门口的地方，他才微笑起来。

然后，他哧哧笑起来。“哎，哎，”他说，“我好像冒了一次可怕的风险。但你的警察告诉我，我可能不用太担心，因为沿河一带有些船主一直在晚上巡查……”

“乔治·奥顿。”皮特说。

“他会转告他们，但他宁愿我把船停在码头上，以便他亲自监视。”

“卡内特爵士号就是这样。”皮特说。

“我告诉他，现在来不及了，但我感谢他的好意。多好的诱饵，是不是？现在我去给村里的小伙子散播消息。你溜过街角，等我去公共汽车站。就在十字路口，看见没有？”

船主人进了旅馆。皮特带着手提箱穿过十字路口，坐在上面。他等了五分钟、十分钟。他开始考虑船主人是不是把他、手提箱和公共汽车都忘了。但随后伊文斯小姐和另一位从罗克瑟姆来消磨下午时光的老妇人一起走过来。

“我们有的是时间。”老妇人说。皮特想起来，船主人一进旅馆就会打听到去罗克瑟姆的公共汽车时间。

然后，他发现伊文斯小姐说到他兴头上了。她的朋友有点聋，所以他只好听伊文斯小姐的大嗓门。

“亲爱的，你不会相信的。我有一次说，诺福克没有哪个乡村的人比这里更诚实。现在这些孩子……据说他们是一个有组织的帮派。他们无法无天，大家就是这么说的。他们当中应该有更懂事理的人，我们医生的儿子……今天的孩子们都养得更娇惯……”

皮特面红耳赤，但随即看到船主人走过来。皮特跳起来迎接他。

“我真是大饱耳福，你们这儿的小伙子们想关你们二十年。”船主人笑起来，“他们说，只要我能在雅茅斯这一侧找到抹香鲸号，就算运气不错。他们说，你们在光天化日之下从码头放漂了一艘游艇。”

“我们没有。”皮特说。

“一个女孩不完全认为是你们，这里有一个疑点，因为她看到你们从几棵树上把船拖向上游……”

“哪一位？”皮特热切地说，“那是证据啊。”

“红头发那一位。”船主人说，“但大家都说她心肠太软。她不得不承认，她不完全肯定。无论如何，我离开的时候已经把诱饵放出去了。他们都替我难过，甚至红头发也说我的船太可惜了，本来应该有人提醒我。哎，我的公共汽车来了。祝你们好运。捉住大鱼，尽量别让鱼饵白费了。明天早上见。”

他拿起手提箱，走了。

皮特穿过村子回来，一路乐不可支。比尔在达钦医生家的路边守候他。他们走进家门，跟其他人在苏格兰场会合。

“他安排好没有？”多萝西问。

“他告诉了泰德先生，还在天鹅旅馆里散布消息。但愿他没有做过头。我们可不希望半村人都上岸守候。”

“现在注意了，”汤姆说，“计划是这样的……”

第二十七章　诱　捕

计划非常简单。一位侦探带着迪克的照相机，藏在抹香鲸号附近的灌木丛中。第二位侦探把闪光灯藏在离抹香鲸号稍远处的高草丛中，这样闪光就不会照到相机镜头。等罪犯到来，动手放漂船只时，第二位侦探打开闪光灯，然后就拼命逃跑。罪犯自然去追他。第一位侦探秘密留在灌木丛中，可以等岸上没有人了，再带着照相机安全地走掉。

“守候两小时。”汤姆说，“我和迪克值第一班。照相机是他的，我跑得比你们谁都快。多萝西说，他最有可能天刚黑就来。”

“下一班是谁？”皮特问。

“多萝西和乔。乔带着闪光灯逃走诱敌，多萝西照顾照相机。”

“然后是你我。”比尔说，“你拿照相机。”

“你一听到罪犯来，只消打开快门就行了。”迪克说，“闪光灯以后再关上……我会把闪光灯调整好，任何人只消打开开关就行了。”

“你一定要非常留心照相机，好不好？”多萝西说。

“照相机没问题，”迪克说，“只要拍照的人不出声就行。”

“你最好现在先回家准备。”汤姆说。

“我最好也回家，”多萝西说，“向司令解释我们不得不迟到。我们把威廉带回家。如果我们带它打埋伏，它就只会叫。”

“闪光灯的灯罩怎么办？”迪克问。

“等你回来，我们就准备好了。”汤姆说。

“灯罩？”皮特说。

迪克解释说：“闪光灯必须大量燃烧粉末。需要灯罩，免得把头发点着了。这将是一次壮丽的大爆炸。说明书说，用量超过一点点就很危险。因为我们在旷野中，又不能靠近目标，只能多用些。就像这样……”他把一幅画塞进皮特手中。

“走吧。”多萝西说。

“告诉她，妈妈想要你们在这里吃饭。”汤姆说。

迪克和多萝西走了。

汤姆在乔的帮助下开始工作。他用花园大剪刀剪开方形大饼干罐头。“好吧。”他说，“估计他们今年不用再做任何修剪工作了。”他剪掉每个罐头的一边，然后切开剩下两边的底部，这样它们就可以折回。然后，他用凿子在罐头底部打出方孔，用来安闪光灯的把手。工作花了很长时间，甚至连汤姆被绳索磨硬的手指都起了泡。在此期间，皮特和比尔轮流隐蔽在达钦医生的大门后面，监视路面。

皮特看到泰德先生骑着自行车向渡口驶去。

“泰德去察看了。”他快活地说。

“好哇。”汤姆说。

皮特留下来观察，比尔在灌木丛中就位。不一会儿，他报告说，乔治·奥顿和他的朋友骑着自行车从另一条路过去了。“估计他们也要过去察看。另外还有一批人过去。我看到有约奈特的三个船夫，在肉店工作的杰克，送牛奶的男孩子。在旅馆里散布消息是个好主意，诱饵恰到好处。但所有这些家伙都应该在天黑以前散去，我们才好下套子。”

“希望万事大吉。”乔看着饼干罐头的残余部分，说道。

迪克和多萝西带着照相机和闪光灯回来了。东西隐藏在花篮底下，上面是巴拉贝尔太太花园里的玫瑰花，好让任何人都猜不出他们的计划。他们一脸沮丧，司令有言在先，天黑以后不准出门。

“她说，男孩子可以打埋伏。如果有麻烦，我只会碍事。我告诉她，一开始就是我在出谋划策，但她说，我不听也得听。”

“她其实是对的。”迪克说，“但最糟糕的是，我十点钟以前必须回家，不能再外出值下一班。”

“我们等不到十点钟就会抓住他。”汤姆说，“要不然，我们就得重新排班。如果那时还没有抓住，比尔和皮特值第二班。我带着绳子出来，跟乔值第三班。”

“只要能抓住他就好。”乔说，“灯罩怎么样？”

“棒极了。”迪克说，“只要洞足够大就行。”

罐头底部的洞还不够大，但用不了多长时间就会更大。不一会儿，他们轮流尝试握着闪光灯设备，举到一定的距离。时间一到，就可以打开灯罩里面的开关，点着闪光灯。

“时间怎么过得这么慢。”多萝西说。

“我们等天快黑了再去，”汤姆说，“吃点儿东西吧。”

他跑去屋里，回来说食物差不多准备好了。十分钟后，几位侦探喝着茶、吃着煮鸡蛋，匆匆忙忙，一言不发。达钦医生不在家，达钦太太说：“你们一定有心事。”谁都不回答，她笑起来。过了一会儿，她问孩子们有没有准备好交给法兰德先生的证据。

“只差一点儿。”多萝西说。

皮特向她扮个鬼脸。

之后，他们回到苏格兰场，天色已黄昏。

“趁着天色还亮，我们该过去了。”迪克说。

“先侦察一遍，确保附近没有人。”汤姆说。

“我去，”多萝西说，“别人就算看到我，也没有关系。”

多萝西去渡口溜达，假装晚上散步，其他人等待着。她回来说，抹香鲸号附近没有人。五位侦探立刻上路，他们穿过法兰德家花园，沿河经过死神与光荣号，留下多萝西守望。他们一个接一个分别离开，注意不被发现，潜伏在经过渡口和渡口旅馆到抹香鲸号之间的荒野，抹香鲸号泊在岸边，诱饵等待大鱼上钩。

黄昏降临，死神与光荣号船员蜷伏在岸边草丛中守望。旅馆窗口已经露出灯光，有人在放留声机。一切准备就绪。迪克折断了几根树枝，以便为灌木丛中对准抹香鲸号的照相机留出清晰的视野。他把照相机固定在三脚架上，脚伸开一半。

“你确定一切就绪了？”汤姆说。

“一切就绪。”迪克在灌木丛中说，“但你应该趴下来。其他人不要留在这里。如果罪犯在这里游荡一圈发现什么，就再也不会来了。”

“你们现在该走了。”汤姆对死神与光荣号的船员们说。他趴在地上，小心不让闪光灯粉末撒出去。“幸好今天晚上没有下雨。不过还是要当心，我带着雨衣，铺在地上。比尔，如果罪犯在我值班时没有出现，雨衣就留给你。”

“告诉多萝西，她该回家了。”迪克说。

“‘黑鸭子’们永远在一起。”皮特和死神与光荣号的其他船员轻轻说。他们悄悄溜走，跨过水道，绕过旅馆，翻过篱笆，进入到荒野中。他们登上死神与光荣号，发现多萝西坐在船舱里，借助风灯的光照，急着整理文件。

“迪克藏好了吗？”她问。

“你就是穿过灌木丛也看不到他。”乔说，“倒是汤姆天黑前比较显眼。”

“我想，罪犯不会有武器。”多萝西说，“他预料不到的。他只想爬过来解锚、放船。然后照片拍下来，场面会很难看。只要他抓不住迪克和照相机就行。我说，你觉得迪克准备好了没有？他戴着眼镜，打架占不了便宜。”

“打不起来。”乔说，“迪克没事。他会死守着不动，保护好照相机的。汤姆只会逃跑，不会打架。他把罪犯引走，迪克就带着照相机回家。”

“当然，汤姆以前就当过亡命之徒。”多萝西说，“而且，如果他被捉住，河水就在跟前。‘哗啦’……‘扑通’……黑暗中泛起一阵水泡……”

“把汤姆·达钦推进河里，可不会只有一阵水泡。精明的罪犯就会推他下去。”皮特说，“如果是泰德……”

“当然不会是老泰德。”比尔说。

“哎，如果是泰德，”皮特说，“他把汤姆推进河里的机会还不如长翅膀会飞的机会。汤姆会轻松甩掉他的。”

“天也黑了，”乔说，“汤姆闭着眼睛都能跑过河岸，他倒是更有可能把罪犯推进河里。”

“天一黑就不成问题了。”比尔说。

“当然不成问题。”乔说，“现在天已经快黑了。”

多萝西向舱门外看了一眼，收好纸张。“我差不多把材料准备好了。”她说，“我今天晚上完成。司令让我等到迪克回家。”她走进驾驶室，“天已经黑了。”她说，“现在可能已有分晓。就在此时此刻，真不想现在走。”

“迪克提醒你。”乔说，“我和比尔跑到路上。皮特在这里警戒，你跟着皮特，直到我们回来。”

“我能做什么？”

“守望下游的闪光。”乔说。

皮特坐在舱顶上。他很高兴船已经驶出堤岸，停靠在河岸边。柳林下漆黑一片，但外面虽然黑暗，还用不着伸手摸索保护自己不被什么东西碰头。船舱风灯的光线通过膝盖边的窗户，照出朦胧的涟漪和影影绰绰的远方河道。上游的几处房子亮起灯光，游客们在对岸船上开派对。他可以看到，他们船上的遮阳篷在船里灯光照耀下，像巨大的纸灯笼。他向下游渡口望去，旅馆里灯光绰绰，雅茅斯远方天际一片赤红。

过了一会儿，他听到堤岸上的声音。着急了好一会儿之后，他听出是乔和比尔回来的声音。

“还没有闪光？”乔说。

“没有。”皮特说。

“多萝西说，她觉得，罪犯会四下里打听，确定我们没有不在现场的证明，然后再去放漂抹香鲸号。”

“她是什么意思，不在现场的证明？”皮特说。

“她说，罪犯想确定我们在这里，因为他不想放漂了抹香鲸号之后，却发现我们都和汤姆待在医生家里，因此证明不可能作案。”

“多萝西脑子真够用。”比尔说，“我们观望时，她说，乔应该生火、点灯、拉上窗帘、关上门，然后好好聊天，好像我们仨都在这里。”

“你下去吧。”乔说，“你和比尔最好睡一阵，别等罪犯来了打瞌睡。如果你在灌木丛中醒过来，发现抹香鲸号已经放漂了，大坏蛋已经走了，你根本不知道怎么办，那我们就变成大傻瓜了。”

“我不会打瞌睡的。”皮特说。

“乔，你呢？”比尔说，“如果他没有马上放漂，我打赌他会等到很晚，半夜里才来。他认为岸上已经没有人了，那时是你值班。”

“下一班是你。”乔说。

他们进了船舱，躺在铺位上。但圈套已经下好，诱饵正在等待大鱼，迪克和汤姆潜伏在黑暗中，他们很难睡着。

“幸好晚上没有下雨。”乔说。

“为什么？”皮特说。

“迪克说，闪光灯的粉末打湿了就点不着了。”

他们沉默了几分钟，接着比尔咯咯地笑起来。

“嗯？”乔说。

“我要挪动一下跨过水道的木板。”比尔说，“如果老流氓在黑暗中追我，他就有麻烦了。”

“如果乔一直跟我们说话，等会儿会不会打瞌睡？”皮特说。

“我才不打瞌睡呢。”乔说，“捕鳗鱼那天晚上，是谁开始打呼噜的？”

“有没有吃的？”比尔说。

这样比较好。他们无论如何都睡不着。于是，比尔从炉子旁边的碗柜里拿出巧克力，平分成三份。他们躺在那里，嚼着巧克力聊天。他们谈论冬天周末学校放假时的安排；他们谈论着钓鱼，又想起捕捉大梭子鱼的经历；他们谈论在舱顶后面做一个食品橱；他们起身观看迪克拍的死神与光荣号扬帆航行的照片；他们谈论黑鸭子俱乐部春天的安排。“或许黑鸭子俱乐部那时已经不存在了。”比尔说。他们谈论迪克和他的鸟类拍摄计划。“从夜莺开始。”乔笑起来，“天哪，只要他能逮住。”皮特说。大家时不时停止说话，嘴里仍然嚼着巧克力倾听。旧闹钟（早就不闹了）的时针慢慢转动……九点钟，十分钟、半小时、四十五分钟、五十分钟，分分秒秒接近十点钟。

“皮特，动身吧。”比尔说。

“你们该走了。”乔说。

他们打开门，弯腰走进驾驶室，倾听四周。周围毫无动静。

“悄悄溜走吧。”乔轻轻说，“下去时当心不要把一切搞砸了。可别在你们换岗时碰上罪犯。皮特，尽量不要打开手电筒。”

皮特和比尔弯着腰穿过灌木丛。他们出来时，看到身后驾驶室亮着光。乔一个人留在死神与光荣号，关上舱门。现在只剩下窗帘后面橘红色的亮光了。

“比尔，慢点走。”皮特说，“我什么都看不见。”

“别打开手电筒。”比尔说，“向前伸手，左右摆动，就不会撞上东西。”

他们翻过篱笆，上了公路，脚下轻松多了。夜色同样黑暗，但几分钟后，黑暗不那么浓了，天空星光闪烁，他们可以看到房屋和树木的形状。

“快点，”比尔说，“他们会以为我们不来了。”

“别走那么快，我们会听不见声音的。”皮特轻轻说。

他们来到渡口旅馆，窗口仍然亮着灯光。他们突然离开公路，回避两个溜达着回家的人。

“打烊的时间。”比尔轻声说。

他们重新加快脚步。

“我们沿着河岸走。”比尔轻声说。他们越过旅馆花园，沿着狭窄的河边小道曲折前行。河里的水老鼠时不时发出“哗啦”声，把他们吓一跳。他们来到岸边，找到木板，小心地跨过去。

“你抬起这一头，我抬起那一头。”比尔说，“这样，如果我需要逃跑，就能轻易挪动它。”

他们挪动木板，然后继续前进。

“现在差不多到了。”比尔说，“你牙齿发抖？好可惜，我们没有多拔几颗牙。”

“你才发抖呢。”皮特说。

“最好给他们口令。”比尔说，他停下来，平静地说，“‘黑鸭子’们永远在一起！”

“永远在一起！”汤姆的声音从比尔身边传来。同时，皮特隐隐约约看到停在岸边的抹香鲸号的白色轮廓。

“鱼还没上钩。”汤姆说，“你来了，接替我的位置吧。东西在这里，一切准备就绪。摸到没有？我把你的手指放在开关上，一拨就开。”

“摸到了。”比尔说。

皮特摸索着开路，进入灌木丛。迪克在黑暗中守候了两小时，比他看得更清楚，于是把他拉过来。

“无论如何不要乱动照相机。”他轻声说，“这里是开关。”他把末端放进皮特手中，“摁按钮就开了。一听到有人来就摁，闪光灯熄灭时，再摁一次。”

“我们不能在附近等，”汤姆说，“要不然会把他吓跑的。”

“河面上有一块木板，”比尔轻声说，“我和皮特把它弄松了。这样万一老流氓追我，我就会把木板的一端弄进水里。”

汤姆哧哧笑起来。

“皮特有没有弄清楚，无论发生什么事情，他都要留在这里？”迪克说。

“他知道，”比尔说，“他死守在这里。等其他人都走了，然后再拿走照相机。”

“快点，”汤姆说，“多给鱼一些上钩的机会……如果他来的话。我在家展示过的。噢！我快动不了啦，我的腿和五指都在抽筋。”

“多萝西一口咬定他早晚会来。”迪克说，“但我说，皮特，你要小心操作照相机。要是司令让我留下来该多好……”

“他能对付。”汤姆说，“去吧，迪克。我和乔十二点回来。”

“乔认为，大鱼在那以后才会出现。”皮特在灌木丛中说。

“如果你们不走，他根本不会露面。”比尔说，“我和皮特都准备好了。晚安。”

“我十二点回来。”汤姆说。

“当心，别把鱼吓跑了。”比尔说。

一片沉默。

迪克和汤姆身上又累又酸，他们爬上公路，回去睡觉了。两位新侦探在岗位上守望着。

第二十八章　炫目的闪光

汤姆和迪克回去睡觉，比尔和皮特在黑暗中等待。

皮特蹲在灌木丛中，不断把重心从一条腿移到另一条腿。周围一片漆黑，只有从照相机的窥视孔可以隐约看到抹香鲸号泊在岸边。他看不清楚细节，但可以看到大致的方位。他把手指放在快门开关上，等待时机来临。他害怕摁得太早，又放开了手指。

比尔躺在较远处的河边草地上。他一动不动，以致皮特一度以为他也跟着其他人走了。

“比尔？”他轻轻说。

“有情况吗？”比尔道。

“没有。”

“你好吗？”

“好。”皮特说。

“你知道应该怎么做。一听到声音就摁，不要等我。如果粉末干燥……我会根据迪克的话打开闪光灯；如果闪光灯不亮，我们就完了。你只需要打开照相机，直到闪光消失。他就是这么说的……”

“然后呢？”皮特说，虽然他早已知道。

“你纹丝不动。你在灌木丛的黑暗中，谁也看不见。他追的是我。我会尽量发出声音引诱他。如果这流氓追过来，哎……”比尔哧哧偷笑，“我们挪动木板……只要他拿不到迪克的照相机，无论如何都没有关系。你纹丝不动，等大家都走了，再带着照相机溜走。我们把照相机交给迪克。但你无论如何不能带着照相机被抓住……嘘！……”

皮特屏住呼吸倾听。什么都没有，只有草地上的老马在喷气。一根嫩枝拂过皮特的后颈，他伸手折断树枝，听到比尔站起来。

“是我。”

“别弄出声音。”比尔说。

皮特重新摸到照相机薄而富有弹性的管子，摸到终端的按键。他摸到按键，又重新放开。犯不着紧张得上气不接下气，没有什么真正值得担心的。他放慢、调匀呼吸，结果差一点儿就睡着了。鳊鱼在远处河水里“哗啦”一声。皮特等待下一声“哗啦”，又听到兔子从地上跑过。他没有动按钮，猜测现在是什么时间。他听到河岸下草地远处传来老马的脚步声，他听到汽车从卢德汉公路驶过，雅茅斯天色想必已经发亮了。小动物从他身边跑过，有一只是老鼠。什么都没有发生，天下太平。皮特真希望裹上毯子，躺在死神与光荣号的铺位上。多萝西的计划太聪明了。哎，他们可能要守望一个月，谁也不来碰老抹香鲸号。他们又不是吃饱了撑的。即使多萝西说对了，放漂船只的家伙可能明察秋毫，轻易就发现了侦探们正在守望。他应该上床睡觉，不应该在这里抽筋。皮特想知道比尔的想法是不是一样。如果他们干脆回家，其他人会怎么说？

“比尔。”他轻轻说。

没有回答。过了一会儿，他以为比尔已经走了，但随即听到了声音。

声音从公路方向传来，越来越近了。不管他是谁，他肯定已经离开路面，走上了草地，沿着河岸这一边前进。一阵刮擦声。他们从低矮的草地爬上了堤岸，脚步声沿着堤岸，越来越近了。汤姆和迪克又回来了？还是汤姆和乔？时间过得这么快？接着，皮特全身僵硬。他听不见这些人的话，但多多少少听明白他们不是“黑鸭子”。罪犯不是一个人，至少有两个。他们说话小声，动作迅速。他们会不会直接碰上比尔？

皮特扭过头，透过树叶，看到手电筒的微光在地面上闪了一下，接着又闪了一下。无论这些新来者是谁，他们可能已经发现比尔躺在草丛中，甚至可能绊倒在比尔身上。

脚步声越来越近，皮特注视着手电筒的微光，他没有听到更多的说话声。突然，手电筒的光在几码外出现。新来者快到他身边了，几乎就在比尔头顶旁边了。

他们使用手电筒的方式很有趣。他最多看见一点点微光，仿佛他们遮住了电筒光，不让别人看见。多萝西一定说对了。除了罪犯，他们不可能是别人。不出多萝西所料，他们落入陷阱，准备放漂抹香鲸号。但他们如果踩到比尔身上，陷阱就露馅了，诱饵就钓不到鱼了。

“靠这边。”这一声让皮特吓了一跳，他差一点儿逃走。他们走过了比尔的位置，在皮特与河岸之间，靠近灌木丛。比尔有没有听到他们过来，缩进草地以免被发现？他还能回去打开闪光灯吗？皮特摸了摸按钮，摁还是不摁？没有闪光灯……但……比尔怎么说的？听到有人来就摁。他摁了。照相机快门打开了，发出轻微的“咔嗒”声。皮特蹲在黑暗的灌木丛中，觉得好像全世界都听到了这一声，但什么事都没有发生。

然后，他又看到手电筒的微光，这一次照向抹香鲸号光滑的白漆船壁。手电筒熄灭了，只剩下一片黑暗。有人在堤岸上摸索。

“就是他们，就是他们。”皮特轻轻对自己说，并且紧紧摁住快门。比尔怎么还不打开闪光灯，完成任务？比尔理应打个手势，轻轻说一声……无论如何，好让他知道，在罪犯身边一两码内，他不是独自一人，不能无所作为……什么都没有。近在咫尺，却认不出他们是谁。

他听到圆锚在抹香鲸号甲板上发出轻微的“叮当”声。天哪！再过一分钟，他们就会放漂成功，一切就太晚了。又一条船只放漂，人人都会以为是黑鸭子俱乐部成员干的。

又一声“叮当”声。

一定是另一只圆锚。

突然，紧靠他身后的草地传来一声“咔嚓”声。白光伴随骇人的“嘶嘶”声闪现，一丛草被染成银色，河边的树木在黑暗中显形。片刻间，抹香鲸号光芒四射。皮特忍不住眨眼。他已经看到一张面目模糊的脸……一个身影从堤岸上俯下去……推动……然后，白光消失了。他凝视更加黑暗的夜色。

一个声音叫道：“抓住他！快！别让他跑了！……”

电筒光在他身边扫过。有人在黑暗中跌跌撞撞，撕扯皮特身后的枝条。另一个人冲了过去。

身后传来疾风暴雨式的奔跑声。比尔一定是在玩命地狂奔。

“我们看见你了。”有人叫道。

突然，两声沉重的“哗啦”声相继传来，随后是咒骂和更多的“哗啦”声。

“他们落水了。”皮特心想，“这下比尔有机会了。”他想起自己仍然摁着按钮，松了手。迪克是怎么说的？闪光灯熄灭后再摁一次？他再摁一次，听到快门“咔嗒”作响。

他倾听着，追踪的声音已经远去。

“比尔会让他们好好跑一阵的，”皮特心想，“比尔在黑暗中可以像猫一样看清楚，比乔更厉害。他们可不行，对付不了河底那么多泥浆。”他哧哧笑起来，同时发现自己的牙齿在发抖。

他开始想应该做什么。他们说，纹丝不动，直到所有人都走了。他已经做到了。照相机最重要。他小心翼翼地摸索，一切都好，照相机仍然在三脚架上。本来很容易在奔跑中被打翻的。他摸到架子，不知道怎样合拢它们，他只好仅仅带走照相机，顾不了那么多了。在死神与光荣号船舱里，有适量的光照，乔也许能把三脚架收起来，也许他们能给迪克带回去。皮特多等了一阵子。万籁俱静。他弯腰爬出灌木丛，站起身走进黑暗中。一道白光后，夜色显得更漆黑。皮特一手握照相机，一手拿手电筒，但他断定使用电筒不够安全，害怕把罪犯引回来。他从堤岸上凝视河面。船还在那儿，停在河中。他们已经把船放漂了，但船锚把它留在河中，抹香鲸号安然无恙。

照相机真讨厌，比钓鱼竿难对付多了。三脚架的两条腿合在一起，夹了他的手。他摸到第三条腿，把它合在另外两条腿上。然后，他用右手在黑暗中探路，免得撞到什么东西，弄坏了照相机。皮特向死神与光荣号前进，每走几步就停下来倾听。如果比尔没有把这些罪犯引开，他们可能已经回来了。

皮特在堤岸上没有碰上一个人，但并不打算过河。相反，他沿着河岸，一直走到牧场门口，然后沿着公路大踏步前进，很高兴脚下踏着坚实的泥土。他经过渡口旅馆，旅馆下面的窗户仍然亮着灯火。他来到分隔荒野的篱笆，翻过去，穿过沿河的灌木丛摸索前进。他突然停下来，有人在前面的黑暗中说话。幸好他没敢使用手电筒，幸好他没有叫“死神与光荣号好样的！”他几乎只能听到自己的声音，无比恐怖。

有人在怒吼。

“他肯定在这里。”一个声音说，然后是猛烈的撞门声。

皮特继续慢慢前进。他们想破门进入死神与光荣号吗？

手电筒的闪光显示了死神与光荣号停在河口的位置，但驾驶室里面的人呢？

“你们现在不出来，以后也得出来。”

皮特呆若木鸡。比尔有没有回到死神与光荣号？乔一个人在船上吗？片刻间，他想赶去救援。接着，他想到了照相机。这是迪克的照相机，甚至可以说，这是此刻世界上最重要的东西。“拿走照相机，我们交给迪克。”比尔已经说过，“无论如何，不要带着照相机被抓住。”

只有一件事要做：把照相机和珍贵的照片安全交给迪克。

他转过身，踮起脚，回到路上，翻过篱笆，前往巴拉贝尔太太家。现在时间有多晚，他不知道。还有一部分住宅的窗帘后面仍然有光。他来到巴拉贝尔太太家，发现所有的窗口都已经黑了。他们早就睡觉了。要不要叫醒他们？他在脚边捡起一把碎石。可惜不知道迪克的窗口是哪一扇。他是不是应该敲打前门，希望迪克第一个听见？迪克真应该像汤姆一样，在窗外留一根绳子。然后，他想把照相机交给汤姆。但是他如果在路上遇见罪犯，带着照相机被抓住怎么办？他有更好的主意。他跑回家，把照相机留在家里。罪犯绝对想不到去那儿找。然后，他可以回到死神与光荣号，告诉其他人照相机很安全，明天早上一起床就交给迪克。

他一路飞跑，转过角落，来到自己家。他以为这里会一片黑暗，但他发现楼上的窗户仍然亮着灯。对啦，他们晚上照例不锁门。他溜进后院，打开储藏室的门，为安全起见把照相机留在地上，摸索穿过房间。他摸到电灯开关，打开灯。

“谁呀？”

“妈妈，我。”

“皮特！老天爷，你在做什么？”他妈妈已经下了楼，“你不是几小时前就应该睡觉了吗？你的船出什么事啦？乔和比尔答应我，让你按时睡觉的。”

“没问题。”皮特解释说，“我替迪克保管东西，明天拿给他。”

“不行，”他妈妈说，“你以为我还会让你到外面去野，半夜里满村乱跑？

你马上上床。我叫醒你以前，哪儿也别想去。”

“可是，妈妈，我得回去。有人想破船而入……”

“你制止不了他们。”他妈妈说，“你看现在都什么时候了？上床去，就现在。”

“可是……”

“你要是没有在两分钟内上床，今年就别想再上船玩了。我就会认为泰德先生说得对。”

皮特稀里糊涂上了楼，到了床边。他扭动身体。“照相机还在那儿。”他说。

“什么照相机？”他妈妈说。

“我留在地板上了。”皮特说。

他一时兴奋，想再溜出去找照相机。但妈妈带着他下了储藏室，自己捡起照相机。

“你哪儿来的照相机？”她问。

“不是我的，是迪克的。”他说，“迪克交代我要好好保护。”

“我会当心的。”他妈妈说，“你可以明天早上拿给迪克，现在先上床，上楼。快点，我要监督你裹上毯子。”

于是，妈妈把前任海盗、水上救援队员、“鸟类保护协会”会员、黑鸭子俱乐部成员、死神与光荣号船主之一的皮特裹得严严实实，亲吻他全身上下。

“再别往外溜了。”妈妈说，关上他的房门。

接下来的几分钟，他在床上考虑下一步该怎么办。等他再清醒过来，晨光已经透过窗口，照亮房间。

第二十九章　围攻死神与光荣号

乔自有任务。他负责保持死神与光荣号风灯点亮，紧闭舱门，这样任何探子都会认为船员都在船上。他拨旺炉火，吹了一会儿口琴，跟小白鼠玩了一阵子。

小白鼠坐在桌边。乔给它一个坚果，自己也吃起来。但小白鼠吃得不够快。一会儿，乔就遥遥领先。于是，乔把口袋拿走。接下来，他和小白鼠玩起了老游戏。乔把小白鼠放进衣袖，小白鼠顺着衣袖往上爬，从别的地方钻出来。乔抬起头，看看旧闹钟。比尔和皮特下去换岗守候鱼儿咬钩，差不多一个小时了。

乔突然警觉起来。外面堤岸上是什么动静？窗帘可以透过亮光，但谁也无法透过窗帘看到里面。外面任何人都能看到里面亮着灯。乔等待着。船轻轻摇动，有人在摸船，想从窗口往里看，或是摸烟囱。

“比尔，该上床了。”乔大声说，“小皮特应该睡着了。”

他注意听，但没有声音。

“快点，”他说，“脱靴子用得了半个小时吗？”

他继续倾听，等了很久。然后，他把小白鼠放回盒里，看着小白鼠的长尾巴卷进棉花里，再把盒子放回自己的床架上。外面似乎不再活动了。无论是谁，他们走了，又是万籁俱静。看来多萝西料事如神，罪犯首先确定死神与光荣号船员都在船上，然后再去放漂抹香鲸号。乔小心翼翼地打开舱门，等候片刻，钻进驾驶室。

如果来人是罪犯，现在应该离抹香鲸号不远了。比尔和皮特应该正严阵以待，准备拉钩钓鱼。能不能成功？比尔那一部分没问题。但皮特呢？乔差一点儿想去跟他们会合。但这有什么好处？徒然破坏全盘计划。

夜深了。下游夜色沉沉，只有远方雅茅斯还有微光。乔在黑暗中推测抹香鲸号的方位。两位侦探潜伏在抹香鲸号附近，一个准备照相机，另一个打开饼干盒灯罩里的闪光灯。万一粉末点不燃呢？还有皮特！这是他这辈子第一次拍照。乔想，如果我们一起守候，冲出去当场抓获他们，岂不是更好？

然后，一道白光突然照亮了渡口外的黑暗。树丛和旅馆突然银光闪闪。然后又是一片黑暗。

“他们搞定了。”乔心想，“他们搞定了。好样的！现在呢？什么叫声？”

他跳上岸，沿着堤岸向公路走去。他停下来，注意听，转过身回去。他的任务很清楚：守卫船只。他站在岸上，一手扶住死神与光荣号船沿。

事情怎样？比尔逃走了吗？罪犯有没有把皮特和照相机通通抓住？他又想过去帮他们的忙。

接下来，他听到渡口公路上传来奔跑的脚步声。

他上了船，脚步声越来越近。他们犹豫不前；他们又前进了；他们停下来。他听到其他脚步声，向路下面奔跑。然后，在荒野中，有人正穿过柳树林，接近死神与光荣号。接着，比尔爬上船，上气不接下气。

“他们两个，”比尔气喘吁吁地说，“差一点儿追上我。快，快，进舱！他们马上就会到。关门……”

“皮特，”乔说，“皮特呢？”

“他们走时仍然藏着，”比尔说，“他没事。他们只有两个人，全都在追我。我听见他们一个接一个掉进水里。我把过河的木板抽掉了。继续，关上门，收好钥匙……”

比尔躺在他的铺位上喘气。乔拼命摸索钥匙，他已经听到有人穿过树丛的声音。他用手电筒照了一下，旧钥匙平时总是自己掉出来，这会儿却卡在锁里了。它终于松开了。乔从里面把钥匙插进锁里，关上门，锁上，倒在铺位上等待。

“他们快到了。”他说，“他们是谁？你看到他们没有？”

“闪光灯把我的眼睛照花了。”比尔说，“但他们有两个人，把船放漂了。我看见的。”

“但他们是谁？”

“我不知道。”

这时，有人捶打他们头上的舱顶。

“出来！”一个声音叫道。

“听起来像乔治·奥顿。”乔说。

“你来说。”比尔轻轻说，“让我喘口气。”

“谁呀？”乔尽量装出睡意蒙胧的声音。

“巡河队。”

“这里一切平安。”乔说。

“我们会让你平安个够。”船突然斜向一边，来人上了船，手在门上摸索，“他们把门锁上了。”一个声音说，“追到他了。拿手电筒照这里，钥匙可能就在锁里。”他突然愤怒地打门，门上一阵“吱嘎”声。

“走吧，让我们安静会儿。”乔说，“我们要睡觉。”

沉默良久。然后驾驶室里传来一阵低语声。接着，有人大声说道：

“他就在那儿。”

“我打赌，就是乔治·奥顿。”乔轻轻说。

“他们马上就要砸门了。”比尔轻轻说。外面有人开始用锤子砸门，然后又踢门。

“你们现在不出来，以后也得出来。”门上“砰砰”响，乔一时间担心地打量门上的铰链。

“住手！”他怒吼道。

驾驶室传来一阵低语。然后有人打翻水桶，说着诅咒的话。乔上一次洗漱后，把水桶留在那里。他们继续低声争论。比尔觉得他听见了“照相机”这几个字。又一阵窃窃私语后，他们听到有人说：“我告诉过你，我们一定行。”

“现在要不要放他们进来？”乔轻轻说。

“不要。”比尔说。

“我们应该先看到他们是谁，再让他们走。”乔劝说道，“万一照片没有冲好呢？皮特没有迪克那么专业。”

“把他们拖住，”比尔轻轻说，“多给皮特争取时间走人。别让他们走掉，抓住皮特和照相机。他们闹得越凶就越好，可以提醒皮特别来这儿。”

“你们是谁？”乔叫道。

“你们很快就会看到的。给我开门！”

“凭什么？”乔说，“谁请你们来了？”

“我们可以破门而入。”

“那你就有事做啦。”乔说。

对方以更猛烈地打门作为答复。然后，驾驶室里又是一阵轻声争论。最后一句话是：“我告诉过你，这样不安全。”

船舱里听到的下一件事就是：水桶“哗啦”一声泼过去……然后，听脚步声是上了舱顶……然后，据比尔后来说，仿佛世界末日。热炭上的水蒸气“嘶嘶”作响……炉门大开……船舱里充满了浓烟和滚烫的蒸汽……煤屑四处飞溅，“嘶嘶”落地。水从炉子里喷出来。

“你没事吧？”乔上气不接下气地说。

“混账！”比尔说。

又一桶水泼过去，洪水从烟囱里流进来，在船舱的焦油渣地板上泛滥了。

比尔喘不过气来。

乔咳嗽不已，匆匆跑到门口。

“我们开门。”

他打开门。门被完全推开了。一只手从他头上伸过来，揪住他的衣领，把他拖进驾驶室。

比尔费力地从烟雾和水蒸气当中逃到过道里。他也被拖了出去。

“别的人呢？”乔治·奥顿说，“你们有三个人，是不是？第三个呢？”

“你看得出他不在。”比尔说。

“就算你是巡河队，也没有权利糟蹋我们的船。”乔说。

“现在我们知道是谁在放漂船只了。”比尔说。

“闭嘴。”

“游泳的滋味不错吧。”

一只大手挥过来，打在他脑袋一边。

“你打谁？”

“你……你再敢口出狂言，我还要打。快点，乔治，最好要拿稳。”

“等烟雾散尽……我们提问时，你最好把门打开。”

烟雾和水蒸气飘出船舱。灯光现在比较清晰了，照出现场的一片狼藉。

“你会把船点着的。”比尔说。

“船！”乔治·奥顿嘲笑道，“你怎么不关心关心你们放漂的那些船？”

“我们没有。”乔开始说，但比尔用胳膊肘推推他，他就不再说了。

“我现在进去。”乔治·奥顿说。他弯腰进舱，头撞在横梁上。“比汤姆还重。”乔后来相当开心地说。

“他在干什么？”比尔问。

“闭嘴。”另一个大孩子——乔治·奥顿的朋友说。他站在驾驶室里监视。

乔治·奥顿在船舱里翻来翻去。他挤到前面，打开橱柜，把所有东西拉到地板上，扯下皮特铺位的毯子，回来时又碰了头。他沿着床架搜索，一路把所有东西都扫了下来。

乔和比尔看着他们船舱里的坛坛罐罐，听到乔治·奥顿叫道：

“找到了。”

他在乔的床架上找到一个方木盒。

“别动那个！”乔叫道。但乔治·奥顿已经把手伸进去，拉出一条棉绒了。接下来就是一声尖叫。乔治把盒子扔在前甲板，吮吸着流血的手指。

乔挣脱抓他的人，挤进船舱，擦过乔治·奥顿身边，捡起盒子。盒子空了，但他看到白色的身影从甲板下跑到船头。

“我要杀了你的老鼠，给你一点颜色看。”乔治·奥顿叫道。

“你杀不了。”乔说，“好样的，好老鼠，干得好！”

“别管他，”驾驶室的大孩子说，他仍然揪着比尔的衣领，“你确定不在那里？”

“我以为就是那个盒子。”乔治·奥顿一边说，一边借着灯光察看被咬伤的手指。

“那就走吧。”另一个孩子说。

“你们早上等着瞧，”乔愤怒地说，“我们会告诉泰德先生，你们是怎么糟蹋我们的船的。”

“我会告诉他，我抓住你放漂小艇。”比尔说。

乔治·奥顿笑起来。“谁会相信你？”他问，“我们也有话告诉泰德先生。我们看到你们解掉锚，把船放漂。拉尔夫，你看见没有？”

“随时可以起誓。”另一个孩子说。

“至于泰德先生，”乔治说，“那是靠得住的。我们在监视你们，看到你们解锚放船。他早就说，他等着有人当场抓获。”

“撒谎！”比尔喘着粗气说。

“我们会首先告诉他。”乔说。

“走吧，乔治。”第二个男孩说，“我们现在就去告诉他。”

他们两人上了岸。

“老鼠有没有毒？”比尔听见乔治说。

“希望这一只有毒。”比尔叫道。

然后传来一阵撕扯的声音。“放开我！”比尔听到是乔治的声音。

“别管他了！”他听见另一个孩子说，“现在听我说。那孩子叫什么名字？我们都说，我们看到的是同一个人。”

他们走了。消失在黑暗中。

比尔跟乔回到一塌糊涂的船舱。乔正在哄小白鼠回盒子去。

“我说，乔。”

“嗯……来吧，老鼠，老伙计。没有人会伤害你。”

“我说，乔。如果泰德相信他呢？”

“哎，你看见他放船的。”

“不能发誓，”比尔说，“闪光就在我眼前，我差不多什么都看不到。他们把我们逼出船舱，我才知道他们是谁。”

“皮特呢？”乔说。

“我一直害怕他回来找我们。”比尔说，“如果他们抓住他和照相机，我们就完了。如果他把照片搞砸了，我们也完了。皮特可能看到他们了，但还不够。我们的话跟他们的话相反。这里人人都相信是我们干的。”

“如果皮特来了，他听到声音就会躲开。”乔说，“好老鼠……”他把小白鼠放在膝盖上，抚摸它，搔它的耳后。“皮特很聪明。他很容易观察到他们走开了。只要他觉得岸上没有人了，就会离开。皮特运气好，船上只有他的铺位没有打湿。水溅得到处都是，我们需要一个周末才能收拾好。乔治乱翻东西，到底想找什么？”

“闪光灯使他们认为我们有照相机，”比尔说，“他们来找照相机。所以他们确定我们没有照片后，才说他们看到我们。”

“如果他们找到了呢？”

“他们会扔进河里，或是毁掉照片。”

“你觉得皮特拍下来没有？”乔问，“如果没有，我们的情况不会比现在好。”

“我不知道。”比尔疲倦地说，“我拉开开关，那道光把我惊呆了。如果皮特也惊呆了，他可能会来不及反应。”

他们忙碌了一阵子，在灯光下把东西放回原位，打扫乱七八糟的地板，清理床铺。

“这就是黑鸭子俱乐部的末日。”比尔懊恼地说，“我们有点聪明过头了。你看，如果他们问我，我不能说不在那里。他们是巡河队员，协助泰德，诸如此类。”

“如果皮特拍下来就没问题，”乔说，“但愿他拍下来了。我要不要叫他？”

“最好不要。”比尔说。但他走进驾驶室，打开手电筒，来回扫视，寻找皮特可能潜伏在附近的迹象。

“我把火重新生起来。”乔说，“如果他在附近转悠，会冻坏的。我们也需要火烤干东西。”

他们重新生火，烧开一壶水冲可可。

“最好不要找他。”比尔说，“皮特懂得怎样不被抓住。拉开窗帘，让门开着，这样他就能看清楚。他可能去汤姆家了。汤姆可能跟他一起来。哦，可可已经好了。”

他们坐在船舱炉边啜饮热可可，彼此交换他们当时想到的对付乔治·奥顿和他朋友的办法。最后，他们坐在那里睡着了。

第三十章 “我们掌握了一切证据”

“醒醒，比尔。皮特在哪儿？”

乔摇动比尔的手臂。阳光透过橘红色窗帘斜射进来。

“醒醒，皮特还没有回来。”

“放开我的手。”比尔慢慢醒过来。他坐起来，伸开一只手臂。过了一晚上，手臂感到僵硬而笨拙。他向乔眨眨眼睛，瞅瞅自己脚下，寻找水手靴。突然，他想起昨夜一幕幕情景：围攻打斗、黑暗中的炫目闪光、追踪者在他们身后落水、皮特和照相机在河岸藏身。

“他没来？”

“你没听我说吗？”

“去汤姆家吧。汤姆会给他安顿好的。”

“那就走吧。”

他们擦擦眼睛，匆匆沿着河岸穿过法兰德先生的花园，跨过小吊桥，来到达钦医生家。他们听到杯盘“叮当”声，有人在厨房里唱歌。

“汤姆！‘黑鸭子’！”

他们站在苏格兰场，仰望着汤姆的窗口，但那里没有传来回答。

比尔用力拉绳索。片刻后，汤姆仍然穿着睡衣，露出头来。

“你差一点儿把我的手拉下来了。”他睡眼蒙眬地说。然后，他慢慢醒过来……“当心……为什么我值班时，你们不来叫我？为什么？什么？出什么事了？”

“他们确实来了。”比尔说，“但事情全搞砸了。”

“陷阱不管用？”

“我打开闪光灯以后，什么都看不见。”比尔说，“但他们确实在那儿。我按你说的逃走，他们掉进沟里。接下来，乔治·奥顿和另一个人来砸死神与光荣号。”

“可喜可贺，”汤姆说，“我们逮住他们了。”

“我们没有。”乔说，“他们说，他们看见比尔放漂抹香鲸号。但皮特在哪儿？”

“皮特拍下照片没有？”汤姆问。

“皮特不在你这儿？”

“当然不在。”

“皮特按你说的，纹丝不动。之后我们就没有见到他。”

“或许他去找迪克了。”

“他从来没有去过巴拉贝尔太太家，不会在半夜里去。”比尔说，“迪克窗外又没有挂一根绳子。”

“你们怎么昨天晚上不来？”汤姆说。

“我们睡着了，这就是原因。”比尔说。

乔已经飞奔上了公路。“比尔，快点。”他扭头叫道，“我们叫小皮特纹丝不动。他不敢移动，一定现在还在抹香鲸号附近，过了一整夜。”

比尔跟在他身后飞奔。

他们肩并肩，飞驰过公路，奔到渡口，再绕过旅馆，穿过大门，越过草地，最终来到河岸。

抹香鲸号停在那里，锚已经起出。无论皮特在不在，乔很高兴他的主意管用了。

“它停得好好的。”他说，“幸好我们放下大铁锚稳住船。要不然它现在不知会漂到哪儿去了。”

“皮特。”比尔叫道。

没有人回答。

他们找到了比尔点燃闪光灯粉末的器材。它和饼干盒灯罩一起躺在路边，仍然在罪犯追赶比尔以前的地方。它已经被露水打湿了，但迪克肯定还想要。比尔拿回了汤姆的雨衣。

他们推开掩蔽摄影师的柳树枝。皮特和照相机踪影全无。

“他没有去死神与光荣号，”比尔说，“也没有去汤姆家里。乔！你觉得他们会不会抓住他了？他们可能不止两个人。我从来没想到。”

“傻小子，”乔说，“他总不会掉进河里冲走了吧？”他说时并不相信，但一出口就觉得好像有点可能。两人不安地沿河察看。

“他整夜都在外面。”比尔说，“乔，我们得告诉他妈妈。”

“如果那些家伙把他吓坏了，”乔说，“他可能从另一条路跑了。”

他们向下游一路察看，俯视着低地草坪。摄影师踪影全无。

“他不会有事的。”乔犹疑地说。

“我们得告诉他妈妈。”比尔说。

“哎，他不在这里……”乔说。

他们最后扫视一眼，然后匆匆回到村里。既然要告诉皮特的妈妈，那就越快越好。

“宁愿多萝西没有想出这个圈套。”比尔说，“事情完全搞砸了。”

“怎么对泰德说呢？”乔说。他们一溜小跑，经过警察门口。

“用不着我们告诉他。”比尔说，“皮特的妈妈会说。你不会真以为他掉进河里了吧？……皮特不是那种人……晚上漆黑一片……闪光以后，我差不多什么都看不见……”

“想想看，他们会不会沿河打捞？”乔说。

比尔没有回答。他们毫不懈怠地奔跑，绕过旅馆屋角，面前是成排的农舍。其中之一就是皮特的家。

皮特的妈妈正跪在台阶上擦洗，她抬起头看见他们。“哎。”她开口，好像有许多话要说。

“我们把皮特弄丢了。”乔说。

“在河下游渡口下面。”比尔说。

“弄丢了？”她说，“你们只是跟他走岔了。但你们不是答应我，如果他在那条旧船上，要监督他按时上床睡觉的吗？”

“仅仅是走岔了？”乔热切地说，“他在这里？”

“你们俩还没来，他就出去了。他也是火急火燎的。但我想知道，你们跟他到底在干什么，整夜在外面野？”

皮特没事。现在该考虑其他事情了。

“他有没有带照相机出去？”比尔问。

“他差一点儿来不及吃完早饭，就带着照相机出去了。”

“他到迪克家去了，”乔说，“快点。”

“以后再也不能这样……”皮特的妈妈说，但他们没有听清楚再也不能干什么，因为他们已经上路赶往巴拉贝尔太太家。

他们还没赶到巴拉贝尔太太家，刚刚转过街角，就遇见多萝西从苏格兰场匆匆赶来。她提着一个小手提箱，几乎在奔跑。

“噢，好哇。”她叫道，“来吧，快点。告诉我发生了什么事。皮特说昨天晚上有人上了死神与光荣号。他带着照相机回家，他妈妈监督他上床睡觉。但到底发生了什么事？”

“他拍下来没有？”比尔问。

“他不知道有没有拍下来。”多萝西说，“他和迪克赶紧回去洗照片了。他们会随后赶过来。我们不能等他们，我们要把所有证据汇总，交给法兰德先生。如果我们去迟了，他就去诺里奇了。但你们要告诉我，发生了什么事。”

“皮特没有说吗？”

“关于有人放漂抹香鲸号？说了，说了。但他不知道他们是谁。你看见他们没有？”

“闪光灯把我的眼睛照花了。”比尔说，“但他们在那儿，两个人。我跑回旧船，他们就追我。是乔治·奥顿和另一个人。”

“万岁！”多萝西叫道，“我就知道是乔治·奥顿，现在万事大吉了。”

“还没有呢。”乔说，“乔治说，他要说他看见比尔放船。”

“但你们没有看见他？”

“本来可以看见的。”比尔说，他紧紧跟上多萝西的步伐，“但有了闪光，我什么都看不见。我起身，在黑暗中逃跑。他们追我，恰好掉进河道里。但我什么都没有看见，直到他们上了驾驶室，把我们熏出来。”

“汤姆呢？”

“比尔和皮特值班。”乔说，“要是我们都在就好了。”

“如果皮特没有拍下来，”比尔说，“我们就完了。”

“不会。”多萝西说，“不可能。我们掌握了所有证据。”

他们现在沿着村里的主要街道匆匆前进。人们拉下百叶窗，用不友好的目光打量他们。泰德先生门外，两辆自行车靠在篱笆上。

“乔治·奥顿已经去他家了。”比尔说。

多萝西停下来，转过身，向自行车飞奔过去。她首先察看一辆自行车，然后是另一辆。

“瞧！瞧！”她叫道，“迪克说对了。”她指着一辆自行车右把手上的小绿漆斑说，“我们能证明一切。万事大吉！走吧。”

他们匆匆赶到达钦医生家，汤姆正在等候他们。

“皮特没事。”比尔一看到汤姆就叫道。

“迪克在哪里？”汤姆说。

“跟皮特一起洗照片。”多萝西说，“他们随后就到。乔治·奥顿的自行车右把手上有绿漆。”

“快九点了，我们不能等他们。”汤姆说，“我们不赶紧，弗兰克叔叔就要走了。昨天晚上怎么啦？”

比尔和乔尽量和盘托出。多萝西把所有线索收集在一起，放进手提箱。现在，箱子里有带商标的灰色法兰绒碎片、迪克的自行车轮胎印素描、鲍勃·科滕的誓词、一叠笔记和证据汇总，这是她在昨晚睡觉前完成的。

她打断了其他人的话。“只有一个问题。”她说，“律师费的问题，我问过司令。”

“我们有的是钱。”乔说。

“我们能付得起。”比尔说。

“这我还不知道。”多萝西说，“现在全都齐了。”

他们约定，六位侦探平均分摊费用。

“我们付皮特那一份。”乔说。

“我付我和迪克的两份。”多萝西在钱包里摸索，“我想法兰德先生不会介意邮联券。现在没有时间兑换钞票。”

“地图呢？”汤姆问。

“最好带上。”多萝西说，“注意插针，别弄掉了。”

他们取下以黑旗显示放漂地点的地图，仔细卷起来。

“我们还没有给抹香鲸号插旗。”多萝西说。

“如果皮特没有拍好照片，抹香鲸号就是最糟的一次。”比尔说。

他们展开地图，添加另一面旗，再重新卷起来。

“如果他们俩说他们亲眼看到我们放漂船只，”比尔说，“我们的一切证据都没有多少用处。”

“还有烟囱，”多萝西说，“你们有没有从舱顶上取下来？”

比尔和乔没有回答，而是立刻向死神与光荣号飞奔而去。

汤姆拿着卷好的地图，多萝西提着手提箱，匆匆跟在他们身后，发现他们俩都上了舱顶。乔咬着一大条面包，比尔一只手拿螺丝刀，另一只手拿着一大块面包。

“你们没吃早饭？”多萝西说。

“没关系。”乔说，“比尔，轻轻斜过来。”

烟囱平安地离开底座，他们不一会儿就出发了。

他们走进法兰德先生的花园。

“我们最好到路上看看他们有没有出现。”多萝西说。

他们走进大门，向路上观望。

“照片一定拍好了。”乔满怀希望地说，“要不然，他们现在已经出现了。”

“不能再等了。”汤姆说。

他走向法兰德先生的前门，摁下门铃。其他侦探跟在他后面。

第三十一章　暗　室

最初几分钟，皮特什么都看不见。到处都是一片漆黑，只有微弱的红色灯光若有若无。后来，他在微弱的红光下，隐隐约约看到迪克的面孔和眼镜反射的红光。接下来，他看到通红的双手在照相机上操作。他看到胶卷被取出来了。

“我们用不着太麻烦。”迪克说，“照片在内侧，其他部分都可以扔掉。”

“你用不着它们了？”皮特说。

“是的。”迪克说，“只要你没有移动照相机，一直让快门开着，就没有一点儿关系。”

“我把快门开得好好的。”皮特说。

“握住这一头。”迪克说，然后他把胶卷展开了。

“可上面什么都没有。”皮特说。

“还没有冲洗呢。”迪克说。

一把大剪刀在红光中闪烁，一长卷胶卷绕在皮特的手指上。

“随它落到地板上吧……现在……你把显影剂倒进盘子里……好……够了。把瓶子重新塞上。最后把瓶子放在桌子后面，免得我们把它打翻……现在，我们看看……”

在乳白色略带玫瑰红的灯光下，他握住剪短的胶卷的两端，浸入显影盘，开始来回移动。

“好臭啊。”皮特说。

“等到定影的时候还会更糟糕，”迪克说，“我说，我们必须用水冲洗一下。但是我还没在碗里注满水。没关系，我们可以在水龙头下面弄。定影剂还没有准备好，真是让人着急啊。注意，看！你确实打开了快门。胶卷底部有白边衬托，显得更黑。其余部分仍然是乳白色。我们无论如何都会有些收获……摸出左面的容器，把定影晶体倒进玻璃盘。加点水，不要太多，轻轻晃动，让它溶解……”

微弱的红色灯光似乎越来越强。皮特的眼睛习惯了暗室的灯光。他轻而易举地找到定影晶体，加上一点水。不过，他没有用手指尖感受，不能确定水够不够。

“你的船拍得很好。”迪克说，“我想，你成功了。”他的声音发抖，“看看显影。别拿得太近，一滴定影液就会毁了它……放在桌上……不过，看这里……黑色的大家伙是船，不可能是别的。”

“可抹香鲸号是白色的。”皮特说。

“在负片上不是。”迪克说，“负片都是反的，印照片时重新正过来。看，河对岸的树林，一整片白大概是黑色的河水……”

皮特注视盘子里的胶卷，但迪克不敢一次拿出来超过一秒钟。

“没看到罪犯。”皮特说。

“你现在还看不出来。”迪克说，“有些地方……”

“可这都变黑了，”皮特说，“到处都变黑了。”

“还差一点儿。”

又过了几分钟，迪克在显影液中来来回回移动胶卷。然后，他取出胶卷，让液体滴净，接着只让微弱的红色灯光透过半秒钟。

“他们显影了。”他叫道，“我们已经逮住他们了！”

“在哪儿？在哪儿？”皮特说。

“打开水龙头。”迪克说，“我们冲洗一下，然后就固定。然后，胶卷就可以安全观看了。”

水龙头流出水来，冲洗胶卷一两分钟。然后，迪克把胶卷放进盘子，在定影液中来来回回移动，就像之前使用显影液一样。

“什么时候了？”他说，“司令的表在哪儿？”

“我拿着呢。”皮特说完，把巴拉贝尔太太的表放在微弱的红色灯光下。

“九点过五分。”迪克说，“他们已经在法兰德先生家里了。我们把它晾干，印一张照片。”

“乳白色的东西是什么？”皮特问，“像雪一样融化。你不会弄坏吧。”

“用来固定影像的。”迪克说，“融化完了，工作就完成了。”他拿起胶卷，放在灯光下，“现在差不多已经完成了。你可以开门了……”

皮特摸索门把手，找到了。“你肯定？”他问。如果他们在最后关头弄坏照片，那就太可怕了。

“没问题。”迪克说。

皮特打开门，眨眨眼睛。明亮的日光淹没了红灯的微光，使它与黑暗几乎没有区别。迪克来到门口，举起胶卷，让两人都能看到。

皮特目不转睛。这是他有生以来第一次看到负片，他什么都辨认不出来。上面可以清楚地看到庞然大物的黑影和大片奇形怪状的白色。对，这些一定是树林，所有这些小小的黑斑，它们一定是树叶，还有树枝……

迪克平时那么文静，现在却叫起来。“是他们两个，”他叫道，“是他们两个。你正好拍下了他们推船离岸的那一刻。”他飞奔回暗室，开始在水龙头下面冲洗负片。

“他们是谁？”

“等印出来才知道。”摄影师说，“我们要洗掉定影液，然后晾干……我说，你能不能跑去找司令要些甲醇来？她为汽化炉准备了一些。这是最快的干燥方法。”

皮特跑去找到巴拉贝尔太太，告诉她迪克的要求。

“好吧，”巴拉贝尔太太说，“成不成功？”

“迪克说，我们拍到了两个推船的人。”

“当真？肯定不是乔和比尔？”

“乔不在那儿，”皮特认真地说，“比尔在弄闪光灯。”

“我没看见，看不清。”皮特说，“但迪克说，我们会搞定的。”

“哎，我很高兴。”巴拉贝尔太太说。皮特要甲醇时，她已经听出急不可耐的情绪。她甚至一面提问，一面就在拿东西。皮特接过瓶子，谢过她，再次飞奔上楼。他发现迪克正握住负片一角，用吸水纸从边上吸水。他已经用剪刀把胶卷多余的部分剪掉了。

“桌子后面有一只干净的盘子。”迪克说，“倒些甲醇进去。”

几分钟后，甲醇的气味让皮特回想起比尔的圣诞布丁。迪克举起负片，向它吹气，以便加速干燥。

“让我看看。”皮特说。迪克举起胶卷，让他看清楚。他惊讶地喘息着，说道：“绝了！居然是黑人！”

“印出来就不黑了。”迪克笑起来。

“照我看，就像黑人。”皮特说。

“你等等……我说，现在几点了？”

“九点十五分。”皮特看看巴拉贝尔太太的表，说道。

“噢，天哪！”迪克说，“负片不干，我们就不能印，要不然会粘在纸上的。”他继续吹胶卷，然后又在空中挥舞胶卷。

“开始干了。”片刻后他说。

“我们要迟到了。”皮特说。

“我们可以拿在手里印出来。”迪克说。

“怎么弄？”皮特说。

“我们可以把它放在镜框里，一边跑一边让它晒太阳。几分钟内，我们就能看清楚他们是谁了。”

“迪克，”巴拉贝尔太太在楼下叫道，“你们不是要去法兰德先生家吗？九点都过了好久了。”

“我知道。”迪克气急败坏地说，“可我们已经弄到最后的证据了。至少，我们马上就会弄到了。”

时间一分一分过去。他从侧面看到，胶卷的湿斑一点一点萎缩。虽然迪克用尽一切方法加速，甚至敢于拿着它靠近发热的灯，但干燥的速度仍然慢得要命。

最后一切就绪。迪克拿出相框，打开黑信封，取出一张相纸，放在负片上，把负片和相纸压在玻璃下面，关闭镜框。他看到负片方方正正印在相纸上，说道：“皮特，走吧。”

“让我看一眼。”皮特说。

“这个负片太暗了，不容易看清。”迪克说，“这一张你看不清。我们要等太阳把它晒好了再看，那时边缘会变黑。”

“希望我们不要去晚了。”皮特说。

片刻后，他们出了房门，一起走过街道，加入其他几位侦探，去向律师出示证据。迪克一边跑，一边举起镜框，让它充分接受太阳光。

第三十二章　法律思维

乔和比尔抬着绿色大烟囱帽进屋，法兰德先生立刻问道：“这是什么？”

“证据。”汤姆说。他在法兰德先生长桌一端展开地图。

“我们还有好多证据。”多萝西拍拍手提箱。

乔和比尔小心地用手拂去烟囱帽上面的灰尘，把它竖在地毯上。

汤姆焦急地望着窗外，他看不见公路，甚至看不见大门，不知道迪克和皮特有没有来。从窗口只能看到河对岸另一条路，他不停地向外看只是为了缓解焦虑。乔和比尔的话足以使他断定，多萝西说对了，他们已经找到罪犯了。但他同样清楚，他们的圈套也另生枝节。如果乔治·奥顿和他的朋友坚持他们看到比尔放漂抹香鲸号，情况反而会更糟。

比尔的证词跟乔治的证词冲突。由于以往的一切，他相信比尔的证词没有多少机会被采信。汤姆非常清楚，法兰德先生自己一开始就认为黑鸭子俱乐部是所有恶作剧的始作俑者。不幸轮到皮特拍照，如果是迪克，他们还有些机会，但皮特以前从来没有拍过照片。

“坐下吧。”法兰德先生对多萝西说。

“我宁可站着。”多萝西说。她从口袋里取出东西，放在法兰德先生面前的桌子上。这是一小卷纸张，裹在达钦医生的处方笺里面。

法兰德先生拿起来。“更多的证据？”他说，展开纸包，“这算什么？又没有谁指控他们偷钱呀。”

纸包里是两先令邮联券，两先令纸币，一个先令、三个六便士、两个一便士铜币。

“我觉得这是公道的费用。”多萝西说。

法兰德先生毕生不失律师本色。他严肃地向多萝西鞠了一躬，抚平钞票，放在面前的桌子上，邮联券放在处方笺上面，然后依次放上两个便士、两先令纸币、一个先令和三个六便士，但没有人知道他心里怎么想。

“我不能肯定，你是否完全了解情况。”他最后说，“波特黑根造船人索宁先生始终雇用我为律师。他们的船只从停泊地被放漂、顺流而下，引起了不少麻烦。他们的商店丢失了一批船用配件（具体说是传动链）。他们向警察和其他各方求助，寻找肇事者。你们的两个小伙子两次把少量配件交给警察……”他直视乔和比尔。在此之前，他似乎一直在打量他们身后墙上的图画。“第二次，配件交给治安官达钦先生。他接受你们的委托，转交给警察。现在，我们在这里面临同样的困难。肯定不是偷钱。但我得知，每一次放漂船只的地点都在你们的泊位附近。你们在兰华斯停船，那儿的船只也放漂了。你们在波特黑根停船，发生了同样的事情，而且有那些配件被盗。被盗不是好话，但它们就是被盗了。”

他停下来。这些话听起来肯定不妙，似乎法兰德先生已经下结论了。

比尔正想说话，法兰德先生又开口了。

“现在，”他说，“我已经说明了目前的情况。我准备听取你们不得不说的情况。但如果你们的目的是要我为你们摆脱麻烦，我自觉无能为力。”

“事情根本不是这样，”多萝西说，“这些事情根本不是他们做的。”

“卡勒姆小姐。”法兰德先生开始说。

“噢，弗兰克叔叔，你看。”汤姆说。

“卡勒姆小姐，”法兰德先生继续说下去，“如果不是这些孩子干的，肯定就是其他人干的。现在，对于作案者你心里有数吗？”

多萝西犹豫了。

“我们认为我们知道。”

“认为是不够的。”法兰德先生说。

“我们确定我们知道。”多萝西说。

“从第一次起开始，”法兰德先生说，“摩托艇在码头放漂。当天晚上，码头上只有他们的船泊在附近。”

“还有其他人。”汤姆说。

“那天晚上，我们出去给皮特拔牙。”乔说，“暗处有人，把砖头扔了回来，砸穿了窗户。”

“你们有没有看到此人？”

“没有。”汤姆说，“我们不可能看到，天已经黑了。”

“时间在船只放漂以前，人又没有看到。你无法由此排除事实。他们三个的船整夜停在那儿，第二天早上仍然在那里，而别人的船只却顺流而下了。”

“可你看不出来吗？”多萝西说，“这都是敌人干的。”

“那为什么敌人不放漂他们的船只，却放漂别的船只？他应该分辨得出。”

“因为他恨黑鸭子俱乐部。”多萝西说，“他想栽赃汤姆和其他人。”

“就是乔治·奥顿。”比尔说，“我们一直认为是他，现在完全肯定。”

“但你们注意，”法兰德先生说，“你们在波特放船时，乔治·奥顿在码头巡河。”

“我们没有放漂任何船只。”乔倔强地说。

“我们有证据。”多萝西说。她把手提箱放在地上，打开它，翻了一阵子，把小鲍勃的宣誓书放在桌上。

法兰德先生读道：“我发誓：你们通过波特桥前一天晚上，我在波特桥见到乔治·奥顿。鲍勃·科滕。”

“他有分身术？”

“自行车。”乔说。

“兰华斯那一次呢？”

“也是自行车。”

多萝西从箱子里取出迪克的自行车轮胎印素描。“我们在兰华斯码头柔软的地面上发现了轮胎印。”她说，“就是在这里。”她把素描和一张照片放在桌子上，“自行车轮胎是邓洛普牌。我们知道，有人晚上穿过渡口。我们知道，乔治·奥顿的自行车轮胎是邓洛普牌……”

法兰德先生查看素描和照片。“几乎所有自行车轮胎都是邓洛普牌，”他说，“汤姆的自行车是什么牌子？……不过这没关系。他们告诉我，实际上有人看见你们在码头上放漂游艇。”

“我们那是救援它，”乔说，“那时我们在系船……而不是放船。只有乔治·奥顿这么说。”

“还有一件事。”法兰德先生说，察看面前桌上的一些笔记，“乔治·奥顿和他的朋友牺牲了许多夜晚来巡河，仅仅为了防止这种事发生。我不能不想，‘难道你们不会因此而怨恨他？’”

“比他怨恨黑鸭子俱乐部差远了。”比尔说。

“因为鸟巢的事情？”法兰德先生若有所思地说。

“他想掏鸟巢时，”乔说，“我们都及时通知看守人制止。”

法兰德先生摸摸下巴。“是啊，”他说，“你们不喜欢乔治·奥顿，乔治·奥顿不喜欢你们。但这证明不了更多东西。那么，配件呢？”

“我们从来没有偷过。”乔说，“第一次，皮特在炉子里发现一批。第二次，比尔在驾驶室发现一批。第二次，那人在烟囱上留下了指纹，正如迪克所料。”

“那是什么？”

多萝西解释说：“你看，第一次我们就知道有人在捣鬼。我看见有人在摸烟囱。他听到我们的声音，就想在雾中逃走，结果踩到我们的侦探犬威廉身上。威廉撕下他一片裤子。”她把法兰绒碎片放在法兰德先生面前的桌子上，“第二天早上，他们在炉子里发现一些配件，拿给泰德先生。然后迪克想到，如果我们在烟囱上刷一层湿油漆，那人再来时就会留下指纹。后来，我们真的采到了指纹，就在这里。第二批配件上面也留下了绿漆。”

“还不够充分。”法兰德先生说，“如果比尔、乔或皮特搅和绿漆，也可能留在配件上。”

“让乔治·奥顿比对一下手印吧。”乔说，“我们的手没这么大。”

“我们拍了照片，显示甚至汤姆在堤岸上都够不着。”多萝西一边说着，一边翻捡着箱子。

“弗兰克叔叔，这可不好。”汤姆忍无可忍地发作了，“你就是不想相信他们。要是‘左舷’和‘右舷’在场，她们就会这么说。”

“乔治·奥顿的自行车上有绿漆。”多萝西说。

这时，屋里什么地方铃声大作。不久后，门开了。法兰德先生的管家麦金蒂太太进来说："先生，泰德先生有急事求见。"

泰德先生走进来，但他不是独自一人，乔治·奥顿和他的朋友跟他一起进来。

"我们应该马上去找他。"比尔说，"我不是说过吗？"

"先别说了，比尔。"汤姆轻轻说。

乔治·奥顿和他的朋友看到汤姆、多萝西、比尔和乔站在房间里，退缩了一下，但仅仅是一下。然后他们又轻松下来，听泰德先生说话。

泰德先生一副大侦探直捣贼巢的神情。"大功告成。"他说，"我们现在知道是谁了，一切证据俱全。根据奥顿先生（他察看笔记本）和斯特拉克先生昨天晚上一直在监视停在渡口下的抹香鲸号的情况。傍晚十点四十三分，他们听到脚步声接近。十点四十七分……"

门又开了。皮特和迪克上气不接下气，冲进房间。

"对不起，我们迟到了。"迪克说。他避开其他人，走到窗口旁，双手放在身后，沐浴在阳光中。

皮特挨个打量所有人，站到乔和比尔身边。他们交换一下眼色，不动声色地点点头。

"十点四十七分，"泰德先生继续说，"证人奥顿先生和斯特拉克先生听到锚被解开，放在甲板上。十点四十八分，他们从隐藏的地方跳出来，发现罪犯从堤岸上逃离抹香鲸号。罪犯逃避他们，在他们追踪下逃跑，锁进自己的船上。他们没有官方身份，不能盘问姓名地址，但他们把人认准了，向我报告。小比尔，我很遗憾，因为你父亲是这一带的体面人。"

法兰德先生看看比尔。

比尔语无伦次地说："事情完全不是这样，是我和皮特抓住他们俩在放船。"

"他说过，他会这么说的。"乔治·奥顿说。

"等一下，"法兰德先生说，"你看看这个烟囱帽，奥顿。你不介意用自己的手对比一下吧？"

"当然可以，"奥顿说，"肯定吻合，因为是我自己印的。"

"怎么回事？"法兰德先生问。

"我和拉尔夫早就知道是这些孩子在给河上的船只捣乱。那天晚上有雾，我们预料他们会有动作。所以，我到他们船边，摸一下烟囱，看他们在不在家。要不然，我们就得去别处看他们在干什么。”

“你发现他们不在家里？”法兰德先生问。

多萝西几乎哼哼起来。这是他们最好的证据之一，现在似乎根本不成证据了。她看看迪克，但迪克背对着他，只顾打量手上的东西。

法兰德先生转向比尔：“关于昨天晚上的事情，我听你说你看到这两个小伙子放漂抹香鲸号？”

比尔停顿了一下。“不是你说的‘看到’。”他说，“他们把我追到死神与光荣号，从烟囱往下灌水，迫使我们开门，然后我才看到他们。”

“他们说你当时在抹香鲸号附近，这么说你承认了？如果你没有捣乱，为什么要逃走？”

“为了不让他们抓住皮特。”比尔说。

乔治·奥顿看看他的朋友，法兰德先生看看乔治。

“如果皮特跟比尔一起放漂抹香鲸号，你怎么没有看见他？”

“他不在。”乔治说。

法兰德先生转向皮特。“你在那儿吗？”他问。

“在。”皮特说。

“比尔逃走时，你在干什么？”

“纹丝不动。”皮特说，“他们交代我这么做。”

“你看到这两个人放漂抹香鲸号吗？”

“不知道是不是他们。”皮特说，“但有人在放船。我们确实知道，我们……”

法兰德先生再次转向乔治。“是不是晚上很黑？”他说，“我想，你有手电筒。”

这一次，乔治的朋友拉尔夫回答：“他们放出闪光，我们不可能看不见。”

乔治第一次笑不出来，怒视他的朋友。

“闪光灯？”法兰德先生说，“他们就在放漂船只时放出闪光？”

“不完全是这样。”乔治说，“如果皮特也在这里，那就说得通了。我们当时不明白。一道白光，同时我们看到比尔放船。他一定是同时看到了我们，因为他飞奔逃走，我们一直把他追到旧船上。”

“闪光像什么样子？”法兰德先生问。

“像照相机的闪光灯。”乔治说。

“你放的闪光？”法兰德先生问皮特。

“是我点的。”比尔说。

“但你怎么可能同时既点燃闪光，又放漂抹香鲸号？”法兰德先生问。

“我告诉过你，我没有放漂它。”

“我们看见你了。”乔治·奥顿说。

“你为什么点燃闪光？”法兰德先生依然平静地说，甚至口气都跟平时一模一样。

“我们拍照片，”比尔说，“为了抓住那个放漂抹香鲸号的人。”

“他们没有照相机。”乔治·奥顿说。

法兰德先生转过身。

“你怎么知道？”

乔治和他的朋友都没有回答。窗口传来一阵骚动，迪克正抚弄手中的东西。“完成了。”他说，“在光照下会变黑，但我可以另外印一张。”他任相框随意掉到地上，挤到桌边，把照片放在法兰德先生面前。接着，他取下眼镜，开始擦拭。然后，他一手拿着眼镜，一手在地毯上摸索落地的相框。

“走吧。”乔治的朋友说。

“现在可不行。”法兰德先生说。他没有从照片上抬起眼睛。“泰德，赶紧关上门好吗？太有趣了。”

汤姆、比尔、乔、皮特和多萝西紧张地注视着法兰德先生的吸墨纸上这一小块发光的照片。乔治和他的朋友也从他们站的位置尽量窥探着。

“相似性非常明显，”法兰德先生说，“警官，你看呢？”

“哎，我服了！”他说。

法兰德先生思索了几分钟。

“证据的价值取决于证据所在的背景，”他说。六位侦探听到这话，一点儿不明白他的意思，“在任何法庭上（这时他严厉地注视着乔治·奥顿和他的朋友），这张照片都可以证明昨天晚上放漂船只的人是乔治·奥顿和……”

“斯特拉克。”泰德先生说。

“……斯特拉克。”法兰德先生说，“但不仅如此。它赋予其他大量证据以全新的价值。没有照片，这些证据我只能不予采信。奥顿，我想你骑自行车吧？”

乔治点点头。

“是邓洛普牌轮胎。”他把迪克的素描放在面前的桌子上，“这东西，”他说，“关系到兰华斯事件，也为波特黑根盗窃案提供了参考。我们有一位证人准备好宣誓：盗窃案当天晚上，乔治·奥顿在波特黑根。又鉴于以下事实：奥顿和……嗯，斯特拉克昨天晚上自己放漂船只，却告诉警官他们看到其他人放漂船只。事实上，其他人通过拍摄照片显示案情真相，造福于公共利益。如果没有照片，其他证据本来会没有意义。因此，奥顿和斯特拉克有意制造伪证，破坏无辜者的名誉，甚至图谋陷害无辜者受法律制裁。奥顿，你还有话可说吗？”

“是他的主意。”乔治·奥顿说。

“我什么都不知道，都是你告诉我的。”拉尔夫·斯特拉克说。

法兰德先生来回打量他们两人。

“我想，”法兰德先生说，“那天，你们把第一批配件塞进这些孩子的船上烟囱里，你的裤子受到了一些损害……（法兰德先生用手指指向灰色法兰绒碎片，乔治目瞪口呆地盯着它。）除此之外，我是说除第一批配件之外，你的手在第二批配件上留下了绿漆。你为了确定受害者不在家，摸烟囱时把漆染在手上。还有一罗多配件，你没有归还。它们在哪里？”

“在工具棚的箱子里。”乔治说，“听着，我受不了啦。我要走了。”

“我不留你，”法兰德先生说，“但你还没走的时候，我先告诉你：我今晚从办公室回来，就要打电话给你叔叔。在此期间，我希望你写一份简要的自白书，说清你这一套陷害无辜的混账阴谋。对，就是混账阴谋。我身为你盗窃的那家公司的律师，可以决定是否建议他们起诉你。我跟你叔叔见面前，你要把自白书写好。我会根据你有没有彻底交代，做出相应的决定。我建议你的同伙也在自白书上签字。你可以走了。”

乔治·奥顿和拉尔夫·斯特拉克一言不发地离开了房间。乔在他们身后说：“只要有破绽，早晚会露馅。”

多萝西气喘吁吁，仿佛过去五分钟都没法呼吸；汤姆满面通红；迪克又在漫无目的地擦眼镜；比尔和乔盯着法兰德先生，好像他们第一次看见他；皮特已经热泪盈眶了。他愤怒地眨了眨眼睛，“如果我们没有拍照，”他说，“罪名就会落到我们头上。”

泰德警官清了清嗓门。

“对不起，我曾经这么想过。”他说，“我本来早就应该明白的。以后如果再有人说你们的坏话，我知道该怎么回答他。无论白天晚上，欢迎你们随时到我花园里挖虫子，只要别动菊花就行。”

法兰德先生现在微笑起来。“泰德，他们会原谅你的。这是个邪恶而聪明的阴谋，上当受骗的人不仅是你。让真相传播开来不是坏事，虽然我身为律师大概不该说这种话。”

“我会在邮局说，”泰德先生说，“我会在商店说，我会在村里的公共活动中说。大家都喜欢听新闻。”

“我上班要迟到了。”法兰德先生说，“哎，我知道还有其他许多人会高兴的。我今天晚上就给女儿写信。如果可以的话，我真想祝贺各位侦探……”他看到泰德先生已经走了，“我想到这一点就感到羞耻，如果你们听任司法当局处理，事情就会一团糟。”

门开了。麦金蒂太太进来说：“先生，一位绅士有急事求见……”但她的话还没有说完，抹香鲸号船主人就出现在她身边。

“他们告诉我，这些孩子被控放漂我的船。”他说，“我来说明一下，是我把船借给他们的，他们可以随意放漂，不要找他们的麻烦。”

“他们没有麻烦。”法兰德先生说。

“没问题。”多萝西说，“一切顺利。他们落入了圈套，但如果没有照片，我们可能在最后关头会输掉。苏格兰场最终会胜利，我早就知道。”

法兰德先生拿起照片，递给新来的客人。然后他看到桌上的一小堆钱。

“律师费六先令八便士。”他说，“你完全正确。”他向多萝西鞠了一躬，“不过，我已经说过，在本案中，我几乎不可能担任被告律师。事实上，我似乎充当了法官的角色。在法庭上，你绝对不能试图贿赂法官。你最好在我看见之前，把这些钱拿走……”

“你的船平安无事。”乔对抹香鲸号船主人说，“他们把船放漂，但没有看到大铁锚已经放下。它停得好好的，就在岸边。如果你一起去死神与光荣号，我们会送你上船。”

“我现在只好告辞了，要不然合伙人会跟我翻脸的。”法兰德先生说。

"一百万个谢谢。"多萝西说。

其他人齐声致谢。

多萝西收起线索，放回手提箱里。

"你怎么处理它们？"法兰德先生问。

"带回苏格兰场。"

"我有可能还要借用它们，"法兰德先生说，"但可能性不大。我想，不会真正用上的。"[1]

"醒醒，比尔。"乔说，"你拿烟囱另一头。"

"天哪，小皮特，"比尔说，"你吓了我一跳。"

他们一起走出屋子，沐浴着格外亲切的太阳光。微风吹过，河面泛起涟漪。他们透过树丛，能看到水花闪闪。

"快点，"汤姆说，"我们该扬帆起航了。"

[1] 这话的意思是，法兰德先生估计罪犯会以悔过换取免予起诉。

后　记：大鱼的处置

几个月后，最严酷的冬天过去了，死神与光荣号跟全世界和谐相处，停泊在霍宁码头。这天是星期六早上，他们昨天一放学就上了船。二月底天气晴朗，他们的烟囱冒出缕缕炊烟。皮特正在瞭望，看到抹香鲸号沿河逆流而上，他忙把其他人叫出来。

“甲板上好像有棺材。”皮特说。

“不可能。”比尔说。

确实像棺材。又长又窄的箱子用绳索系在抹香鲸号舱顶栏杆之间。

抹香鲸号开到跟前。

“啊哈，”船主人叫道，“你们忙不忙？”

“一点儿不忙。”乔说。

“那就上船吧。我下午送你们回来。我就要把你们的大鱼送到疯驴旅馆，你们应该去看看。”

“我就说是棺材吧。”皮特说。

两分钟内，他们就上了船，抹香鲸号掉头上路了。

“昨天晚上放在特恩口。”抹香鲸号船主人说，“但我想移交时不能没有你们。”

“汤姆呢？”乔说。

“只要你们愿意，把他也带上。”船主人说，“还有那个女孩和那个眼镜男孩。”

“他们不在。”比尔说，“等复活节才回来。但我们可以带上汤姆。”

他们运气不好，抹香鲸号停在达钦医生草坪旁边，得知汤姆不在家。“没关系，”船主人说，“他随时可以骑自行车过去。鱼会一直留在那儿……顺便问一句，”他们重新起航，他问道，“大鱼上钩后，怎么处置的？”

死神与光荣号船员严肃地彼此对视。

“他们两个，”乔说，“乔治·奥顿和那一个，第二天早上就逃走了。我们再也没有见到他们。”

无须描绘他们如何沿布尔河顺流而下，又驶向特恩河的。二月的早晨天气寒冷，他们转动抹香鲸号方向盘，走进船舱，感到耳朵鼻子微微刺痛。

他们从波特黑根桥下穿过，索宁先生的船夫友好地挥挥手。鲍勃·科滕重新参加了黑鸭子俱乐部，也在公路桥上挥手致意。他们挥手回礼。接着，他们在通向疯驴旅馆的河汊系好船。

他们从舱顶上取下长箱子，再次将大鱼抬进旅馆。

一小群人正在等待。

“你们来了。”老板出门欢迎，“我告诉一些人，说你们要来。壁炉架准备好了。”

老板娘招呼死神与光荣号船员进厨房喝杯热茶，她觉得他们一定冻坏了。他们跟她一起进了屋，老板和一群热切的渔夫围着箱子。十分钟后，他们听到抹香鲸号船主人叫他们的声音。他们从厨房跑进旅馆小客厅，在门口停下来。

房间里挤满了人。门口对面有一座新砖壁炉，宽大的壁炉架上面放着他们见过的最大的玻璃箱。箱子里装着“世界鱼王”，在浅蓝色背景和绿色水草中游动，栩栩如生。

“绝了！”乔说。

“我打鱼六十七年，”一位白胡子老人说，“从来没捉到这么大的鱼。”

“让我们期待远方来的崇拜者吧，”老板快活地说，打量着满脸羡慕的人群，“不，我不在乎是谁捉到的，也不在乎我付了多少钱。英格兰四面八方的游客都会来疯驴旅馆，看这条鱼祖宗。”

“过来呀，”抹香鲸号船主人说，“过来看看箱子上的说明。”

三个孩子走近箱子，看鱼的人们都为他们让路。箱子正面的玻璃镶着金字，他们读到梭子鱼的重量、捕获的日期和……皮特大声朗读，突然打住了……“梭子鱼……重三十磅半……捕获者……哎，是我们！”金字是他们三个人的名字。

看鱼的白胡子老渔夫转过来打量死神与光荣号的船员们。

“你们就是捉住这条鱼的孩子？”他问。

“不完全是我们……”乔开始说。

“可怜的小伙子，”老渔夫说，“可怜的小伙子……年纪轻轻，就再没有什么可以追求的目标了。”

“我们再去捉一条！”皮特说。